MATTEO STRUKUL es novelista y dramaturgo. Vive entre Padua, Berlín y Transilvania. Es licenciado en Derecho y doctor e investigador en Derecho Europeo. Ha publicado varias novelas históricas y thrillers en Italia, Estados Unidos, Gran Bretaña y Alemania.

Dirige los festivales literarios Sugarpulp y Chronicae (Festival Internacional de Novela Histórica).

Es docente en la Universidad de Roma y escribe en las páginas culturales de *Il Venerdì di Repubblica.*

Su serie sobre los Médici se compone de los siguientes títulos: *Una dinastía al poder, Un hombre al poder, Una reina al poder* y *La decadencia de una familia.*

La crítica ha dicho sobre ella:

«Imponente serie histórica... Enorme el trabajo de investigación de Strukul, que ha compuesto sus libros como los thrillers en los que él es maestro.»

Il Corriere della Sera

«Prevalecen la acción y la emoción, y los personajes son extraordinarios.»

La Repubblica

«Matteo Strukul se confirma como un verdadero maestro del género, conjugando perfectamente acción, aventura y suspense.»

Il Manifesto

«Sus novelas son pura adrenalina.»

Panorama

Los Médici III
Una reina al poder

Matteo Strukul

Traducción de Natalia Fernández

Los Médici. Una reina al poder

Título original: *I Medici. Una regina al potere*

Primera edición en B de Bolsillo: junio, 2019
Primera edición en México: febrero, 2024

penguinlibros.com

Adaptación de la portada original de Goldmann
Taschenbuch / Penguin Random House Grupo Editorial
Fotografía de la portada: Finepic

ISBN: 978-607-384-093-4

Impreso en México – *Printed in Mexico*

A Silvia

JUNIO DE 1525

Prólogo

La catedral de Santa Maria del Fiore se cernía sobre la ciudad. Parecía desafiar al cielo. Catalina avanzó corriendo hacia aquella maravilla. Su tía temía que la pudiera asustar aquella construcción imponente, pero no fue así en absoluto. Apuntó sus grandes ojos hacia la cúpula rojiza, como si quisiera medir su altura.

—¿Cuánto mide de alto, tía? —preguntó, contemplando embelesada la obra maestra de Filippo Brunelleschi.

Clarice observó a la pequeña.

—Desde la base hasta la linterna de la cúpula mide más de doscientas brazas —respondió.

Catalina abrió enormemente los ojos.

—¿Tanto?

Su tía asintió.

El sol brillaba en el cielo. La catedral parecía capturar los rayos y amplificar su propia magnificencia, envolviéndose en una nube de polvo dorado.

Catalina todavía no había terminado. Le encantaba preguntar. Las preguntas no le costaban trabajo. Las respuestas, en cambio, eran algo totalmente diferente, pensaba. Pero ella era una niña y no conocía las respuestas, o al menos eso era lo que creían los adultos. Y por eso aprovechaba para preguntar lo que quería.

—¿Y quién la construyó? —inquirió.

—Un gran artista.

—¿Cómo se llamaba?

—Filippo Brunelleschi. Y era el arquitecto más hábil y extraordinario que recuerda la historia. De hecho, ni siquiera era arquitecto, porque se trataba de un orfebre. Fue él quien resolvió el problema de la cúpula.

—¿Qué quieres decir? —Catalina dejó escapar una leve risilla. Otra pregunta. Le gustaba ese juego.

—Que durante más de cien años, la catedral estuvo sin cúpula; en cierto modo, permanecía descubierta...

—Y entonces ¿qué pasó? —instó la niña a su tía; aquella historia empezaba a interesarle muchísimo.

—Los encargados de la Obra del Duomo, que supervisaban la selección de proyectos para la ejecución de una cubierta, evaluaron dos propuestas magníficas: una de Lorenzo Ghiberti, y la otra, de Filippo Brunelleschi. La primera la apoyaba la familia Strozzi, y la segunda, los Médici, la familia a la que pertenezco yo.

—Y también yo, ¿no es cierto? —preguntó Catalina. Estaba segura, pero le gustaba que la tranquilizaran. Su tía asintió.

—Exactamente.

—¿Me cuentas el final de la historia?

—Ganaron los dos, Ghiberti y Brunelleschi. Por eso, los de la Obra del Duomo decidieron asignarles a ambos la dirección de los trabajos de la construcción de la cúpula. Pero era Filippo el que tenía las ideas más eficaces y revolucionarias.

—¿Y qué más pasó entonces? —insistió Catalina.

—Después de unos años, durante los cuales Lorenzo y Filippo estuvieron trabajando codo con codo, aunque fue este último el que encontraba casi todas las soluciones para erigir una cúpula con una envergadura de más de cien brazas de altura, el gran orfebre decidió quedarse en su casa a causa de una enfermedad.

—¿Y era verdad?

—¿El qué?

—Que estaba enfermo.

Clarice se echó a reír.

—¡Eres muy despierta!

—¿A que sí? —dijo Catalina, arqueando la ceja con un gesto de inocente malicia que hizo reír aún más a su tía.

—Sí.

—Entonces ¿era cierto? —La pequeña no dejó escapar el tema.

—Naturalmente que no. Como ya te habrás figurado, Filippo solo intentaba encontrar la manera de que Lorenzo pusiera de relieve toda su incompetencia. Estuvo lejos de los andamios hasta que algunos representantes de la Obra del Duomo fueron a buscarlo a su casa porque los trabajos no marchaban según lo previsto. Cuando las familias más importantes de la ciudad le rogaron que volviera, quiso que la dirección de las obras dependiera totalmente de él.

—¿Y lo logró?

—¿A ti qué te parece?

Catalina no tuvo dudas.

—Seguro que sí, puesto que era el que los Médici habían elegido.

Clarice se quedó boquiabierta.

—Has aprendido bien la lección —dijo asombrada.

—Es todo mérito tuyo, tía.

—¿Lo crees así de verdad?

—Por supuesto que sí.

—Pues entonces, muy bien. Ahora que ya sabes cómo fueron las obras de la cúpula, ¿qué me dices si volvemos a casa? ¿Me equivoco o tienes que estudiar latín?

—Buf.

—¡Ánimo! ¿Cómo piensas llegar a ser una auténtica Médici si no estudias?

—¡De acuerdo, de acuerdo! —dijo la pequeña, levantando sus manitas e imitando la expresión que a menudo adoptaba su tío cuando hablaba con Clarice, sabiendo que de ninguna manera podría imponerse—. Pero antes, ¿podemos contemplar la cúpula un poco más?

—Está bien —respondió su tía, acariciándole la cabecita. Luego también ella alzó la mirada y quedó absorta contemplando la gran cúpula de Santa Maria del Fiore.

Era realmente hermosísima.

AGOSTO DE 1536

1

El delfín

Había gritado hasta arderle la garganta.

Se había llevado las manos al pecho cuando un dolor profundo lo desgarró; un fuego líquido que quemaba el alma. Había dejado caer la copa de agua cristalina, que se hizo pedazos.

Y ahora, Francisco tenía los ojos vidriosos. La cabeza caída sobre el hombro. Las manos blancas colgaban desmadejadamente a los lados de los brazos del sillón, con los dedos blancos y fríos. El rostro era una máscara gélida: aún hermoso, pero esculpido con un rigor que únicamente admitía un solo nombre.

No podía responder a los gritos que le llamaban.

Estaba muerto.

Alguien golpeaba la puerta de su aposento. Era un puñado de soldados; intentaban forzarla. Los golpes resonaban sordamente. Al enésimo intento lograron abrirla.

Monsieur Raymond de Polignac, capitán de la segunda

compañía de los piqueros de Francia, se precipitó en la habitación del delfín, seguido por algunos de sus hombres y un par de sirvientes. Cuando vio a Francisco postrado en el sillón, dejó caer el sombrero de ala ancha y pluma blanca.

—Vuestra alteza... —murmuró con voz quebrada.

Una de las sirvientas gritó. Raymond le hizo señas a un piquero, que se llevó de inmediato a las dos mujeres fuera de los aposentos del delfín.

Raymond contempló el sencillo sillón forrado de terciopelo azul y pensó en su rey, que había perdido a su hijo predilecto. Sacudió la cabeza. Se acercó a Francisco y le cerró con delicadeza los párpados. Luego recuperó su sombrero de pluma y se lo llevó al pecho.

Suspiró.

Miró la luz del sol que se filtraba en rayos dorados entre las cortinas de brocado apenas entreabiertas. El aire ya se iba impregnando del aroma de la muerte.

La guerra había llegado hasta allí. Carlos V de Habsburgo había invadido con sus tropas la Provenza y había alcanzado Tournon-sur-Rhône. Ahora, sin embargo, cuando aquel verano húmedo, infestado de mosquitos y sudor, había empezado a debilitar a los soldados, agotándolos y enfermándolos, estaba sopesando volver a Saboya. No solo eso. Francisco I, rey de Francia, había convertido su propio reino en tierra quemada. Habían incendiado los campos y envenenado los pozos. La campiña se había vaciado y allí ya no crecía nada. La tierra estaba siendo asesinada por su propio soberano, con el único objetivo de que fuese la muerte quien recibiera al ejército del emperador de Austria y España.

—Dadme un momento. Escribiré al rey. Entregaréis la carta directamente en manos de su majestad, que en estos momentos se encuentra en Lyon —ordenó al guardia que estaba con él—. Le explicaré lo que ha ocurrido. Entretanto, llamad a los médicos y a los cirujanos. Me encargaré de interrogarlos hasta esclarecer la causa de la muerte. Nadie debe saber lo que ha pasado hasta nueva orden mía. A Francia le aguardan días negros.

Mientras decía aquello, monsieur de Polignac no perdió el tiempo. Se sentó al escritorio del delfín y redactó unas líneas con hermosa caligrafía. Metió las hojas en un sobre. Con la llama de una vela fundió el lacre y a continuación aplicó su sello.

Mientras sus piqueros salían y uno de ellos se dirigía a los establos para enviar a un mensajero a Lyon, monsieur de Polignac se quedó contemplando la muerte.

Había colocado la mano en el rostro del delfín. Luego le había cerrado los párpados por piedad hacia el pobre muchacho, pero no le movería ni un pelo hasta que llegaran los médicos. La habitación tenía que conservarse intacta, exactamente como la había encontrado.

No tenía ni idea del porqué de una tragedia así, pero no sería él quien impidiera que se determinaran con certeza las causas.

Se quedó en el centro de la habitación, inmóvil, con la mente naufragando en un mar de preguntas sin respuesta. ¿Se trataba de una muerte natural? En caso contrario, ¿quién podía haber querido asesinar al delfín? ¿Y con qué propósito? Pensándolo bien, cualquier posibilidad era válida.

Suspiró y se ajustó el jubón de terciopelo mientras los pálidos rayos del sol naciente se reflejaban en la espada que llevaba al cinto. Dio algunos pasos; los tacones de las botas parecían marcar el ritmo de la espera. Se quitó el guante izquierdo y lo sacudió con la derecha en la palma de la mano. Siguió dando paseos hasta que apareció por la puerta de la habitación Guillaume Maubert, cirujano personal del delfín.

Polignac lo miró con consternación sincera. Sus hermosos ojos claros reflejaban la amargura por lo que había ocurrido.

Se alisó el fino bigote con el índice de la mano derecha. Observó con curiosidad a aquel hombrecillo bajo y de mirada vivaz. Vio cómo le mudaba el semblante de inmediato, en cuanto se dio cuenta de lo que había pasado. Las mejillas rubicundas, el pelo revuelto y los ojos pequeños y vivos habrían inducido a engaño incluso al observador más atento, haciéndole creer que aquel hombre no estaba a la altura de su responsabilidad, pero Polignac era capaz de ver mucho más allá de las apariencias y sabía que detrás de aquel aspecto simple se escondía una mente brillante.

—Monsieur Maubert —dijo—, no voy a perder el tiempo en cortesías. Os agradezco vuestra diligencia. Las circunstancias que nos han llevado a encontrarnos no pueden ser más tristes. Lo que os pido es que os toméis todo el tiempo que haga falta para determinar con seguridad la causa de la muerte del delfín.

—¿Han avisado al rey? —preguntó el cirujano con un hilo de voz.

—Ya he enviado un despacho a Lyon.

—Muy bien. Entonces empecemos.

—Sobra deciros que este asunto tiene que llevarse con absoluta discreción, al menos hasta que sepamos las razones del deceso de Francisco más allá de toda duda razonable.

—Naturalmente.

Catalina sintió la brisa fresca en su rostro. En aquel agosto ardiente y húmedo, un paseo a caballo a primera hora de la mañana era un placer al que no quería renunciar. *David*, su amado ruano castrado, galopaba como una flecha entre los campos verdes y luminosos.

Lo había bautizado así en homenaje a la estatua de Donatello. Era una manera de enfatizar que era una Médici y una florentina, orígenes de los que estaba orgullosa a pesar de que muchos en la corte se obstinaban precisamente en definirla como una comerciante italiana.

Lo hacían despreciando que fuera la esposa de Enrique de Valois y, por lo tanto, duquesa de Orleans y princesa de Francia.

Pero a Catalina no le importaba en absoluto: sabía que en la corte la odiaban, y al mismo tiempo la temían. Incluso sus paseos a caballo como una amazona eran vistos con suspicacia por las damas del rey, empezando por la propia amante de este, madame d'Étampes.

La hermosa duquesa no ocultaba su desprecio por ella, mitigado tan solo por el hecho de que el soberano la había acogido con entusiasmo y algo de admiración desde el primer día en que la había visto, precisamente gracias a esa audacia suya.

Sonrió. Había tanta hermosura en aquel claro amanecer... La brisa chispeante hacía más intensos y penetrantes los mil perfumes que llenaban el aire de una fragancia dulce y a la vez revitalizante. Entre ellos dominaban el del eucalipto y el de la lavanda silvestre. Catalina inspiró largamente, agradecida por esos momentos de soledad y de abandono a la seductora belleza de la naturaleza. Vio ante sus ojos los viñedos, como desfilando ordenadamente sobre las suaves colinas, y las aguas del Ródano, brillando en una franja de plata líquida bajo las luces diáfanas, pero ya vivas y vibrantes del cielo de color azul claro.

¡Qué hermoso era aquel campo salpicado de casas de teja

roja y olivos majestuosos que amplificaban el encanto mediterráneo del territorio del Midi!

Pronto el sol estaría ya alto, y entonces tendría que retirarse a los grandes salones del castillo o buscar alivio en la frescura de las sombras.

Soñaba con beber cuanto antes un vaso de agua helada.

2

El conde de Montecuccoli

Después de estudiar el caso, monsieur Guillaume Maubert aventuró que la causa de la muerte del delfín podía ser natural. Sin embargo, no había podido excluir aún *a priori* otras hipótesis, incluso la del envenenamiento.

En cuanto escuchó aquellas palabras, el capitán Raymond de Polignac puso mucho cuidado en mantener la reserva más absoluta, y sin perder tiempo se las arregló para llevar a cabo él mismo algunas indagaciones rápidas y discretas. Tal vez todo acabara siendo una falsa alarma, pero prefería no correr riesgos.

Tampoco se había filtrado nada, en parte, porque el propio cirujano personal del delfín necesitaba tiempo para comprobar algunas de sus sospechas.

A esa hora, el rey tenía que haber recibido ya los despachos y haber salido a su vez de Tournon-sur-Rhône.

Entretanto, el capitán había descubierto que la tarde anterior Francisco había bebido agua helada con demasiado descuido. Hacía un calor terrible y había creído que de ese modo se refrescaría un poco. Al menos aquello era lo que le había contado un tal Gasquet, uno de sus pajes. Gasquet había añadido que el que había dado el mal consejo al delfín era uno de sus escuderos: Sebastiano di Montecuccoli, conde de Módena.

Gasquet había confesado que mientras estaba en el campo de Tournon-sur-Rhône esperando a su padre el rey, que debía llegar en unos días acompañado de soldados para movilizarse contra las tropas imperiales de Carlos V, el delfín había estado matando el tiempo jugando a pelota.

Precisamente, había estado jugando con Sebastiano di Montecuccoli. Después, acalorado y bajo un sol abrasador, cuando todos buscaban cobijo a la sombra de las carpas, se quedó a beber agua helada con el conde. Recordaba que había sido el propio escudero el que pidió que llenaran de agua fría dos grandes jarras. Y no solo eso: Montecuccoli había acompañado a Gasquet al pozo.

Por ello, ahora el capitán Raymond de Polignac estaba precisamente hablando con el noble para tener las cosas más claras.

No conocía a aquel individuo, pero en cuanto lo vio, le había causado una pésima impresión: le había parecido traicionero, con un comportamiento tan esquivo que le resultaba antipático de forma casi natural. Tenía rasgos suaves y ojos fríos, y no acababa de entender qué tareas llevaba a cabo para el delfín.

—Entonces, si he comprendido bien, ¿habéis llegado a la corte en el séquito de Catalina de Médici, esposa del duque de Orleans?

—Exactamente —respondió Montecuccoli. Tenía una sonrisilla irritante en el rostro, como si conociera con precisión las intenciones de Polignac. Jugueteaba con un mechón de cabellos castaños, enredándolo en el índice de la mano derecha. Su aspecto, por otro lado, era pulcro: la piel suave y clara, la mirada tranquila. Vestía un elegante jubón de terciopelo. En conjunto, su figura no tenía nada de extraordinario, eso era verdad.

—Y, sin embargo, más tarde os habéis convertido en escudero del delfín. —Y, mientras lo decía, Polignac era el primero en no dar crédito.

—Sí, podríamos expresarlo así.

Polignac alzó una ceja. Esa manera de actuar, tan indolente y al desgaire, lo desconcertaba.

—¿Y habéis sido vos el que aconsejasteis al delfín beber una ingente cantidad de agua fría?

—Capitán, Francisco se estaba aburriendo y me pidió que jugáramos un partido de pelota. Se lo desaconsejé, puesto que parecía que el sol quisiera incendiar los campos. Pero no quiso atender a razones. Después del partido estábamos tan acalorados que el delfín ordenó a un paje que le llevara agua fresca para beber...

—Y vos acompañasteis al paje... ¿Cómo se llamaba? Gasquet... al pozo.

—Exactamente.

Polignac suspiró.

—De acuerdo —dijo—, tomo nota de cuanto me habéis dicho. Por ahora os pido que no os alejéis bajo ningún pretexto del campo de Tournon-sur-Rhône en los próximos días.

—¿Le ha ocurrido algo al delfín?

—Nada preocupante. Un ligero malestar. Estaba simplemente haciendo comprobaciones.

—Muy bien —asintió Montecuccoli, pero estaba claro que no creía una sola palabra de lo que le acababa de decir el capitán de los piqueros.

Raymond de Polignac se levantó. Le dio un apretón de manos al conde y, sin terciar más, se dirigió hacia la puerta.

Cuando vio a su primogénito en aquella palidez mortal, Francisco I lloró.

No era capaz de contener las lágrimas: no solo porque era su hijo predilecto, sino también por el pasado de dolor al que él mismo, hacía diez años, lo había empujado.

Y de aquella vergüenza y tormento, el soberano no se había curado jamás, alimentando un sentimiento de culpa frente a sus hijos, y a su primogénito en particular, del que ahora, ante aquella muerte cruel e injusta, no se liberaría nunca más.

Recordaba perfectamente cuando, después de haber firmado aquel ignominioso tratado en Madrid, había aceptado unas condiciones de rendición indignas, hasta el punto de que solo podía volver a Francia a cambio de dejar a sus propios hijos como rehenes. Así, Francisco y Enrique fueron entregados al emperador de Habsburgo, que en los tres años siguientes los tuvo pudriéndose en los calabozos del castillo de Madrid.

Después de aquel encarcelamiento, algo se había quebrado en el alma de Francisco. Para siempre. Y de nada sirvieron los esfuerzos de su padre para intentar curar aquella herida. Con la nueva guerra contra Carlos V, que iba transcurriendo a su favor, Francisco I esperaba poder vencer junto a su hijo y así recuperar su estima. Pero, por segunda vez, el destino se había burlado de él.

En cuanto leyó las líneas redactadas por Polignac, el rey montó a caballo y se lanzó al galope hacia Tournon-sur-Rhône.

Contemplar a su hijo ya pálido, con la piel verdosa, consumida por la muerte, lo había hecho volver a pensar en aquellos días de angustia y del terrible camino que lo había llevado a traicionar a sus hijos.

Y ese recuerdo, ahora, era el peor de los castigos.

Su único consuelo estaba vinculado a la manera en que el capitán Raymond de Polignac estaba llevando las averiguaciones sobre la muerte del delfín: aquel hombre era un soldado de gran valor y fidelidad, y no albergaba dudas acerca de que acabaría por desentrañar aquel misterio.

—Haced todo lo que podáis —dijo Francisco I—. Os daré toda la autoridad que necesitéis y os pido desde ahora que pongáis en el punto de mira a ese tal Montecuccoli. Su conducta es cuanto menos sospechosa, y en espera de ulteriores pruebas, algunos días en prisión no lo van a matar. En cuanto a la noticia de la muerte de mi hijo, no hay razón para silenciarla.

—¿Lo decís en serio, majestad?

—Sé lo que pensáis, capitán, y en principio estoy de acuerdo con vos. ¿Por qué alimentar el pánico y el odio? ¿Con qué fin, justo ahora que el ejército de Carlos V se encuentra estancado a causa del calor insoportable de este verano de fuego? Lo entiendo. Por otro lado, imaginad cuánta energía podría liberar un luto nacional. Francisco era muy querido, y dado que nada me lo devolverá, tanto da que se sepa. Naturalmente, dadme algunos días, el tiempo de que su madre lo vea y de que sus restos mortales se trasladen a Lyon. Haré que ese traslado tenga lugar hoy mismo.

—De acuerdo —respondió el capitán.

—Una cosa más.

—Os escucho, majestad.

—Dejemos que el nombre de Montecuccoli se filtre como el de un posible sospechoso. Tengo la impresión de que, si lo hacemos así, serán los propios ciudadanos los que se encargarán de delatar otros actos suyos.

—Está bien. Me permito señalaros que se trata de un hombre carente de escrúpulos y que es seguro que algo oculta. No parece mostrarse especialmente prudente, pero quizá no tiene nada que temer.

—¿Por inocencia cierta o por confianza en sus propias capacidades?

—Eso es lo que habremos de discernir. Otra cosa, majestad...

—Os escucho.

—Montecuccoli ha confesado que estaba en la corte de Francia en el séquito de Catalina de Médici.

Francisco I miró a su capitán con incredulidad. Se calló, incapaz de pronunciar palabra alguna.

—Comprendo —dijo con gravedad—. No temáis, estaré listo para verificar cualquier hipótesis. En cuanto regrese a Lyon, o sea, mañana, veré a Catalina y hablaré con ella a ver si saco algo en claro.

—Muy bien. Y... majestad... No quisiera insinuar nada, pero con la muerte de Francisco... —Polignac titubeó.

—Enrique se convierte en delfín de Francia, y por lo tanto ella junto con él. ¿Es eso lo que queríais decir?

—Sí.

El rey suspiró.

—Entonces —dijo— esperemos que Catalina tenga una buena explicación.

3

La inquietud del rey

El rey estaba visiblemente preocupado.

La noticia de la muerte del delfín, y de su probable asesinato, había causado inquietud en Francia: Francisco era muy querido, y la propia Catalina lo adoraba. La reina madre llevaba días encerrada en sus aposentos. El rey intentaba alejar el dolor con largos paseos a caballo.

La guerra proseguía, pero aquel verano ardiente parecía ser el enemigo más traicionero y cruel para las tropas imperiales al mando de Antonio de Leyva y Ferrante Gonzaga: los hombres sucumbían a puñados y la falta de victorias se hacía sentir, hasta el punto de que los franceses confiaban en que el repliegue de los invasores estaba cercano.

Fue cuando, con angustia y amargura, Catalina se vio convocada por el rey en persona.

Aquella mañana, aún postrada por la muerte de Francisco, se había puesto un vestido blanco en señal de luto, siguiendo la costumbre francesa. Su piel, de natural pálido, y los cabellos de color castaño oscuro la convertían en el mismísimo retrato de la melancolía y la consternación.

Entró en la sala con toda la humildad y modestia de que era capaz, ya que sabía que lo que le había acontecido a Francisco la hacía por una parte más fuerte, pero, por otro lado, también la debilitaba, en cuanto que era sospechosa. Era ella, después de todo, la primera que se beneficiaba de aquella muerte, que la convertía en delfina de Francia.

Cuando vio a Francisco I, vestido de negro con un magnífico jubón de terciopelo ornamentado con botones de oro, la barba de color castaño oscuro, rizada y largamente descuidada, se inclinó en una reverencia tan profunda que por unos instantes se le cortó el aliento.

—Basta, basta, *ma fille*, ¿qué son todas esas formalidades? —dijo con afecto el rey—. Mejor abrázame, ya que sé bien el afecto que sentíais por Francisco. —Y yendo a su encuentro, estrechó a Catalina contra su pecho.

Ella no lograba contener las lágrimas, puesto que era cierto: adoraba a Francisco. Se había casado con Enrique, sí, pero su marido había dejado a la vista demasiado pronto todas sus imperfecciones: era tímido y nervioso, y sobre todo se dejaba gobernar por una ramera que era la que llevaba la voz cantante. Diana de Poitiers, la mujer más hermosa de Francia, quizá del mundo, era su dueña y amante, y Catalina había descubierto con gran dolor lo difícil que sería la vida en la corte. Eso, por supuesto, no le había impedido amar a Enrique, que era hermoso, joven y fuerte. Pero Francisco estaba hecho de una pasta diferente. Era un hombre de honor y de principios.

Y ahora estaba muerto.

Por eso sus lágrimas eran sinceras, porque surgían de un sufrimiento que rozaba la desesperación. Ahora el rey era el único aliado que le quedaba.

—Su majestad, no tenéis idea de cuánto lo echaré de menos —dijo simplemente.

Francisco I suspiró. Luego, con no poca incomodidad, se soltó de aquel abrazo y miró a Catalina a los ojos con un velo de honda tristeza, ya que no tenía ninguna gana de hablar con ella de Montecuccoli pero, por otro lado, no se podía sustraer a esa obligación.

Catalina entendió perfectamente que había algo que no iba bien; por ello, sin más demora, fue directa al grano:

—Hay algo que os angustia, mi señor, algo que va más allá de la muerte de vuestro hijo. Lo leo en vuestros ojos, por tanto decidme lo que queráis y yo os responderé.

Francisco I sacudió la cabeza.

—Qué inteligente sois, Catalina, hija mía; para vos soy un libro abierto. Lo admito, es como decís; por ello os lo contaré todo. Entretanto, pongámonos cómodos al menos. —Y mientras pronunciaba aquellas palabras, el rey señaló dos confortables sillones forrados de terciopelo azul y adornados con lirios de oro, el escudo real de Francia.

Mientras Catalina se sentaba, el rey comenzó su relato:

—Veréis, hija mía; hace unos días, cuando supe de la muerte de mi querido hijo Francisco, escuché unos rumores que me han helado el corazón.

—¿Aludís a las habladurías sobre un asesinato?

—Exactamente eso, Catalina. El problema es que no se trata en absoluto de habladurías. Permitidme ser más claro: ha sido el cirujano personal del delfín, monsieur Guillaume Maubert, el que sostiene que la muerte, en apariencia natural, podría ser, en realidad, un asesinato bien camuflado.

Al escuchar esas palabras, Catalina se llevó una mano a la boca. Cerró los ojos. Empezaba a entender adónde los iba a llevar aquella conversación.

Y tuvo miedo.

El rey asintió con indulgencia, como si supiera lo que ella estaba pensando.

—Así es —dijo—, y bien lo sabéis: Guillaume Maubert no es un hombre que haga afirmaciones con ligereza. Pero hay todavía más. Para fortuna mía, un buen soldado, el capitán de la cuarta compañía de piqueros, Raymond de Polignac, ya había comenzado a investigar la muerte de Francisco. De modo que cuando llegué a Tournon-sur-Rhône para abrazar a mi hijo por última vez, él me informó de sus sospechas.

—¿Y sobre quién recaen tales sospechas? —preguntó Catalina con lágrimas en los ojos.

El rey suspiró.

—Parece que un tal Sebastiano di Montecuccoli, conde de Módena, de alguna manera hizo que Francisco bebiera agua helada en cantidades exageradas tras un extraño e imprevisto partido. Solo de pensarlo me cuesta contener la rabia... —La voz del rey temblaba de emoción y de resentimiento—. De cualquier forma, nadie sabe si Montecuccoli aprovechó esa ocasión para poner en el recipiente de Francisco algún veneno. Lo que pese a todo sí puedo deciros, Catalina, es que cuando el capitán Polignac pidió a Montecuccoli que especificara su papel en la corte, este no dudó un instante en decir que había llegado con vuestro séquito. Una afirmación que se apoyaría en sus evidentes orígenes italianos.

Catalina se quedó horrorizada. Por un instante no supo qué responder, dada la falsedad de esa afirmación. Su rostro palideció, y después la cólera y la indignación se apoderaron de ella.

—Nunca he tenido en mi séquito o a mi servicio a este señor. No conocía el nombre, ni mucho menos su identidad, hasta que vos lo habéis mencionado. No sé quién es Montecuccoli. Digo más: a mis ojos no es más que el hombre que me ha arrebatado a mi querido Francisco. Y vos sabéis bien cuánto lo apreciaba, lo buenos amigos que éramos, tanto o más que mi marido, que me ignora casi desde el día de la boda... Y mejor lo dejo aquí.

Francisco I consideró aquellas palabras; luego insistió por simple diligencia, ya que quería estar absolutamente seguro de lo que decía Catalina.

—¿Estáis segura de que no me escondéis nada? Perdonad si lo vuelvo a preguntar una vez más, pero tengo que hacerlo, *ma fille*.

—Su majestad, mi palabra es una sola. Si ya no os fiáis de mí, si la sospecha llega hasta el punto de poner en duda la fidelidad y la sinceridad que siempre os he demostrado, entonces no temáis, podéis pedir en este mismo momento que me corten la cabeza.

Catalina sostuvo la mirada del rey con tal firmeza y un brillo tan cegador que la verdad resplandeció en toda su evidencia.

El rey dejó escapar un suspiro de alivio. Había percibido un rayo en los iris de Catalina, y a menos que fuera una impostora sublime, estaba claro que estaba diciendo la verdad. Por otro lado, no podía ocultarle la perplejidad que albergaba en lo más hondo de su alma: la quería bien, y sabía que enfrentarla a sus propias deficiencias sería la mejor manera de reforzar la posición de aquella mujer joven, sagaz y valiente.

—Catalina, vuestras palabras son un bálsamo. Sé que mi hijo Enrique tiene inconvenientes, pero no seré yo quien lo critique. Conozco mis debilidades, y confieso que sería la persona menos indicada para llamarlo al orden en sus obligaciones. Enrique me odia, entre otras cosas...

—No es verdad, su majestad.

—Es así... Desde que lo abandoné como rehén en las cárceles de Madrid. Ni siquiera puedo culparlo. Y, sin embargo, lo que ahora cuenta es la descendencia. No quisiera parecer cínico, Catalina, pero ya sé qué se dirá a partir de ahora en la corte: que Enrique y vos sois los primeros que vais a salir beneficiados de la trágica muerte de Francisco. Ahora sois vosotros los delfines de Francia. No quiero saber con cuánta frecuencia Enrique os visita en vuestros aposentos, pero por vuestro bien y vuestra seguridad, os aconsejo que le deis un hijo pronto. Yo os protegeré siempre, Catalina, porque veo en vuestros ojos esa inteligencia y sensibilidad que están entre las principales virtudes que admiro en una mujer, pero estáis tan cerca del trono que ya no os podéis permitir seguir ahí sin un hijo...

—Su majestad... —intentó intervenir Catalina.

—No me interrumpáis, *ma fille*. Lo que os estoy diciendo es que deis a luz un hijo. Y hacedlo lo antes posible. Solo así podréis estar a salvo de las artimañas de Diana de Poitiers. Tened mucho cuidado, Catalina. Clemente VII murió hace ya dos años. Francisco, que os quería bien, tampoco está. Yo soy el único amigo que os queda, y tenéis que concedérmelo, convendréis conmigo que os estoy hablando con franqueza extrema. Pero si lo hago es precisamente porque os quiero mucho; quizá porque veo en vos la hija que nunca tuve. Vuestro conocimiento de la filosofía y de la astrología me sorprende, así como la pericia y la resolución que demostráis montando a caballo durante las cacerías, hasta el punto de que parecéis una nueva Artemisa. Y lo mismo pienso sobre vuestro buen gusto y la sobria elegancia que desde siempre os caracteriza. ¡Pues bien! Ya está dicho. Pero si creéis que eso bastará para salvaros, entonces sois una ingenua. Puesto que no creo que sea el caso en absoluto, encontrad la manera de que Enrique vuelva a vuestro lecho. Hacedle saber también que un hijo reforzará su posición como sucesor. Cuento con seguir aún algunos años en el trono, pero es inútil tapar el sol con un dedo. ¿Me he explicado bien?

Catalina asintió. Habría querido decir muchas cosas, pero entendía perfectamente que no tenía sentido replicar. Además, en su genuina dureza, aquel discurso tenía muchos más méritos de lo que podría parecer, no siendo el menor de ellos sugerirle por activa y por pasiva la actitud que debía mantener.

—Haré como me digáis, majestad —respondió obedientemente Catalina.

—Y no os equivocaréis para nada, creedme. Y asesorad sobre esta línea de conducta al desgraciado de mi hijo —añadió secamente—. Ya que, sin herederos, no os espera una larga vida en la corte.

—Su majestad... ¿Y en lo que respecta al otro asunto?

—¿Os referís a Montecuccoli?

Catalina asintió.

—*Ma fille*... ¿Pensáis que si no os hubiera creído os habría hablado con tanta franqueza? De todas formas, no os preocupéis. Le diré a Polignac lo que he visto en vuestros ojos y lo que he escuchado en vuestra propia voz, no tenéis nada que temer. Estoy convencido de que pronto se hará justicia. Ahora dejadme solo para que pueda despachar asuntos con mi buen capitán, indicándole el camino a seguir.

Sin más, el rey se puso en pie y extendió la mano hacia Catalina.

—Ahora sois la esposa del delfín de Francia, aunque, lo confieso, habría preferido que llegarais a serlo en otras circunstancias... —Por un momento la voz se le quebró—. Prometedme que honraréis dicho título con vuestros actos.

—Lo prometo —dijo ella.

—Ahora, marchaos —concluyó el rey—. El tiempo es un tirano.

4

Cartas reveladoras

Cuando regresó de su misión nocturna, Raymond de Polignac se encontró que en su escritorio lo esperaban no una sino dos cartas. Estaba empapado en sudor. Había recogido sus largos cabellos en una cola de caballo, pero el calor húmedo de aquel día eran tan intenso, incluso ya anochecido, que de todas maneras lo molestaba. Haría bien en cortárselo del todo, pero aparte de estar a la moda, con el paso de los años el pelo largo era el único signo de vanidad que le quedaba y no pretendía renunciar a ello. Por cierto, el sargento Bouillon había puesto buen cuidado en procurarle una jarra de agua fresca y jalea de fruta.

Se quitó el jubón y se dejó únicamente su camisa de encaje. Se aflojó el cuello, con la esperanza de poder respirar al menos un poco. Vertió un poco de agua en un vaso y lo vació, y luego se secó los labios con el dorso de la mano. Tomó una cucharilla de plata de la bandeja donde se encontraba la jalea y la probó. Estaba fresca y deliciosa. Las frambuesas eran exquisitas. Volvió a beber. Luego tomó el sobre con los sellos reales que contenía la misiva y lo abrió sin demora.

Leyó rápidamente:

«A monsieur Raymond de Polignac, capitán de la cuarta compañía de piqueros del rey de Francia», decía el encabezamiento.

Mi querido Polignac:

He hecho lo que me habéis sugerido: hablé en estos días con Catalina de Médici, duquesa de Urbino, mujer de mi hijo Enrique II, duque de Orleans y nuevo delfín de Francia. He puesto en su conocimiento todo cuanto ha declarado Sebastiano di Montecuccoli, conde de Módena. Ella me ha respondido de la manera más firme y sincera diciendo que jamás ha conocido a ese hombre, que ni mucho menos ha formado parte de su séquito.

Puedo garantizaros que el modo en que ha defendido su posición y la ira en sus palabras eran los de una mujer inocente. No creo que Catalina esté implicada en forma alguna en una posible conspiración contra mí o contra Francia. Por lo tanto, eso me basta. Proceded, en consecuencia, a interrogar al prisionero, ya que imagino que está entre rejas siguiendo mis órdenes, y añado: no uséis el látigo.

Quedo a la espera de vuestras noticias.

SU MAJESTAD, EL REY DE FRANCIA FRANCISCO I,
AHORA FRANCISCO DE ORLEANS

Sin más dilación, Polignac rompió el lacre de la segunda misiva, que llevaba el símbolo del ejército real.

«A monsieur Raymond de Polignac, capitán de la cuarta

compañía de piqueros del rey de Francia»: el encabezamiento era el mismo que en la anterior.

Mi querido capitán:

Mi nombre es Bernard Sorel, teniente de la segunda compañía de piqueros de Su Majestad el rey.

He considerado que podría ser útil escribiros para poneros al corriente de lo que me ha ocurrido esta mañana, ya que creo que puede ser de ayuda para comprender los hechos dramáticos de estos días. Me refiero a los rumores que he escuchado a propósito del posible asesinato del delfín por parte de alguien identificado por ahora como Sebastiano di Montecuccoli.

Sin más preámbulos, os cuento, pues, lo que me ha sucedido. Hace algún tiempo, a causa de una bala de arcabuz, sufrí una herida en una pierna. Después de la intervención quirúrgica se me recomendó un periodo de reposo, y fijé mi residencia en Lyon, en la posada Falconiere, regentada por la señora Lille, una dama jovial y llena de vida que cuida a sus huéspedes de manera inmejorable. Como bien os podréis imaginar, los dramáticos hechos del asesinato del delfín de Francia están en estos días en boca de todos, y también el nombre del posible autor del crimen: Sebastiano di Montecuccoli.

No os podéis hacer una idea de mi estupor cuando, justamente el otro día, la señora Lille se me acercó confesándome que un hombre con ese nombre se había alojado allí hacía algún tiempo, para luego trasladarse a la campiña de Tournon-sur-Rhône, hacia el frente de guerra. Cuando lo hizo, le dejó una maleta, esperando encontrar un nuevo alojamiento y enviar a un siervo a buscársela en los días siguientes.

Aún más increíble resulta la coincidencia de que precisamente ese siervo estuviera en la puerta de la posada, reclamando la maleta y que, antes de dársela, la señora Lille se haya dirigido a mí para pedirme un favor.

Puesto que no quería que en un futuro pudiera ponerse en cuestión su honestidad, era su intención abrir la maleta en presencia de dos testigos, para mostrar que no se había sustraído nada durante la ausencia del señor Montecuccoli.

Naturalmente, pensando en lo que se decía por ahí y por el hecho de tratar de serle útil a la señora Lille, que tan buena fue siempre conmigo, consideré oportuno hacerle aquel pequeño favor. Por ello bajé con ella al sótano y, en presencia de otro caballero, monsieur Henry de Rocheforte, hemos abierto la maleta.

El siervo pudo comprobar que no se había sustraído nada. Sin embargo, mientras la señora inventariaba el contenido, monsieur de Rocheforte, que es de profesión farmacéutico, detectó en el interior de la maleta dos curiosas botellas transparentes con polvos más bien sospechosos.

Examinándolas con más atención, monsieur de Rocheforte ha concluido que se trataba de veneno, y después de haber pedido que se abriera una de ellas, olisqueó el aroma y llegó a la conclusión que debía de tratarse de arsénico.

Llegados a ese punto, la situación se volvió incómoda, hasta el punto de que consideré oportuno notificar que, en calidad de oficial de la segunda compañía de piqueros de Su Majestad el rey de Francia, me veía obligado a confiscar la maleta y asegurarme de que esta fuera entregada a mi superior. Encontrándose mi compañía en ese momento destacada en Provenza, me pareció más seguro y rápido proceder de modo que os llegue a vos, que estáis mucho más cerca de mi alojamiento de lo que se encuentra el coronel François de Chatillon, y así ordené que enviaran la maleta. Con más motivo teniendo en cuenta el hecho de que el mismo Sebastiano di Montecuccoli se halla en Tournon-sur-Rhône.

Espero haber hecho bien y haberos sido de alguna utilidad.

Entretanto, os ruego que aceptéis mis mejores saludos y augurios para una rápida victoria contra esos perros imperiales de Carlos V.

Con toda la estima vuestro,

BERNARD SOREL
Teniente de la Segunda Compañía de Piqueros
de Su Majestad el Rey de Francia, Francisco I

Vaya suerte, pensó Raymond de Polignac. Bajo la carta firmada por el teniente Sorel encontró la maleta de piel propiedad de Sebastiano di Montecuccoli.

Sin más dilación, la abrió para verificar el contenido. Aparte de algunos efectos personales, dos pares de guantes, tres camisas de lino de Cambrí y unos pantalones de terciopelo de un rojo subido, lo que le saltó de inmediato a la vista fueron las dos botellitas de vidrio de las que hablaba el teniente en su oportuna misiva.

Observó el contenido. Vio el polvo cristalino completamente incoloro. Llamó entonces a un soldado y le ordenó que fuera a llamar a monsieur Guillaume Maubert y le pidiese que acudiera a sus aposentos lo antes posible. Tenía que consultarle algo con la máxima urgencia.

5

La campana de plata

El rey tenía razón. Y ella era una estúpida por no haber pensado en eso antes. Se había preocupado por aquella ramera de Diana de Poitiers y su influencia sobre Enrique, pero el problema era mucho más simple y concreto.

Si su marido se quedaba más tiempo en el lecho de su rival, le resultaría mucho más complicado a ella concebir un hijo.

Y al margen de la benevolencia del soberano, que una vez más le había demostrado toda su estima y afecto, muy pronto tendría que preocuparse más de su seguridad que de su honor. Los hijos servirían para consolidar su posición, que ya era incierta a causa de sus orígenes italianos y se hacía más difícil, por no decir peligrosa, debido a la doble sospecha ligada por un lado a las delirantes declaraciones de Sebastiano di Montecuccoli, y por otro, a las aspiraciones al trono.

Ese segundo aspecto, a decir verdad, a Catalina no le importaba gran cosa; pero, ciertamente, los cortesanos, los nobles y los ciudadanos lo veían de otro modo. ¡Estaba tan claro!

¿Quiénes sino Enrique y ella misma sacaban mayor beneficio de la muerte de Francisco? ¿Quién, como consecuencia de ese hecho sangriento, se convertiría en delfín de Francia y, llegado el momento, en rey?

Se perdía en tales pensamientos y tenía que encontrar solución a esos problemas. Pero ciertamente no podría concebir un hijo asustando a su marido.

¡No! Había un modo más sutil y astuto para conseguir el resultado necesario para sobrevivir en aquella corte podrida de envidia y corrupción.

Mientras se miraba en el espejo, apreciando sus labios gruesos y sus hermosos cabellos castaños, aceptando esos ojos de color algo apagado y aquella nariz tan lejos de ser perfecta que le regaló la naturaleza, Catalina concibió un plan. Era simple, en verdad, pero para poder llevarlo a cabo con éxito tenía que tener de su parte a una dama de compañía de gran confianza y brillante ingenio: madame Antinori.

Tomó de la bella mesa de roble una campana y la hizo sonar. Al cabo de un momento apareció ante ella madame Gondi.

—Quiero hablar con madame Antinori —dijo Catalina—. Dile que acuda de inmediato a mis aposentos.

Raymond de Polignac se hallaba frente a Sebastiano di Montecuccoli.

La celda en la que estaba apestaba a sudor y orines.

Habían bastado unos pocos días para hacer de aquel supuesto caballero, belicoso y de aspecto cuidado, un desecho humano. Los cabellos sucios, los ojos con un cerco negro; la camisa de lino de Cambrí, que antes había sido blanca, ahora estaba salpicada de manchas. Y sobre todo, Montecuccoli tenía las manos sujetas con grilletes, las muñecas enrojecidas y con arañazos a causa del roce del metal con la carne.

Y, sin embargo, el supuesto conde no había perdido del todo aquel aire traicionero ni la mirada burlona.

Raymond de Polignac pensó que le haría cambiar de idea.

—Monsieur Montecuccoli —dijo—, no sé si os dais cuenta de lo difícil que acabará volviéndose vuestra situación.

El conde de Módena alzó una ceja.

—¿Y cómo es eso, capitán Polignac? ¿Habéis hecho algún avance en vuestra particular cruzada contra mi persona? Puesto que es un hecho que, a día de hoy, me hallo detenido en esta celda de manera totalmente arbitraria y sin... —Las palabras se le murieron en la garganta.

—¿La reconocéis? —le preguntó Polignac, mostrándole la maleta que llevaba consigo—. ¿Recordáis dónde la habíais dejado? Vos, señor, no tenéis idea de lo que ha ocurrido, pero os puedo asegurar que no voy a parar hasta que esta historia no se haya aclarado. Responded a mi pregunta: ¿reconocéis esta maleta?

Montecuccoli lo miró estupefacto. No se esperaba que Polignac se presentara con aquel objeto. ¿Cómo diantre se las había arreglado para conseguirlo?

—No entiendo —fue todo lo que logró decir. Ahora, su mirada era un poco menos arrogante.

—Sí —dijo Polignac lacónicamente—. De todas formas —prosiguió—, responded a mi pregunta.

—Es... Están mis iniciales. —Era inútil dilatarlo, pensó el italiano.

—¿Os referís a estas? —El capitán mostró el interior de la maleta: en un bolsillo aparecían bordadas en finísimo hilo de oro las iniciales *S* y *M*.

Montecuccoli asintió. ¿Qué otra cosa podría hacer?

—¿Qué ocurre? —presionó Polignac—. ¿Habéis perdido la lengua de repente?

—Para nada —explotó el conde de Módena rechinando los dientes—. ¡Es mía! ¡Es mía! ¡La reconozco! —bramó con exasperación.

Polignac extendió sus manos con un gesto teatral.

—¡Por fin! ¿Tanto costaba admitirlo? Bien —continuó—, ¿sabéis qué llevaba esta maleta? ¿Os lo tengo que recordar, tal vez? —Y sin más ambages, el capitán de piqueros azuzó abiertamente a Montecuccoli—. Venga, hombre. No me seáis tímido, tomad una de las dos botellitas de vidrio que relucen en el interior de vuestra maleta.

El conde de Módena obedeció casi mecánicamente.

—Muy bien, monsieur; y ahora os pregunto: ¿qué clase de polvos contiene la botellita que ahora tenéis en la mano? ¿Me lo vais a decir, sí o no?

6

Nostradamus

Catalina hablaba sin parar.

Madame Antinori la observaba cada vez más preocupada.

—Mirad, Francesca, os he hecho venir aquí porque conozco una de vuestras pasiones, que por casualidad y suerte es también una de las mías...

Madame Antinori tragó saliva mientras una inquietud cada vez más viva se iba apoderando de su garganta hasta apretarla como un grillete de hierro.

—... Me refiero, naturalmente, a la astrología y al ocultismo. —Su dama hizo amago de negarlo, pero Catalina se le anticipó—: No os molestéis en contradecirme, en primer lugar porque tengo pruebas incontestables de esa cercanía vuestra con la materia en cuestión, y en segundo porque no tenéis nada que temer. Es más, justamente vos, con vuestros conocimientos, sois la persona más indicada para cumplir una misión de máxima importancia que estoy a punto de confiaros. Conocéis, imagino, la ciudad de Montpellier, ¿no es así?

—Sí, mi señora.

Catalina asintió.

—Muy bien —dijo—. Pues entonces, eso lo hace todo más fácil. —Después se acercó a la librería y extrajo un tomo voluminoso, espléndidamente encuadernado en piel y con el título grabado en oro en la cubierta—. Acercaos —sugirió a madame Antinori mientras dejaba el libro en el escritorio—. ¿Lo reconocéis? —le preguntó.

—¡El *Tetrabiblos*! —exclamó madame Antinori con expresión de estupor.

—Sí, el *Opus quadripartitum* de Ptolomeo. ¿Habéis tenido ocasión de hojearlo? Este es el libro que por vez primera, tal vez, expone las bases científicas de la astrología y establece sus fundamentos y principios, de manera que los aspectos más mágicos y sobrenaturales dan paso a un rigor y una disciplina que, para los que somos amantes de estos asuntos, son, como poco, providenciales. Ahora —prosiguió Catalina— existe un hombre aquí en Francia que, lo creáis o no, haciendo suyos los fundamentos de estos textos, está desarrollando una visión del cosmos y de cómo la naturaleza, mediante sus propias leyes, puede influir de modo determinante en la vida humana.

—No creo conocer su nombre —murmuró madame Antinori.

—Naturalmente, en cierta manera también porque él hace todo lo posible por resultar invisible al mundo, a pesar de su genio. Y, sin embargo, mi atención a estos temas no ha podido pasar por alto las virtudes de un individuo así. Por esta razón, madame, os pido que lo encontréis y lo traigáis ante mí. No importa el tiempo que ello suponga, no importa que huya refugiándose en la otra punta del mundo. Vos le entregaréis una carta mía en la que lo convoco a la corte, otorgándole mi protección a cambio de su compromiso de que no escamotee conocimientos y consejos en beneficio de mi persona. ¿Me he explicado bien?

Madame Antinori asintió.

—Muy bien.

—¿Y cómo se llama ese hombre? —preguntó Francesca con voz más firme, ahora que ya había comprendido que no tenía nada que temer.

—Michel de Nostredame. Creo que, en realidad, es el nombre que su padre ha elegido para ocultar al mundo su origen judío. Pero a mí eso me importa poco. Digo más: para ser sincera, no me importa lo más mínimo. Lo que cuenta es lo que he oído decir sobre él, que es capaz de moldear y esculpir la maravilla de la vida. Por esta razón, madame Antinori, os pido que sigáis mis instrucciones y emprendáis la búsqueda de este individuo tan singular, en ciertos aspectos incluso único. No volveréis hasta que no lo hayáis encontrado. O mucho me equivoco, o bien sé que no os faltan maneras de convencer a un hombre de que os siga, eso sin contar que quien requiere su presencia no es una mujer cualquiera.

Madame Antinori hizo una reverencia.

—Como deseéis, mi señora. Os agradezco el honor que me hacéis al confiarme una misión tan delicada. Espero no defraudaros.

—Yo también lo espero.

—Necesitaré un salvoconducto.

—Lo tendréis. Ahora que conocéis el motivo de que os haya requerido, preparaos para abandonar la corte: dadme el tiempo de preparar la carta para nuestro Nostradame y el salvoconducto, y partiréis para emprender la búsqueda. Dispondré para vos una carroza y un par de hombres de confianza. Me informaréis de vuestros avances una vez al mes. Quiero creer, naturalmente, que vuestras indagaciones no se alargarán demasiado.

—Estaré lista cuando me llaméis.

Catalina asintió. Luego, haciendo un gesto con la mano, despidió a madame Antinori, que tras una nueva reverencia se encaminó hacia la puerta.

—Madame —la volvió a llamar la delfina de Francia.

Francesca Antinori se detuvo y se giró hacia ella.

—Disculpad mi absoluta falta de gratitud. —Según dijo aquello, se quitó del cuello una pequeña cadena de plata de la que colgaba una llave minúscula. Se acercó al escritorio y abrió un cajoncito. Sacó un cofre y lo depositó en las manos de Francesca Antinori junto con la llave.

—Aquí dentro encontraréis lo que os haga falta para vivir como una reina al menos un año. Por supuesto, espero que esta expedición vuestra se resuelva mucho antes. Si, por desgracia, al término de ese tiempo no habéis logrado dar con Michel de Nostredame y traerlo a la corte, no dudéis en poner en mi conocimiento vuestras necesidades económicas para que yo pueda afrontarlas en vuestro nombre. Y ahora —concluyó— retiraos a vuestros aposentos. Pronto tendréis noticias mías.

La espalda de Sebastiano di Montecuccoli chorreaba sangre, que goteaba en el frío suelo de la celda cada vez que el soldado, provisto de una fusta, lo golpeaba por detrás con repentinos latigazos.

Raymond de Polignac estaba mirando. Estaba cansado de aquella obstinación. Había pedido en varias ocasiones a Montecuccoli que confesara sus culpas, y más a la luz de lo que había declarado el teniente Sorel en la carta escrita de su puño y letra, y de un posible juicio que tendría como testigos, además de al propio teniente, a la señora Lille, dueña de la posada del Falconiere, y al farmacéutico que había identificado el veneno como arsénico.

Montecuccoli estaba al límite de sus fuerzas.

Tenía las manos atadas a un cepo y apenas podía tenerse en pie. Fue en ese momento cuando, haciendo un gesto con la cabeza, Polignac ordenó a dos piqueros que lo soltaran. Después, los dos hombres lo recostaron en una silla de madera. El conde de Módena se abandonó exhausto: las manos caídas a los costados, el pelo húmedo de sudor cayéndole frente abajo, como escondiendo la luz cargada de odio que emanaban sus ojos, convertidos en dos rendijas.

Polignac esperaba haber debilitado su resistencia.

—Monsieur —dijo—, no es mi intención continuar, así que cuanto antes confeséis vuestro delito, tanto mejor para todos. Solo así podré poner fin a vuestra tortura. Os lo ruego, no me obliguéis a volver a empezar.

Montecuccoli tosió. Se dobló hacia delante mientras de la boca le salía saliva mezclada con sangre. A causa del dolor lacerante, se había mordido los labios hasta cortárselos.

—Agua... —murmuró.

Polignac hizo un gesto a uno de los piqueros.

El conde bebió ávidamente.

Cuando terminó, asintió.

—Os lo diré todo —añadió.

—Soy todo oídos —respondió Polignac.

—Me llamo Sebastiano di Montecuccoli —comenzó—. Esa maleta me pertenece. —Suspiró, como si esa frase fuera el principio del fin. Pero ya estaba tan agotado que no iba a callar. Se rindió y las palabras fluyeron en una confesión completa—: He comprado estos venenos en la tienda de un boticario veneciano. Llegué a Francia en el séquito de la compañía de mercenarios al mando del capitán, a órdenes de la corona. Sin embargo, nos derrotaron los soldados imperiales. A algunos de nosotros nos capturaron y nos llevaron a presencia de Antonio de Leyva.

—¿El gobernador de Milán, vinculado a Carlos V y actual general de sus tropas? —preguntó Polignac.

—Sí —confirmó Montecuccoli—. Junto a él se hallaba Ferrante Gonzaga. Me hicieron una propuesta: si mataba al rey de Francia, no solamente salvaría la vida, sino que me nombrarían señor de dos de las mejores tierras de Mantua, convirtiéndome en Grande de España.

Polignac lo miró de reojo.

—¿Y vos os habéis creído tales cosas?

—Estaba desesperado —admitió Montecuccoli—. Y no tenía elección, porque de haberlo rechazado, me habrían matado.

—¿Y al final qué habéis hecho? —lo azuzó Polignac, que ya intuía que lo tenía en sus manos—. Con el partido de pelota... y luego... ¿qué?

—Como ya os dije, después de jugar estábamos acalorados, y Francisco tenía mucha sed. Habíamos enviado un paje con dos jarras de plata al pozo del lugar donde se alojaba el delfín. Yo lo acompañé. Él las llenó tras sacar agua del pozo. Cuando posó los dos recipientes en el borde, se inclinó para mirar. Me pareció la ocasión propicia, me acerqué y disolví veneno en la jarra de la derecha.

Los ojos de Raymond de Polignac brillaron.

—¡Por fin lo habéis admitido! Y ahora, monsieur Montecuccoli, no apostaría ni un céntimo por vuestra cabeza.

7

La conversación con Enrique

Desgraciadamente, no era hermosa. Lo habría dado todo por serlo, pero no era así. Era inteligente, culta, atenta, fascinante, pero no era hermosa. No tenía los cabellos de oro ni los ojos de color zafiro. No tenía pómulos altos ni una nariz perfecta. Mientras se miraba al espejo podía, a lo sumo, considerarse interesante, pero eso era todo. Nada más. ¿Cómo podría seducir a Enrique? ¿Cómo podría arrebatárselo a Diana?

Aquella mujer era su maldición. Odio y espera, era lo que se imponía. Había alimentado ambos desde el comienzo, desde que había llegado a la corte. Pero ahora, uno de los dos principios sobre los que había basado su conducta había fracasado. No podía esperar más. Francisco I había sido muy claro. Primero la muerte de su tío, el papa Clemente VII, que había planeado renovar su fidelidad al emperador Carlos V, enfureciendo así al soberano francés y que, con su desaparición, había también faltado al compromiso de saldar la deuda de la dote prometida. El único motivo por el que la estirpe de Valois había decidido emparentarse con una familia de comerciantes florentinos.

Francisco I tuvo que apelar a todo su autocontrol para atenuar ese golpe y no repudiarla de inmediato.

Y ahora ocurría aquello: la sospecha de haberlo matado para así convertirse en la mujer del delfín y aspirar a ese maldito trono ensangrentado.

Como si todo ello no bastara, no era capaz de darle descendencia a Enrique. Es verdad que no era tan sencillo desde el momento en que él no se dejaba ver más que para dirigirle algún que otro saludo fugaz.

Estaba tan enojada que no se percató de que Enrique había entrado en sus aposentos. Solo se dio cuenta cuando lo tuvo delante.

—¡Enrique! —dijo ella, casi aturdida—. ¿Cómo estás, amor mío? —Utilizó esas palabras justamente porque a pesar de su infidelidad palmaria, a pesar de todas sus carencias, Enrique siempre había sido bueno con ella. Y Catalina sabía que aquel comportamiento representaba una anomalía en aquella corte hostil y traidora que desde el primer día no la había querido, con la única excepción del rey y de su hijo. Y, además, porque era tan hermoso que no era capaz de resistirse a sus encantos.

Se acercó a él y le cogió el rostro entre las manos. Vio en sus ojos una luz extraña, como si estuviera distante, ausente, ajeno a lo que estaba haciendo y al motivo que lo había llevado hasta ella.

Suspiró.

—Catalina —dijo finalmente—, ha sucedido lo que me temía. El bueno de mi hermano se nos ha ido, y todo es culpa de mi padre —exclamó con voz amarga.

—¿Por qué dices eso? Sabes bien que no es verdad.

—¡Ay, esposa mía! Vaya si es verdad, y de qué modo. Si hubieras conocido a mi hermano antes de aquellos días trágicos, antes del presidio y del dolor, de la soledad y de la violencia, quizás hoy no hablarías así.

Catalina observó que aquella sensación de frialdad que acompañaba a su mirada había dado paso a una gran amargura, un sentimiento de impotencia, como si todo lo que había ocurrido fuera, en la mente de Enrique, predestinado e inevitable.

—¿Qué intentas decir? Sé más explícito, no te entiendo.

Enrique la miró de nuevo, esta vez directamente a los ojos. Catalina sintió algo gélido que le penetraba las venas, como si Enrique incubara en su alma propósitos crueles e ineluctables.

—Francisco no volvió a ser el mismo tras la prisión forzosa para salvar a nuestro padre. El rey nos abandonó durante tres largos años, dejándonos en manos de carceleros que no conocían el honor y, peor aún, no conocían la piedad. Fue un infierno, Catalina. —Enrique hizo una pausa. Miró hacia fuera. Sus ojos se volvieron hacia la ventana y hacia aquellos prados verdes de agosto, los setos floridos y las fuentes de agua clara de los jardines que rodeaban el castillo—. Recuerdo las ratas, enormes como jabalíes, que venían a devorarnos los pies. Sus mordiscos brutales en las noches sin fin. Y luego los golpes, los insultos, las humillaciones. Francisco era el mayor y era el principal centro de atención de aquellos guardias. Un día lo cogieron, lo desvistieron y lo dejaron desnudo. Recuerdo que Francisco lloraba mientras aquellos gusanos se reían, diciéndole que no era más que una muchacha francesa. Y cuanto más lo insultaban, más lloraba, porque tenía miedo de lo que iba a pasar. Yo no lo había comprendido al principio. Luego, cuando vi lo que ocurrió, porque me obligaron a mantener abiertos los ojos, también yo lloré. Y mucho más que él. Había un hombre colosal entre ellos. Tenía el pelo larguísimo y una barba tupida, negra como el carbón. Le dio puñetazos a Francisco. Podía matar a un toro. Mi hermano cayó al suelo. El hombre lo cogió por el pelo y lo obligó a ponerse de rodillas. Después se desabrochó los pantalones y... —Enrique no conseguía continuar, se le quebraba la voz.

—Enrique, ¿por qué me dices esto? Deja ya de atormentarte con esos recuerdos, solo vas a hacerte daño. —Catalina se acercó a su marido y lo agarró del brazo. Apoyó su rostro en el hombro de él. Pero Enrique no tenía intención alguna de detenerse.

—Cuando todo terminó, golpeó a mi hermano de nuevo, con un bofetón que lo tiró al suelo. Luego, mientras Francisco intentaba volver a ponerse en pie, la emprendió a patadas entre las risotadas de los otros guardias. Yo no moví un dedo. Tenía miedo. Me quedé mirando. Como un cobarde.

—Eras un niño, Enrique. ¿Qué más podías hacer? No ha sido culpa tuya...

La interrumpió:

—Después, aquel hombre orinó encima de él. Parecía que no iba a acabar nunca... —La voz de Enrique se quebró de nuevo y se quedó en silencio, con los ojos húmedos, que a duras penas podían contener el llanto.

Catalina estaba turbada.

Por supuesto que entendía bien, ahora, lo horrible que debió de haber sido para aquellos dos muchachitos permanecer tres años encerrados en las mazmorras del castillo de Madrid. Y entendía la rabia y el resentimiento que desde entonces sentía Enrique hacia su padre.

—Dios mío, Enrique, tiene que haber sido terrible... terrible... Un niño no debería nunca vivir lo que os ha pasado a ti y a tu hermano. Nunca. Solo ahora me doy cuenta de lo que tenéis que haber soportado.

Enrique sacudió la cabeza. Se deshizo de su abrazo.

—No, Catalina. No tienes ni idea. Nadie puede tenerla si no vive un drama similar. Y no puede tenerla el cobarde de mi padre, que nos dejó allá a merced de esos villanos. Francisco enloqueció al cabo de unos días. No volvió a ser el que yo conocía. Aquel presidio lo hizo pedazos para siempre, y se convirtió en el fantasma de lo que fue. Empezó a hacer cosas incomprensibles, y también, más tarde, empezó a rodearse de la gente más extraña y desquiciada. Y lo que ha ocurrido hace unos días no es más que el final obvio de un camino de dolor que empezó mucho tiempo antes. Es mi padre el que mató a mi hermano.

Catalina sintió una punzada repentina, como si esas palabras le hubieran abierto una herida en el pecho. Lo que estaba diciendo su marido era tan terrorífico que de solo escucharlo se espantaba.

—Enrique..., tú... tú no puedes decir algo así. No lo puedes pensar de veras.

Él se giró, dejando entrever una sonrisa.

—¿En serio? —La incredulidad en su voz sonó siniestra—. ¿Tienes idea de lo que estás diciendo, Catalina?

—No conozco vuestros sufrimientos, tienes razón, no sé lo que significa lo que habéis pasado porque no lo he vivido. Una vez más tienes razón. Pero yo te amo, Enrique, y estoy aquí para ayudarte a superar todo esto, si me lo quieres permitir.

El delfín negó con la cabeza.

—Catalina... No es culpa tuya. Siempre has sido tan amable conmigo y yo... Bueno, yo te aprecio, bien es verdad.

¿Cómo no podría apreciarte? Pero también tienes que entender que has llegado demasiado tarde. Ya había ocurrido todo. Si a día de hoy no me he vuelto loco se debe a un motivo, uno solo.

Cuando escuchó esas palabras, Catalina tuvo miedo de preguntar. Sentía que lo que iba a decir Enrique la haría sufrir todavía más.

Sin embargo, se armó de valor y retó a su marido.

—Di todo lo que tengas que decir, entonces. Dilo absolutamente todo, no te calles nada. La sinceridad, al menos... Pienso que me la merezco, ¿no crees, Enrique?

Él asintió.

Y entonces habló:

—Si no me he vuelto loco al volver de España, el mérito es únicamente de una persona.

—Diana —dijo Catalina. Y ese nombre le salió de los labios como si fuera veneno.

Enrique la miró.

—Lo siento —dijo—, pero es así.

—Está bien, entonces —respondió Catalina. Su voz había vuelto a cambiar, tiñéndose de ira—. Ya lo entendí. Ya entendí que has querido venir aquí a mis aposentos para humillarme una vez más. No has tenido suficiente con hacerlo fuera de aquí. Ahora, si me permites, te pido que te vayas.

Él la miró con tristeza.

—Perdóname, Catalina, no quería...

Ella le cortó, tajante:

—Por favor, ahórrame tu compasión. Vete ahora mismo. Si decides volver hazlo porque desees verme, hablar o estar conmigo. No para ensalzar a esa puta de Diana de Poitiers.

Enrique se puso pálido.

Sin decir palabra, se fue.

Cuando lo vio salir, Catalina rompió a llorar.

Lloraba en silencio, porque no quería que la oyesen, ni quería mostrarse débil.

En el fondo de su alma, el dolor crecía junto con el odio, y mientras intentaba detener el llanto, se juró a sí misma que se vengaría de aquella maldita mujer.

OCTUBRE DE 1536

8

La plaza de Lyon

La plaza estaba atestada.

Las *maisons à colombages* salpicaban con sus fachadas de entramado de madera los cuatro costados de la plaza. La formidable catedral de Saint-Jean dominaba imponente la escena; las robustas torres del campanario enmarcaban el suntuoso rosetón central y la cúspide como si fueran sus guardianes. Una compañía completa de piqueros cubría el perímetro entero de la plaza.

El capitán Raymond de Polignac se alisaba los bigotes, en espera de asistir a un espectáculo escalofriante que, sin embargo, no dejaba de atraer a millares de personas, como bien confirmaba la multitud allí reunida. Estaba embutido en su larga casaca azul. La coraza brillante en el pecho, las botas con cintas rojas de desfile, la capa del mismo color reposando suavemente sobre el hombro. Llevaba en el sombrero una gran pluma rojiza, y lo tenía ligeramente inclinado hacia delante, para así poder mirar sin ser visto. La empuñadura de la espada relucía bajo el pálido sol de octubre.

En el centro de la plaza, cuatro caballos negros, dispuestos en cruz, estaban siendo atendidos por los ayudantes del verdugo.

Raymond de Polignac sacudió la cabeza. Miró a Catalina de Médici y se percató de su ceño fruncido. Debía de tener bastantes preocupaciones, dadas las sospechas que, de repente, habían recaído en su persona. Y, sin embargo, conservaba un orgullo aparentemente inquebrantable, una mirada directa que encerraba una luz brillante, a pesar de que nada era digno de mención en ella. No lo eran sus cabellos castaños ni los ojos algo apagados y ligeramente saltones. Los labios carnosos, incluso demasiado, y también la nariz, lejos de ser pequeña, no mejoraban ciertamente la imagen del conjunto. En general no se la podría definir como fea, pero tampoco como guapa.

Comparada con la amante del rey, Catalina, aunque lujosamente vestida, con su cohorte de damas de honor y criados, literalmente se difuminaba.

Diana de Poitiers tenía el pelo castaño con reflejos oscuros como el ónice. Sus ojos tenían la tonalidad del cielo nocturno con una frágil reverberación de flor de aciano, y su rostro perfecto habría empujado al hombre de más nobles principios a caer en pensamientos impuros. Su cuello de alabastro, magnífico, y la piel diáfana, inmaculada, ligeramente impregnada de un rosa delicado, la hacían sensual y deseable como ninguna otra mujer de Francia.

Una semana antes, el rey había hecho construir un palco y tribunas de madera para garantizar la mejor vista posible de la ejecución.

Y así, ahora, Raymond las tenía a ambas frente a él, las dos mujeres de Enrique. Las dos mujeres más importantes de Francia, después de la reina, que evidentemente, estaba sentada al lado del soberano.

Y no obstante, mirándola bien a la cara, se intuía en Catalina una voluntad de hierro. Por lo demás, esa voluntad, unida a una inteligencia poco común, es la que debía de haberla mantenido en la corte hasta aquel momento. Más de una vez se había escuchado decir que el rey la había repudiado, pero a pesar de las malas lenguas, eso no había ocurrido nunca.

Mientras esperaba la llegada del prisionero, Polignac miró a su alrededor. La situación parecía tranquila.

Los vendedores ambulantes vendían galletas y manzanas confitadas, mientras las *boulangeries* parecían haber trabajado incesantemente ya que, en esos días festivos, la clientela se había duplicado. Pastores y campesinos, leñadores y arrendatarios, habían acudido en gran número desde la campiña para asistir al suplicio que le aguardaba al asesino del delfín.

Ciertamente, no se les podía reprochar. Ahora que la guerra había dado un vuelco a favor de Francia, aunque muy lejos de haber terminado, aquella ejecución se ungía con los rasgos de un catártico rito colectivo.

Sentado en su propio banco de madera, el rey Francisco I miraba con indulgencia a su pueblo exaltado. Si se pensaba bien, había sido una excelente idea la de echar a andar el rumor del envenenamiento, haciéndolo de dominio público. La traición de Montecuccoli y su trabajo en la sombra como espía para el emperador Carlos V de Habsburgo le habían convertido en el perfecto chivo expiatorio a los ojos del pueblo.

La gente cantaba a todo pulmón. Los piqueros vigilaban la plaza.

Entonces, de repente, como si se tratara de un guion concebido por un dramaturgo, hizo su aparición el condenado. Llegaba en un carro con los laterales levantados, tirado por un par de mulas cansadas. Arremetiendo contra él, azotándolo sin descanso, se hallaba el ayudante lisiado del verdugo. Jorobado y cojo de una pierna, el engendro descargaba sobre Montecuccoli tal cantidad de latigazos que hubiera sido un milagro que sobreviviera antes de que lo ataran a las cuatro cuerdas que lo iban a descoyuntar.

La multitud llenaba la plaza, desde el centro hasta las líneas de las casas y los palacios, pero dejaba libres las cuatro vías de escape a lo largo de las cuales avanzarían los caballos. Hasta los más temerarios se mantenían prudentemente detrás de las barreras de madera para evitar que alguno de los negros equinos les asestara una coz que los mandase volando por los aires.

Conminaron a Montecuccoli a bajarse del carro.

Los coros de insultos y silbidos se elevaron al cielo y lo cubrieron de escarnio. Hombres y mujeres le escupieron y le lanzaron de inmediato frutas y verduras podridas, haciendo también blanco en el lisiado, que, impasible, parecía redoblar sus propios esfuerzos para convertir en auténtico calvario la distancia que separaba al condenado del descuartizamiento.

Montecuccoli era una sombra del hombre que había sido. Sus hermosos rizos reducidos a largos cordeles oscuros. Los ojos con un cerco negro, el rostro aún más delgado, los pómulos que sobresalían presionando la piel, como si la carne hubiera desaparecido dejando espacio solamente a los huesos. Se movía con esfuerzo, no solo a causa de los grilletes de las manos y las piernas, sino por todo lo que había sufrido en prisión.

Polignac conocía bien el tratamiento que se reservaba a los asesinos, y él mismo no había escatimado latigazos.

Con sus ropas harapientas y andando a trompicones, Montecuccoli caminó pesadamente hasta que estuvo a punto de caer, pero fue sostenido justo a tiempo por los ayudantes del verdugo. Este último, un hombre alto, imponente, vestido de negro y con la cabeza calva, le quitó los grilletes y alejó las cadenas de un puntapié, haciéndolas resonar sobre el suelo de granito de la plaza.

Luego, junto con sus acólitos, empezó a atar los brazos y las piernas del condenado a los extremos de las cuatro cuerdas. Cada una de ellas estaba anudada al pomo de la silla de montar de uno de los caballos negros.

Montecuccoli estaba tan agotado que no opuso resistencia. No se retorcía, no pataleaba, no gritaba, con gran desdén hacia la multitud, que quería verlo implorar piedad. Pero no hizo nada. Parecía ya un espectro.

Después de haberlo inmovilizado de pies y manos con las cuerdas, cada uno de los cuatro secuaces desenvainó una fusta y golpeó con fuerza la parte trasera del caballo que se les había asignado.

Los relinchos cortaron el aire, lleno de voces y gritos, silenciando al pueblo y obligando a todos a mantener los ojos clavados en aquella visión apocalíptica.

Las cuerdas se tensaron, los caballos comenzaron a avanzar. Montecuccoli se encontró de repente alzado del suelo, con los brazos y las piernas estirados hasta la agonía. El conde de Módena gritó como nunca lo había hecho en su vida. Las venas, en relieve sobre la piel clara, parecían a punto de estallar.

Y después, en efecto, sucedió de verdad.

Polignac observó a la familia real. Enrique miraba fijamente la escena.

La reina Eleonor de Habsburgo y Diana de Poitiers, en cambio, habían apartado la mirada, inclinando ligeramente la cabeza y protegiéndose los ojos con una mano.

Catalina miraba.

No parecía sentir miedo.

«Notable», pensó Polignac. Y por vez primera, ese día se dio cuenta de que aquella italiana menuda había empezado a gustarle.

9

A la búsqueda de un astrólogo

Madame Antinori estaba cansada, desanimada y atemorizada.

Hacía ya dos meses que estaba viajando, y de aquel maldito Michel de Nostredame no había ni rastro. O mejor dicho, parecía que ella tenía un talento oculto para llegar al lugar oportuno un instante antes de que él se hubiera marchado. Por no hablar de que cada vez que lo mencionaba, lo que conseguía era ganarse más enemigos de lo que esperaba. Y a gran velocidad, a decir verdad. En definitiva, por cualquiera que fuera la razón, Nostredame no parecía gozar de mucha popularidad.

¿Por qué, se preguntaba Francesca delante del escritorio, la reina había pensado en ella precisamente para esa misión? Si Catalina tenía tanta confianza en ella, ¿por qué no le asignaba algo más divertido y gratificante?

Tener que rendir cuentas cada mes de sus continuos fracasos era una humillación interminable.

Sacudió la cabeza. Tomó la pluma y el tintero.

Y empezó a escribir. Puso en su carta todo lo que había

descubierto en el último periodo. Aunque no sirviera para mucho más, aquellas explicaciones sobre sus pesquisas la ayudaban a ordenar sus ideas.

A Su Alteza Catalina de Médici, delfina de Francia.

Madame *la reine*:

Como ya procedí con anterioridad, llego a vos con este informe mensual, con la esperanza de que os agrade. Debo, sin embargo, advertiros que las noticias, por desgracia, no son confortantes.

Como me habéis sugerido, he llevado a cabo mis primeras averiguaciones en Montpellier. Al llegar a la ciudad, he podido descubrir, en un tiempo muy breve a decir verdad, que monsieur Michel de Nostredame no vive allí desde hace algunos años. Tras licenciarse en medicina, se fue a Aquitania, convocado, por lo que parece, por un tal Giulio Cesare Scaliger, médico personal del obispo de Agén. Antes de irse a aquella ciudad he comprobado asimismo otro hecho: se confirmaron los orígenes hebreos de monsieur de Nostredame, nieto de Guy de Gassonet, convertido al catolicismo hacia la mitad del siglo pasado, con el nombre de Pierre de Nostredame.

La fuente, fiable, de dicha información ha sido un antiguo profesor de anatomía de Michel, un tal Claude de Montmajour, que ha satisfecho mi profunda curiosidad.

Y no solo eso. Parece que el nombre de Nostredame se lo asignó a Guy de Gassonet el entonces arzobispo de Arlés, Pierre de Foix. De cualquier modo, el abuelo de Michel se tomó su propia conversión muy en serio, llegando a repudiar incluso a su mujer, que no había renunciado a las lisonjas del judaísmo.

Sea como sea, después de haber recogido esas noticias me dirigí a Agén. Tras un largo viaje, en cuanto a incómodo y penoso (nos asaltaron unos ladrones y uno de los hombres que su Alteza me brindó en su momento como escolta resultó herido, aunque leve), finalmente llegamos a Agén.

Aquí, sin embargo, las cosas se complicaron más tarde, sobre todo porque la ciudad está devastada por la peste. Confieso que ver los carros atestados de muertos llenos de bubones negros reventando en la carne me ha aterrorizado.

En ese sentido, confieso a Vuestra Alteza que estuve a punto de regresar de inmediato a la corte a causa del grave riesgo al que exponía mi persona. Por fortuna mía, no obstante, haber conocido a Scaliger ha disipado toda duda ya que, después de haberme entretenido con algunos métodos suyos que él considera infalibles para la cura de la enfermedad, métodos que no parecen haber resultado efectivos a juzgar por las pilas de cadáveres que he visto por la ciudad, al final ha considerado oportuno comunicarme que Michel de Nostredame se había alejado de Agén para llegar a Burdeos. La razón de semejante cambio, que tiene un cierto aroma de fuga, sería que la peste se ha llevado por delante las vidas de su mujer y de sus hijos. Scaliger ha admitido que no conocía las circunstancias precisas de tales trágicos sucesos porque, tras un periodo de amistad, sus relaciones con Michel se habían truncado.

Intentaré, por lo tanto, acercarme a Burdeos, sin perder ni un instante más en Agén, con la esperanza de no haber contraído la enfermedad.

Y así creo haber terminado lo que pensaba exponer.

Esperando haber desempeñado correctamente la tarea que se me confió, me permito despedirme.

Vuestra agradecida y fiel servidora,

FRANCESCA ANTINORI

Releyó el texto varias veces, luego lo enrolló y lo selló con lacre. Llamó a uno de los guardias que la acompañaban y le solicitó que consiguiese un mensajero que se lo entregara lo antes posible a Catalina.

Solamente entonces pudo relajarse y reflexionar sobre la suerte que le había asistido durante ese terrible viaje, preservándola de la peste que estaba diezmando a Francia.

Ese pensamiento la condujo a los campos devastados por la guerra. A campos sin cultivar, cuando no quemados, que habían quedado reducidos a montones de rastrojos blanquecinos o a extensiones negras y humeantes, en la retirada febril y cruel de las tropas de Carlos V de Habsburgo. Por lo que respectaba a las ciudades, no parecían salir mejor paradas; devoradas por la epidemia, diezmadas en su población, marcadas las puertas con cruces y presas de las llamas purificadoras.

Francesca temía por su persona, por supuesto, y la generosa asignación que le había dado su señora servía realmente de poco.

Sintió frío. Se ciñó alrededor de los hombros la estola de piel. El otoño parecía que ya anunciaba el invierno.

Esperaba tener más suerte en los próximos días. No tenía intención alguna de pasar un año entero buscando a un astrólogo probablemente loco y al que al parecer todos odiaban.

ENERO DE 1538

10

Miedos y pesadillas

Catalina vio las llamas: eran tan altas como las murallas de Jericó; se balanceaban, rojas, en llamaradas ardientes. Los jinetes avanzaban con sus armaduras negras, cortando cuellos: lenguas de acero como rayos en las rosadas carnes de los nobles romanos.

Vio al papa, encerrado en Castel Sant'Ángelo, temblando sollozante como un niño al que le hubieran arrebatado sus juguetes.

Vio Roma a hierro y fuego, presa de los lansquenetes babeantes y sedientos de vidas que extinguir bajo el filo de sus propias espadas. Las calles reducidas a tripas negras a causa del humo de los incendios, regurgitando muertos y heridos. El Tíber rojo con la sangre de los hijos de la ciudad.

Se volvió a encontrar en el Palacio de los Médici, en Florencia: el pueblo que gritaba a sus puertas. Su tía, Clarice Strozzi, que la defendía con un cuchillo, frente a los rostros de una ciudad que odiaba a los Médici y que estiraba sus dedos como garras para arrancarles los ojos a las mujeres que pertenecían a esa estirpe de usureros y sanguijuelas.

Solas. Se habían quedado solas; abandonadas por el cardenal Passerini, por su primo Ippolito, al que ella tanto quería, y por Alessandro, el bastardo, que ella había creído hermano suyo, a pesar de que su pelo rizado y sus labios gruesos dijeran lo contrario y explicaran, más allá de las palabras, el cruce entre un noble y la gracia salvaje y lúbrica de una sirvienta morisca.

Los hombres y las mujeres de Florencia la separaban de su querida tía y se la llevaban a un monasterio de dominicas de Santa Lucía para que la vigilaran como a una prisionera, una muerta en vida.

Catalina se despertó sobresaltada.

Estaba empapada de sudor, el pelo adherido a las sienes, el corazón latiéndole como un tambor y que parecía que le iba a saltar fuera del pecho de un momento a otro.

Una vez más, aquella pesadilla, que parecía revelar las fantasías más negras y terribles de su infancia, le había robado el sueño.

Miró las brasas rojizas que destellaban en la ancha boca de la chimenea. No soportaba el calor de la habitación. Apartó con los pies las mantas y las sábanas y se levantó de la cama con dosel. Se calzó las zapatillas de terciopelo e, insegura, caminó arrastrando los pies hasta los grandes ventanales. Los abrió y dejó que el aire invernal la abofeteara.

Fontainebleau era una maravilla.

Los primeros copos de nieve caían silenciosos desde un cielo color perla. Los jardines estaban rociados de blanco. Inspiró largamente el aire limpio y cortante. Ese hielo ardiente parecía que finalmente la despertaba del sopor de un momento antes.

Fue una liberación.

Luego sintió frío. Llegó de repente, despiadado, como si su cuerpo hubiera tomado conciencia solo entonces. Volvió a cerrar los ventanales.

Fontainebleau: otro castillo más, un continuo traslado de palacio en palacio. Pero, por otro lado, aquella era la voluntad del rey. Francisco I era categórico sobre ese particular: cualquiera que dijera que estaba cansado se las tenía que ver con él. La presencia y la preparación eran fundamentales, y no estar listo podía costar caro. Catalina suspiró; pensó en cuánto se estaba desperdiciando del tesoro del soberano con aquella guerra perenne por un lado, y con la construcción de residencias magníficas por otro.

Pero la belleza de Fontainebleau la recompensaba de todo: podía incluso soportar a Diana, en cierto modo. Aunque ese día, ya lo sabía, su paciencia sería sometida a una dura prueba. Empezaba una fiesta que el rey deseaba, y eso significaba ropa suntuosa y joyas, conversaciones fascinantes y baile, pero también excesos y orgías, traición y sexo desenfrenado.

No quiso pensar en ello. Esperaría, como siempre había hecho durante aquellos años. Odio y espera, también entonces: odio hacia Diana, espera de un hijo.

No recibía noticias de su querida Francesca desde hacía más de un año. Había renunciado a desear que aún estuviera viva, así como se había rendido a la evidencia de que jamás lograría llevar a la corte al más poderoso y talentoso de los astrólogos. Tenía un buen número de ellos a los que consultar, pero ninguno parecía ser capaz de disipar su preocupación.

El tiempo pasaba y ella no conseguía tener hijos. Es verdad que la ausencia ya legendaria de Enrique en el lecho conyugal no ayudaba a concebir un heredero.

Bufó.

Después, molesta por el pensamiento de lo que le aguardaba, cogió del escritorio su copia personal del *Príncipe,* de Nicolás de Maquiavelo: había convertido ese texto en su breviario personal. Lo leía y releía intentando memorizar sugerencias y estratagemas, ya que sabía que esos pensamientos podían resultarle de utilidad en el futuro. Antes o después, también Francisco I faltaría. Esperaba que sucediera lo más tarde posible, al tenerlo como único protector, pero la caducidad de la vida le imponía estar preparada.

Recorrió las páginas consultadas tantas veces.

Después pensó que pronto llamaría a sus damas para ponerse a punto para la fiesta de la tarde. Sería irresistible, seduciría a Enrique y lo llevaría a la cama. Que intentara aquella maldita Diana interponerse entre ella y su marido: se iba a arrepentir amargamente.

Cuando entró en el increíble salón de fiestas, Catalina llevaba un conjunto dorado tachonado de diamantes y rubíes grandes como avellanas, regalo de su tío Clemente VII. En el dedo lucía el anillo llamado *en table* por las dimensiones excepcionales del diamante incrustado. En su cuello relucían las perlas de un collar precioso.

El cabello arreglado con delicadeza, la piel clara, el hermoso vestido de brocado azul, con finos hilos de oro que exaltaban su frágil feminidad. Estaba elegantísima, una muñeca intocable y soberbia. La antecedían ocho pajes y ocho damas vestidas de terciopelo y seda.

Al verla, Francisco I sonrió complacido. Llevaba ropa de raso blanco, ornamentado con lirios.

Sin embargo, cuando Catalina vio entrar a Diana al lado de

Enrique, aquel esplendor suyo se hizo pedazos. Su acérrima rival repartía su habitual mirada desdeñosa, que lanzaba como dardos sobre el salón bellamente iluminado y sobre las volutas de las retorcidas columnas y los frescos policromados.

Catalina se le acercó; estaba cansada de esperar y esconderse. La iba a poner en su sitio. Enrique, al verla, prefirió alejarse, simulando tener que comunicar algo importante a su padre.

—Madame —dijo Catalina—, os veo radiante también hoy. Imagino que la constante presencia de mi marido en vuestros aposentos es la causa primera de este florecimiento, a pesar de vuestra no tan joven edad.

Al escuchar aquellas palabras, Diana la miró con un odio frío. Los ojos negros veteados de azul desprendían relámpagos helados de obsidiana. Frunció los labios en un puchero tan delicioso como irritante.

—Imagináis bien —dijo—. Por lo que respecta a la edad, sin pretender ofender, no afecta todavía a una belleza que vos no tendréis nunca.

—¿Cómo osáis? —Catalina no daba crédito a lo que estaba oyendo. Nunca Diana había sido tan imprudente. Pero su adversaria no parecía haber terminado—: Seáis o no delfina, no dejaréis de ser una italiana en la corte de Francia... Hija de comerciantes, para más señas —prosiguió—. En cuanto a Enrique, él bien sabrá en qué cama meterse.

—Entonces... ¿insistís en vuestra arrogante locura? —replicó Catalina—. Sabía que tenía una enemiga, y ahí está la confirmación. Lo recordaré a su debido tiempo.

—Vuestras amenazas no os valen de nada conmigo, querida —respondió con tono de desprecio Diana—. Y en cualquier caso, vuestras esperanzas de convertiros en reina se vuelven cada vez más borrosas.

Catalina enarcó una ceja con incredulidad.

—No tengo prisa. Espero más bien que nuestro buen soberano reine por cien años más.

—No estoy segura de lo que ocurrirá —observó Diana con una sonrisa cruel—. Y, como quiera que sea, os recuerdo que os puede repudiar, dada vuestra esterilidad. Por no añadir que os aconsejo prepararos para una desagradable novedad.

Esa frase sibilina logró el efecto deseado. Catalina abrió de par en par los ojos sin entender hasta dónde quería llegar Diana.

—Entonces... ¿no lo sabéis? —preguntó en tono burlón—. Diría que no, a juzgar por cómo se han dilatado vuestros ojos por el estupor... Demasiado, teniendo en cuenta la desafortunada anatomía...

—Os prohíbo que os dirijáis a mí de ese modo. —Catalina estaba furiosa. Su rostro pálido se iba tiñendo de rojo por la ira.

—Como prefiráis. —Diana no pestañeaba—. Debo, pues, deducir que habéis olvidado un detalle importante.

—No entiendo.

—Me parece evidente.

—Os pido que os expliquéis. Y exijo una excusa.

—En lo que respecta a las excusas, pues bien, os vais a cansar de esperar, porque no van a llegar nunca. En cuanto a la novedad, os puedo dar un nombre y un apellido: Anne de Montmorency.

—¿El mariscal?

—¿Veis como no sabéis nada? Montmorency está a punto de convertirse en gran condestable de Francia. Ciertamente, no necesito recordaros lo profunda que es su fe católica y, por tanto, lo mal que lleva las relaciones con magos y astrólogos, especialmente si son judíos. Creo que no vacilaría en catalogarlas como heréticas. ¿Comprendéis ahora adónde quiero llegar?

A Catalina le dio un vuelco el corazón. Diana, ¿sabía algo de sus averiguaciones? ¿O más bien estaba jugando de farol?

Fingió no darse por enterada.

—No veo a qué os referís.

Diana no aflojó.

—No creáis que no conozco vuestras lecturas, querida mía. Tened cuidado, por tanto, ya que con un hombre como Anne en la corte será muy difícil hojear las páginas de ciertos autores. El rey se convertirá pronto en uno de los más férreos paladines de la fe católica, y no es apropiado alimentar ideas subversivas, sobre todo si lo hace una persona que ya lo tiene todo en contra. —Como queriendo subrayar esa última frase, Diana suspiró, fingiéndose desconsolada—. Luego no digáis que no os he advertido —concluyó.

Y sin más comentarios, se fue, no sin antes dedicarle a Catalina una mirada llena de despectiva superioridad.

11

Hacia un edicto

Anne de Montmorency no acababa de entender cómo el rey podía admitir en un encuentro como aquel al comandante general de los piqueros. Era una coacción, en cierto modo. Por otro lado, sabía que Polignac había dirigido con gran celo y capacidad las pesquisas sobre el asesinato del delfín Francisco, y desde aquel día el soberano no se aventuraba a hacer nada sin antes haberlo hablado con él.

Precisamente por sus servicios lo había ascendido de capitán a comandante general de los piqueros del rey. He ahí, entonces, explicado el motivo de tanta gloria.

Se decía que ese hombre tenía una influencia sobre Francisco I que solo era equiparable a la de su favorita, madame d'Étampes.

Aquello lo explicaba todo.

De cualquier forma, Montmorency no tenía intención alguna de renunciar a su propio papel. Poderoso en su rango de mariscal de Francia, era por supuesto un superior de Polignac.

El rey lo había citado en sus aposentos por el *affaire des placards*, con el fin de consultar con él y con Polignac las decisiones que había que tomar. No se trataba de una novedad, era más bien agua pasada. Salvo por que ahora, en varias ciudades de Francia se revelaban nuevos focos de herejía que se extendían como fuego. Y tal tendencia bien podría acabar desembocando en un incendio.

Anne tenía las ideas más que claras a ese respecto, y en cuanto entró no se anduvo por las ramas: dijo exactamente cómo, según él, había que actuar:

—Vuestra Majestad —atacó—, el caso de los carteles ha sido tan lamentable como inquietante. Esos gritos en contra de la fe católica ya nos han puesto en apuros con el papa en el pasado, y ahora necesitamos desesperadamente sus tropas y sus favores para derrotar al ejército de Carlos V. Yo creo que no se puede esperar más, pero precisamos de un edicto vuestro contra esos perros que han osado llegar tan lejos y que ahora, a la sombra de esos manifiestos y esas injurias, están adquiriendo un coraje y una arrogancia que hay que cortar de raíz... antes de que sea demasiado tarde.

Francisco I lo miró con admiración y respeto. Montmorency era tal vez su más hábil hombre de guerra: había infligido múltiples derrotas a las tropas de Carlos V, liberando la Provenza, y había reconquistado Artois. Polignac, por otro lado, era un soldado ejemplar, un oficial astuto, inteligente y, sobre todo, leal, un hecho nada desdeñable en una época en que la fidelidad era una virtud de manual, tan difícil de encontrar que había que rogar mucho a Dios para dar con ella.

El rey era alto e imponente; un gigante, mejor dicho. Sobresalía por encima de sus dos soldados más valientes, pese a lo cual inclinaba la cabeza con el fin de escucharlos con la máxima atención posible.

—¿Y vos qué pensáis, mi buen Polignac?

Raymond miró fijamente al rey, luego dejó que su mirada se posara en el mariscal de Francia, que le devolvió un rayo helador. Los ojos celestes de Montmorency parecían lagos de montaña. Su rala barba pelirroja hacía parecer aún más afilado su rostro hundido y anguloso, como si un artista legendario hubiera querido esculpir la madera y extraer de ella la cara del más grande guerrero de todos los tiempos.

Esperó, por lo tanto, poder calibrar sus palabras, aunque no estaba particularmente versado en ese arte.

—Si me permitís, vuestra Majestad, aunque coincido con lo que dice el mariscal de Francia, debo recordar cuán delicada es la situación con los judíos y los protestantes. No podemos autorizarlos a que desprecien la fe católica, pero tenemos que poner cuidado en no desatar guerras religiosas. No creo que nuestra capacidad numérica y económica nos permita afrontar conflictos adicionales. Por tanto, considero prematuro pronunciar un edicto contra otros credos que no sean el catolicismo.

Montmorency casi no daba crédito a lo que estaba escuchando. Se removió, conteniéndose a duras penas. Pero era evidente que toda su persona experimentaba algo más que simple contrariedad. Empezó a abrir y cerrar las palmas de las manos, como si anhelara estrangular de un momento a otro a Raymond de Polignac.

—Vuestra Majestad, la espera que aconseja el comandante general de los piqueros está totalmente fuera de lugar.

El rey enarcó una ceja.

—¿Y cuál sería la razón, Anne?

—Es fácil de explicar, mi señor: ya hemos esperado lo suficiente. Cuatro años, Vuestra Majestad, son una eternidad, y si bien es cierto que entretanto buena parte de los responsables de esos actos malvados han terminado en Châtelet y luego ahorcados o quemados vivos en la plaza de Grève, también resulta de todo punto innegable que los reformistas prosperan y se hacen cada día más fuertes, de tal modo que los que se distancian de la fe católica van aumentando en nuestra bella Francia. Y este es un hecho peligroso, puesto que divide al Estado haciéndolo más débil, más desunido, menos preparado para afrontar las guerras. ¿Os habéis preguntado cómo es que, a pesar de ser pequeños en tamaño y población, podemos enfrentarnos al imperio de Carlos V?

—*Sacrebleu!* ¡Porque somos Francia, por eso! ¿Qué clases de preguntas son esas, Montmorency?

El mariscal se apresuró a asentir.

—¡Por supuesto! —confirmó—. Pero también porque somos un pueblo unido, compacto, guiado por un gran soberano. Pero si, por ventura, ese sentido de unidad se pierde, ¿no creéis vos, Vuestra Majestad, que Francia podría tener más problemas? Y estando así las cosas... ¿No convendría entonces desalentar tal posibilidad de inmediato? ¿Arrebatarles incluso el derecho a la ciudadanía francesa, de modo que detengamos el peligro antes de tener que arrepentirnos amargamente de no haberlo hecho?

Polignac intentó atemperar el fogoso discurso de Montmorency.

—¿No os parece que exageráis, mariscal? Con todo el respeto que me genera vuestra figura y el hecho de ser yo un inferior, pregunto: ¿no sería la proclamación de un edicto la chispa perfecta para hacer estallar un conflicto religioso que quizá se podía haber evitado? Después de todo, los incendios que ennegrecen el cielo y los gritos de los ahorcados en la plaza pública podrían ser un elemento disuasorio suficiente como para aquietar el espíritu, ¿no os parece?

Pero Montmorency estaba lejos de acogerse a esa tesis.

—Comandante Polignac, entiendo lo que pretendéis decir, pero la arrogancia de los reformistas, y más en general de la herejía, se está difundiendo como la peste. No podemos subestimar el problema. Os recuerdo que aquellos manifiestos escandalosos contra la fe católica, contra lo más sagrado que tenemos, se publicaron, en su tiempo, en París, Blois, Orleans...

—¡Incluso en la puerta de mi habitación! ¡En mi castillo de Amboise! —tronó el rey, que parecía enardecerse con el recuerdo de hechos pasados.

—¡Sí! —dijo Montmorency con incluso mayor convicción, animado por ese repentino rayo de furor que había aportado, de golpe, el rey—. Como si quisieran desafiar a nuestro soberano —dijo el mariscal de Francia—. Y por lo demás, Polignac, ¿no fuisteis vos el que desenmascaró a Montecuccoli y lo hizo condenar por el asesinato del delfín, razón por la cual tendréis mi perpetua admiración? ¿Titubeasteis en ese caso? —Montmorency dejó que esa última pregunta flotara en el aire; luego, aprovechándose de su ventaja, cerró la discusión añadiendo—: Vuestra Majestad, tenéis que firmar un edicto, quizá no de manera inmediata, pero sí en poco tiempo. Tenemos que mostrarle a la herejía que el trono es fuerte, que Vuestra Alteza es un paladín de la religión católica y que quien se rebela terminará quemado vivo.

Francisco I asintió.

—Yo también lo creo, Anne. Daré disposiciones a mis juristas para que preparen un texto. —Luego, volviéndose hacia Polignac, añadió—: No pretendo decir que estéis equivocado, Raymond; después de todo, la diferencia que tenéis con Montmorency atañe tan solo a la aplicación de los tiempos. —Hizo una pausa y continuó—: Bien, ya tenemos otra cosa. Podéis iros, queridos amigos.

Feliz con el resultado de la conversación, Montmorency hizo una profunda reverencia y se encaminó hacia la puerta, y Polignac siguió sus pasos. Pero cuando este último estaba a punto de salir del salón, el rey lo llamó:

—Un momento, Raymond, quiero comentaros una cosa.

12

Un encargo especial

Polignac volvió ante el rey.

—Tengo que hablaros de un asunto importante —dijo Francisco I; luego se detuvo, como si tuviera que escoger con cuidado las palabras que iba a pronunciar—. Una cuestión que me afecta profundamente, ya que tiene que ver con la persona más indefensa de esta corte. Digo más: vuestra amplitud de miras, vuestra prudencia al tolerar credos diferentes al católico, me hacen pensar que podríais ser el hombre perfecto para esta tarea que, creedme, no es de poca magnitud. —Aquella introducción casi remilgada en relación al asunto, en todo caso cauta, sonó extraña a los oídos del comandante general de los piqueros del rey, y más aún pronunciada por un soberano que, más por carácter que por su cargo, no tenía la costumbre de andarse con rodeos. Por lo tanto debía tratarse de un hecho que le importaba de verdad mucho.

—Os escucho, Vuestra Majestad —se limitó a decir Polignac.

—Mirad, Raymond —continuó el rey—: existe en esta corte una persona a la que estimo especialmente y que me resulta tan querida como mis propios hijos. O quizás incluso más. Le reconozco una gracia y una inteligencia tan extraordinarias que resultan sorprendentes, y, sin embargo, ser como es le impide tener los apoyos que merecería.

—¿Os referís a la delfina, Vuestra Alteza? ¿Catalina?

—Mi querido Polignac, he ahí por qué os tengo aprecio y siento por vos una estima infinita: porque entendéis las cosas al vuelo y me ahorráis explicaciones. Es justamente así, hablo de *ma fille*, Catalina. —Y como subrayando que la situación no era de lo mejor, el rey suspiró—. Mirad, Raymond, esa muchacha sufre por ser tratada injustamente: ninguno la puede culpar de ser una Médici, porque yo soy el primero en sentir por la inteligencia y el amor al arte una pasión sin medida, y es un hecho que fueron los antepasados de Catalina los que hicieron emerger a genios como Filippo Brunelleschi, Leonardo da Vinci, Raffaello Sanzio, Donatello y Miguel Ángel. Solamente un insensato podría no apreciarlos y no sentirse agradecido por lo que nos han dejado: Florencia. Y si bien es cierto que esa muchacha me está causando algún que otro quebradero de cabeza, es asimismo innegable que nadie está haciendo nada para ayudarla. Por ello, Raymond, lo que quiero de vos...

Francisco I se aclaró la voz. Un paje con librea azul con los lirios de Francia se inclinó, casi prosternándose, ofreciéndole una copa de vino de Champagne. El rey lo cogió distraídamente y lo vació de dos tragos.

—Lo que quiero de vos... —continuó—. Catalina está sola e indefensa, y, os doy mi palabra, siente un deseo desesperante de quedarse encinta. Perdonad la franqueza. El hecho de que mi hijo Enrique mantenga una relación con Diana de Poitiers no ayuda en absoluto, en honor a la verdad, pero resulta también innegable que Catalina debería aumentar su confianza en sí misma e intentar tener un hijo de todas maneras.

Por un momento, a Raymond de Polignac le traicionó una expresión de incredulidad. El rey se dio cuenta.

—¡*Sacrebleu*, Raymond, no pongáis esa cara! ¡No tengo la menor intención de pediros algo que no se atenga a vuestro papel de segundo mejor soldado del reino! Lo que quiero de vos es simplemente que estéis al servicio de esa muchacha. Que estéis cerca de ella, que la cuidéis ahora y siempre, pero sobre todo cuando yo no esté.

El rostro de Polignac se distendió.

—Naturalmente, no hay nada que colme más mi orgullo que obedecer a Vuestra Majestad —observó—. Y, sin embargo... ¿de qué modo le puedo resultar de ayuda? Y, Vuestra Majestad, me permito también preguntar: ¿cómo puedo convertirme en guardaespaldas de Catalina de Médici siendo el comandante general de los piqueros?

—Eso, mi querido Raymond, no supone para nada un problema: podéis por supuesto seguir siéndolo y ocuparos de lo que yo os diga. Designaré a un vicario que os sustituya todo el tiempo que sea necesario. El hecho es que Catalina está tratando de llevar a cabo unas pesquisas que, lo creáis o no, espero que resuelvan de una vez por todas la cuestión de la descendencia. No me preguntéis de qué se trata, id a hablar con ella y lo descubriréis. Luego, haréis todo lo que ella os pida. ¿Me he explicado?

—Absolutamente, Vuestra Majestad.

—¿Está todo claro?

Polignac asintió:

—Nítido.

—Muy bien, amigo mío. Entonces no hagáis esperar a Catalina; id a buscarla a los jardines. —Y sin más dilación, el rey despidió al comandante general de los piqueros.

Por segunda vez esa mañana, Raymond de Polignac hizo una reverencia para luego dirigirse hacia la puerta.

Catalina estaba cada vez más preocupada: después de más de un año de ausencia, Francesca Antinori había regresado a la corte, pero lo había hecho con las manos vacías. Evidentemente, no había nada que se le pudiera echar en cara: había cumplido todo lo que estaba en su mano para poder descubrir dónde se escondía aquel maldito Michel de Nostredame, pero no hubo nada que hacer porque aquel hombre había desaparecido. Parecía diluirse en nubes de niebla negra cada vez que Francesca estaba a punto de alcanzarlo. ¿A lo mejor es que no quería que lo encontraran? ¿Quizá sabía de sus intenciones y no tenía interés alguno en poner a su disposición su obra y consejo para ayudarla?

Catalina no sabía qué hacer. Pero estaba convencida de que sin aquel hombre no lograría concebir un hijo. Había una maldición sobre ella, estaba segura, y el único capaz de exorcizar el mal de ojo era Nostradamus. Tenía que encontrar la manera de hacerlo acudir a la corte.

Necesitaba a un hombre capaz de ayudar a una mujer como ella en una empresa desesperada, ya que las artes de madame Antinori no habían resultado suficientes. Durante aquella larga travesía había puesto en riesgo su propia vida, y los soldados a su servicio se habían revelado del todo ineficaces. Pero un hombre así no era fácil de encontrar, tal vez ni siquiera existía sobre la faz de la tierra: tenía que ser leal y obstinado, valiente y despiadado. Su honor y su confianza ciega en la corona tenían que estar por encima de cualquier otra virtud, ya que solamente alguien de esa categoría podría aceptar marchar en el séquito de una mujer a la búsqueda de un mago, un astrólogo, un hombre culto que muchos no dudarían en tildar de charlatán, incluso es posible que también de hereje.

Entonces... ¿a quién pedírselo?

Miró los jardines sin hojas y relucientes de rocío. La luz invernal se filtraba entre la red marrón que formaban las ramas desnudas. Se disponía a regresar cuando apareció ante ella un hombre alto, de largos cabellos castaños. Un soldado, con toda seguridad. Y, por añadidura, fascinante.

¿Lo había enviado el cielo?

Él la miró fijamente con sus rasgados ojos verdes. También por esa misma razón su mirada se asemejaba a la de un animal feroz. Sin embargo, esa dureza marcial albergaba un encanto y una inquietud tales que sugerían la presencia de un alma grande.

Por ello, cuando escuchó las palabras de aquel hombre, Catalina casi se sintió desmayar por el agradecimiento.

—Mi señora, mi nombre es Raymond de Polignac, comandante general de los piqueros del rey. Por orden de Vuestra Majestad estoy desde hoy a vuestro completo servicio. Ordenadme lo que queráis y yo lo haré con profunda alegría en mi corazón. Sé que podríais tener una misión para mí. Si queréis contar conmigo para ello, seré feliz de honraros.

Al escuchar aquellas palabras, Catalina cerró los ojos y se dejó flotar por un instante en la placentera sensación que le regalaban. Después de todo, el rey la quería como nunca lo habría imaginado. No todo estaba perdido, pues: había todavía mucho que decir, y Diana, a fin de cuentas, no había vencido aún.

DICIEMBRE DE 1542

13

El mundo que cambia

Habían pasado los años.

Ni siquiera se había dado cuenta, pero así había sido: un mes tras otro, y se había encontrado con que había envejecido más de un lustro. Había mantenido su fe en la voluntad de su rey y había escuchado los ruegos de Catalina. Así, después de haber luchado en el frente, ahora se había convertido en guardaespaldas de Francesca Antinori, una mujer hermosísima, una medio bruja italiana que viajaba por Francia a la búsqueda desesperada de un astrólogo o quizá de un nigromante o un charlatán. A lo mejor Nostradamus, pues así se hacía llamar, era un poco las tres cosas al mismo tiempo.

En el transcurso de aquel largo periodo había visitado el reino a lo largo y a lo ancho, en un infinito peregrinaje, y día tras día lo había visto morir poco a poco. Era una tierra consumida por el odio y por la violencia de los hombres, en la que la nobleza de espíritu se había echado a perder para siempre; la gloria de la guerra a cambio de unos escudos, el honor sustituido por la traición y el oportunismo, el amor por la lisonja.

Había contemplado los fuegos parpadeantes de las iglesias incendiadas y el horror mudo de familias enteras ahogadas en los pozos. Había oído los roncos gritos de hermanos dispuestos a hacerse pedazos porque estaban divididos por culpa de la fe religiosa y los de mujeres quemadas en la plaza pública porque eran consideradas herejes.

La Iglesia católica y la protestante alimentaban los más bajos y viles instintos, transformando a los hombres en fanáticos, en bestias sedientas de sangre.

En el séquito de madame Antinori había vagado por campos devastados por la peste. Los pueblos se reducían a pilas de cadáveres cubiertos de temblorosos mantos de moscas.

El edicto de Fontainebleau, dictado por el rey hacía unos años, no había hecho más que agudizar las divisiones y el dolor en una Francia que ya estaba partida en dos, ahogada en el rencor y en la superstición: por una parte los católicos y por otra los protestantes. En nombre de una vida ultraterrena se iba perdiendo el sentido de la vida cotidiana, que, al menos para Polignac, era mucho más importante y digna de ser vivida.

Montmorency había obtenido lo que quería. Pero... ¿a qué precio? ¿Era de verdad necesario desgarrar Francia con una guerra religiosa? ¿No bastaba todo lo acontecido hasta ese momento? Sacudió la cabeza, pensando en qué animal más feroz era el hombre. Y estúpido, además. Cualquier motivo era bueno para matarse: el poder, la conquista, la fe, la lengua... No eran más que excusas, maldiciones en el camino de la vida a las que, sin embargo, se recurría con el único objetivo de darse muerte unos a otros.

No obstante, al final, tras cinco largos años de pesquisas,

también Polignac podía decir que había conseguido su meta: ¡había encontrado a Nostradamus!

Aquel hombre extraño y singular parecía vivir en una dimensión suspendida, distinta, indefinida. Lo habían hallado, finalmente, en el límite entre la Francia Contea y el ducado de Borgoña, una tierra asolada por definición, y que justamente por ese motivo era, ironía de la fortuna, el espejo a pequeña escala de todo el reino.

Nostradamus estaba precisamente ante él en ese momento. Al verle la cara estaba claro que aquel hombre tenía algo especial e impactante. Era, en cierto modo, irresistible, a causa de su mirada azul, pero también por aquella manera suya de hablar y de moverse: bamboleante, lenta y encantadora.

Una fuerte lluvia caía sobre él, sobre el astrólogo y sobre los hombros cansados y frágiles de madame Antinori, envuelta en un rebozo y en una piel con la esperanza de sustraerse al frío. Fue ella la que llevó al éxito la misión.

Necesitaban hallar cobijo. Por ello, Polignac sintió alivio al divisar el cartel de una posada. Las luces lechosas se expandían en el devenir de la tarde. Fue confiar los caballos a los mozos para que los condujeran al establo, y hallarse dentro.

Madame Antinori estaba al límite de sus fuerzas. Varias veces intentó Polignac mandarla de vuelta a la corte, prometiendo que él proseguiría con las pesquisas, pero siempre se había negado. Había en ella tal tenacidad que dejaba a Raymond perplejo y admirado a un tiempo. Comprendía que, para Francesca, aquella misión se había terminado por convertir en su razón de vivir, y que, mirándolo bien, quizá siempre había sido así.

Después de todo, aquel hombre envuelto en un caftán negro, de ojos similares al carbón ardiente y larga barba bifurcada y oscura era muy importante para la reina. Polignac no había estado en París desde hacía una eternidad, pero incluso a él le habían llegado rumores de un posible repudio inminente de la delfina a causa de su inesperada y aparentemente incurable esterilidad. Y estaba claro que el final de la italiana sería también el de su séquito entero. Por lo tanto, madame Antinori tenía todas las razones para querer a aquel hombre en la corte.

Admitiendo que pudiera ser de alguna utilidad, pensó Polignac.

Desde que había aceptado seguirlos, Nostradamus no había vuelto a abrir la boca. Sin embargo, parecía ver en Francesca a alguien que conocía. Su presencia fue fundamental porque sin ella, Polignac no estaba para nada seguro de que aquel astrólogo hubiera consentido nunca ir a la corte. Parecía un hombre que había sufrido mucho; aquellos ojos de mirada perdida mostraban una melancolía extraña e inconsolable.

Después de hablar con el posadero, Raymond pidió unas habitaciones y acompañó a Francesca al piso de arriba. Llamó a una sirvienta, y madame Antinori, tras haberse lavado la cara, por poco se desmaya, por lo que Polignac corrió a socorrerla. La sirvienta le tocó la frente y descubrió que ardía de manera preocupante.

Fue en ese momento cuando el hombre llamado Nostradamus entró en la estancia. Quiso que se cambiaran las sábanas de la cama y las mantas, pagó un escudo de más por ese lujo incomprensible y finalmente despidió a la mujer. Llevaba entre las manos una escudilla. Una infusión de raíces de sauce, dijo sin añadir más.

Ayudó a Francesca a beber, prometiéndole que volvería a la mañana siguiente con el mismo medicamento. Una vez que la mujer terminó la infusión, enrolló las mantas.

Luego le puso sobre la frente una venda de tela de Cambrí empapada en agua fría.

Al final apagó las velas y le deseó buenas noches.

Todo ese tiempo, Polignac permaneció en el umbral: en silencio, inhibido. Lo dejó hacer con toda naturalidad. Nostradamus se debía haber percatado mucho antes que él y que la sirvienta de que Francesca tenía mucha fiebre. No en vano era médico. Pero la manera de curar la enfermedad era original y distinta de cualquier otra que Polignac hubiera visto nunca en su vida. No es que tuviera demasiada experiencia con médicos y curanderos, pero como oficial de los piqueros del rey había tenido ocasión de apreciar en un par de ocasiones el noble arte de la medicina, a veces en primera persona.

Nostradamus exigía unas condiciones de limpieza decididamente fuera de lo común, además de impensables para un lugar como aquel, que de todos modos bien es cierto que estaba menos sucio que otros, pero seguro que ahora se encontraba al máximo de su esplendor, al menos en la habitación de Francesca.

Después volvió a la planta baja, al comedor.

Polignac lo imitó. Pidió una jarra de vino de Borgoña mientras Nostradamus se quedaba mirando las rojas llamas de la chimenea.

Lo dejó absorto en sus pensamientos. El hombre se había quitado el caftán, dejando al descubierto una prenda negra de brocado bordada en oro, una larga túnica pesada que ponía de relieve unas espaldas anchas y fuertes. También se había quitado el birrete de doctor en medicina, y sus largos cabellos negros le cayeron hacia delante como tentáculos nocturnos. Inclinado hacia la chimenea, intentaba capturar el calor que se difundía a su alrededor.

Fuera de la posada, la tormenta se había convertido en

tempestad. Rayos y relámpagos cuarteaban el cielo, reflejando láminas de luz sobre los cristales de las ventanas. Los truenos parecía que quisieran romper la tierra.

De repente, la puerta de la posada se abrió de par en par.

La lluvia entraba oblicuamente. Gotas como guirnaldas líquidas empaparon la entrada. Los dos recién llegados lucían bigotes espesos y pelo largo, calado. Llevaban una armadura inconfundible.

Lansquenetes, pensó Polignac. No había duda. Los formidables soldados mercenarios que, pagados por el emperador Carlos V y bajo el mando del general Georg von Frundsberg, habían primero derrotado a Giovanni de Médici, llamado el de «le Bande Nere», y luego habían saqueado Roma.

Y ese tan solo era uno de sus abominables cometidos.

Esperaba que no estuvieran buscando jaleo, pero conociendo su temperamento era difícil creer que no se pusieran de inmediato a provocar. Deseaba que la fría lluvia les hubiera quitado las ganas de pelea.

Una vez que se despojaron de sus capas, los dos pidieron una jarra grande de cerveza.

Fueron a sentarse a la mesa frente a la de Polignac.

En cuanto el anfitrión les llevó las jarras, uno de ellos se liquidó en menos de nada la mitad de la cerveza. Luego escupió al suelo y se pasó una mano nerviosa por el bigote.

—*Das Bier... Scheisse, es ist zum kotzen.*

El otro estalló en carcajadas. Polignac no lo entendió, pero intuyó que no debía de tratarse de un cumplido.

—Esta cerveza —explicó el lansquenete que había empezado a reírse— es un asco —concluyó en un desaliñado francés, volviéndose hacia el posadero.

—Tengo vino de Borgoña, si lo preferís —respondió ese último con admirable sangre fría.

El lansquenete negó con la cabeza, como si no pudiera hacer otra cosa. Ladró algo en alemán a su compañero, el cual, por toda respuesta, volvió a escupir y tiró al suelo la jarra, que se hizo pedazos.

Luego, rápido como un rayo, sacó su espada. El filo de acero arañó la vaina hasta que quedó completamente desenfundada, y brilló a la luz de las candelas y de las llamas de la chimenea.

—Mi amigo no quiere tu vino de mierda —dijo con una sonrisa malévola—. Desea tu sangre.

14

Sangre y vino

Polignac sabía que no podía esperar. Si no intervenía de inmediato, aprovechando el efecto sorpresa, sería todo aún más complicado.

Con todas sus fuerzas, arrojó la jarra de vino contra el lansquenete que había desenvainado la espada. Al mismo tiempo desenfundó la suya y su puñal, le dio una patada a la silla y se abalanzó hacia delante contra el segundo adversario, que, desprevenido, se encontraba aún con la mano en la empuñadura.

La jarra de barro golpeó al soldado en la mandíbula y se hizo añicos. La cabeza del lansquenete se ladeó mientras una gran astilla se le clavaba en la mejilla, abriéndole un tajo profundo. La sangre manaba copiosamente. Los otros pedazos de la jarra saltaron alrededor en un abanico de esquirlas. Algunos se le incrustaron en la sien, produciendo cortes superficiales, otros se esparcieron por el suelo. El vino que quedaba en la jarra llovió junto con la sangre.

El mercenario gritó a todo pulmón.

Entretanto, Polignac mantenía sujeto al otro lansquenete, al que había apuñalado en el vientre. Sin embargo, con bastante fortuna, su adversario, desequilibrado en parte por su amigo, que fue a chocar contra él, logró evitar el ataque, y cayendo contra una mesa, acabó golpeándose en el pecho sin ser alcanzado por la espada de Polignac, que silbó en el aire.

El comandante general de los piqueros propinó otros dos mandobles, dibujando otros tantos arcos, pero el lansquenete esquivó el primero, y sacando a su vez su espada, frenó el segundo. Su compañero, entretanto, estaba de rodillas con la mano en la mejilla, intentando sacar el trozo de terracota de su carne herida. Rugió de dolor. Como un perro.

El choque de las hojas se asemejaba al chirrido de unos colmillos. Los filos cruzados emitían un chirrido siniestro. El mercenario alemán se mantuvo en guardia en pose agresiva, y tras cubrirse de un inesperado ataque de Polignac, lo cercó con varios mandobles. Raymond, sin embargo, no se sorprendió: paró un par de estocadas mientras las sillas volaban aquí y allá y esquivó un golpe bajo que trataba de alcanzarle a la altura del hombro, pero su oponente fue rápido en devolverle el ataque.

El otro lansquenete estaba todavía en el suelo. Polignac sabía que tenía que darse prisa o se arriesgaba a tener que enfrentarse a los dos adversarios a la vez. Saltó hacia atrás eludiendo el mandoble del enemigo, que cortó el aire, luego amagó con un nuevo golpe cuando el otro volvía al ataque y, deteniendo el mandoble con el filo del puñal, terminó por ensartarlo embistiendo con la espada. El acero traspasó al lansquenete de lado a lado. El hombre dejó caer su pesada *Katzbalger,** que cayó al suelo.

* La *Katzbalger* era la espada de hoja larga de los lansquenetes. *(N. del A.)*

Fue en ese momento cuando Polignac escuchó unos gritos terribles a sus espaldas.

Se volvió bruscamente mientras el lansquenete que estaba delante de él entregaba el alma al diablo, y se encontró con algo que jamás se habría esperado.

Nostradamus tenía la mano extendida con la palma hacia arriba. El mercenario alemán gritaba como un puerco degollado mientras se llevaba las manos a la cara y hundía las uñas en lo que quedaba de su rostro desfigurado. Acabó de nuevo en el suelo, pataleando furiosamente.

Sin más dilación, Polignac ensartó el jubón del adversario con la espada. El filo rasgó la tela y penetró la carne hasta clavarse en las tablas de madera, atravesando al hombre como a un gigantesco insecto.

El aire tenía un olor acre. Nada demasiado fuerte; es más: según y cómo, era apenas perceptible, pero era evidente que Nostradamus debía de haber vertido algo sobre el rostro del desgraciado mercenario.

De qué se trataba, Polignac no tenía idea ni quería preguntarlo.

—¿Y ahora? —preguntó el posadero. Había asistido a toda la escena en silencio, esperando que esos dos lansquenetes no le arruinaran el local, y en ese momento los tenía delante muertos y bien muertos—. ¿Qué vamos a hacer?

—Los haréis desaparecer.

—¿Cómo?

—La bodega —dijo el comandante de los piqueros.

Un destello iluminó los ojos del posadero.

—¡En los barriles! —exclamó con un punto de diversión—. ¡Una idea maravillosa, señor!

—Ahora —observó Polignac— me siento más bien cansado. Os rogaría por ello que os ocuparais vos. Os dejo dos escudos por los daños que le hemos causado al local y otros dos para que mantengáis la boca cerrada. Mañana nos vamos. Espero un buen desayuno.

Y según lo decía, Polignac arrojó cuatro monedas de oro en el mostrador. El posadero se apresuró a agarrarlas con la alegría rapaz de un buitre.

—Por supuesto, monsieur. —Se metió los escudos en el bolsillo del delantal y se puso manos a la obra, cogiendo al primer cadáver por los pies y arrastrándolo hacia la bodega.

Después de darle las gracias con un gesto, Polignac dejó a Nostradamus mirando fijamente las llamas del hogar.

15

Una cama demasiado fría

Catalina tenía lágrimas en los ojos.

Lloraba en silencio. Los húmedos almohadones parecían recoger toda la aflicción de la que era capaz. A su lado, Enrique miraba fijamente la magnífica techumbre. Pero no había alegría en sus ojos, ni siquiera una pizca. Hacía tanto tiempo que no frecuentaba el lecho de su mujer que tampoco recordaba ni cómo era y, después de todo, cuando lo hubo recordado, lo que había visto no lo había impresionado lo más mínimo.

Suspiró.

Catalina no tenía intención de girarse. Le daba la espalda, acurrucada. No sabía qué hacer: resultaba muy obvio que Enrique no se sentía atraído por ella. Lo era hasta el punto en que una náusea afilada le subía hasta el pecho, llenándole la boca y el alma de tanta amargura que creyó enloquecer.

¡Todo era culpa de Diana! Había subyugado a Enrique, lo había alejado de ella, y ahora el reencuentro resultaría imposible.

En esos años, Enrique se había limitado a visitarla una vez al mes, y el sexo entre ellos se había convertido en un tormento. El único motivo por el que él aún iba a su cama era que, pese a todo, no se veía con ánimo de repudiarla y no quería que ella se viera alejada de la corte por no cumplir él, por su parte, con el débito conyugal. Si ello aconteciera porque ella no lograba preñarse sería todo más fácil: en ese caso, a él no se le podría atribuir ninguna responsabilidad.

Había algo profundamente perverso y cobarde en su comportamiento.

Lo que, está claro, no contribuía a celebrar las alegrías del sexo.

El dolor se hizo más profundo, parecía devorarle las vísceras como una bestia feroz. Catalina quería hablarle, pero no era capaz. Una cortina de hielo invisible los separaba a ella y a Enrique en aquel lecho de plumas y escarcha.

Sentía frío aun con las llamas ardiendo pujantes en la chimenea. Al menos logró contener los sollozos. No quería mostrarse en ese estado ni que él comprendiera cuánto le hería su indiferencia. Habría dado cualquier cosa por hacerlo feliz porque, más allá de todo, ella lo quería con toda sinceridad. Sin embargo, se sentía incómoda, torpe. En una palabra: fea.

Así era desde siempre.

Catalina habría querido unos ojos de un azul más brillante y menos apagados y, sobre todo, rasgados y sensuales; le habría gustado tener una nariz más pequeña, y los cabellos del mismo color castaño, pero resplandecientes como la seda y no opacos como el algodón barato. Le gustaban sus manos y sus pechos, que, en cualquier caso, no eran ciertamente pequeños, pero sus piernas eran tan robustas que tenía buenas razones para quejarse de la madre naturaleza.

¿Cómo podría Enrique sentirse atraído por ella? ¡Ni siquiera ella se soportaba mirándose al espejo! Su marido, en cambio, ¡era tan hermoso! Tenía hombros anchos y era alto. Su hermoso pelo negro enmarcaba un rostro regular, de rasgos elegantes.

¡Y también Diana era una auténtica hermosura!

Y en ese enfrentamiento, la delfina de Francia sentía de forma más lacerante e innegable su fracaso como mujer y como esposa.

Habría querido gritar.

Si no conseguía tener un hijo con su marido, muy pronto ni siquiera el rey podría defenderla.

¿Cuánto tiempo había pasado desde que Francisco I le recomendó que se quedara embarazada? Catalina no lo había olvidado, por supuesto. Y desde la muerte del delfín de Francia a manos de Sebastiano di Montecuccoli habían pasado ya más de seis años: una eternidad.

Y en esa infinita franja de tiempo, Polignac había desaparecido a la búsqueda de un hombre que nadie lograba encontrar.

En todos esos años, Catalina se había preguntado si Nostradamus no era más que una fantasía de su propia mente enferma. Si así fuera, entonces no cabía duda de que todo estaba perdido. Sin embargo, en el fondo de su alma albergaba aún una tímida esperanza, la luz trémula de un augurio que se mecía como la más débil de las llamas, para no quedarse en la oscuridad para siempre.

Oía a Enrique respirar profundamente. Se había dormido.

Con toda la cautela posible, se volvió. La tenue luz del hogar irradiaba reflejos ambarinos en la negrura de la habitación e iluminaba los contornos de su rostro, envolviéndolos en una penumbra oscura. Catalina vio las pestañas negras, tan largas que parecían las de una mujer pero que, sin embargo, no le restaban valor al carácter masculino de sus facciones; es más, resaltaban incluso su dura elegancia. Los labios delgados y firmes, la barba oscura, el pecho ancho que subía y bajaba al ritmo de la respiración.

Enrique era verdaderamente bello.

Se secó las lágrimas.

Y se prometió a sí misma que sería suyo. No importaba lo que tuviera que hacer, lo iba a recuperar. Haría que cambiara de parecer: le rogaría poder hacer el amor con ella. Se convertiría en prostituta, si era necesario. Lo haría por él.

Solamente tenía que recobrar la confianza en sí misma. Catalina lo sabía. En ese momento se sentía destrozada, pero había dos motivos inmejorables para no venirse abajo.

El primero de ellos era completamente irracional: percibía dentro de ella la certeza de que pronto tendría noticias de Polignac y Nostradamus. Como era fruto de su propio estado de ánimo, se aferraba a ese pensamiento con la fuerza obstinada de un náufrago. El segundo motivo residía en el hecho de que el tiempo corría a su favor. Odio y espera, se repetía siempre. Si lograba superar ese momento, podría también, al mismo tiempo, derrotar a Diana. Porque la belleza, después de todo, no es más que un don pasajero, y con el paso del tiempo, también Diana se haría bastante menos atractiva.

Finalmente sonrió. Poco más de un instante, pero lo consiguió. Todavía había esperanza, se dijo. Le complacía mucho verlo por fin tranquilo, a él, que por lo general tenía siempre el ceño fruncido.

Iba a cambiar su destino.

Sabía que pronto conseguiría gobernar la voluntad de los astros gracias a un hombre extraordinario.

Era solo cuestión de tiempo.

ABRIL DE 1543

16

Primavera de carne y sangre

Cuando se bajó de la silla de montar, Catalina no entendía dónde diablos quería reunirse con ella su anfitrión.

Por otro lado, había sido ella la que había removido cielo y tierra para atraerlo a su corte.

Luego reflexionó: a fin de cuentas, el que quisiera verla fuera del castillo de Fontainebleau era perfectamente comprensible. La había citado en el bosque. Parecía que, al actuar así, el hombre que la esperaba intentaba explorar con ella un mundo distinto, prestando atención a las fuerzas ancestrales de la naturaleza.

Catalina no había querido carrozas; prefirió disfrutar de un salvaje paseo a caballo por la campiña francesa: las hebras de hierba verde despeinadas por la brisa de abril, el perfume del florecimiento, la tierra húmeda y amarronada, las ramas de los árboles entre brotes y primeras hojas. Y la tarde, que pintaba de sangre el cielo.

A poca distancia, Raymond de Polignac esperaba al lado de un roble. A caballo.

El lugar al que Nostradamus le pidió que asistiera, sin embargo, le producía escalofríos. Catalina no entendía si ese límite un tanto oscuro del bosque formaba parte de algún plan particular. Algo inexplicable que aquel hombre inefable y misterioso tenía en mente. El caballo parecía advertir el ambiente lúgubre. Por eso empezó a remolonear sobre el terreno, golpeando con los cascos. Catalina le acarició el hocico mientras ataba las riendas a una cerca.

Le susurró al oído. El sol desaparecía en el horizonte, anegando la escena con la negra tinta de la noche.

Un globo de luz roja y vibrante empezó a parpadear en la distancia. Polignac había encendido una antorcha. Catalina se acercó a la cabaña de madera. De la chimenea salía un humo claro que contrastaba, por su blancura, con las sombras de alrededor.

Inspiró profundamente.

Llamó. Nadie respondió. Pero la puerta se abrió, chirriante.

Alguien la había dejado entornada.

Entró.

Al principio no vio nada. El lugar, desnudo y pobre, estaba envuelto en una nube de vapor perfumado que, sin embargo, se disipaba poco a poco. El aire en el interior de aquel viejo chamizo era caluroso, sofocante, tan húmedo que cortaba la respiración, impregnado de esencias aromáticas tan intensas que aturdían. Era como si las mismas paredes fueran de carne y hueso, pletóricas de una vida desconocida.

En el centro de la habitación había una mesa en la cual descansaba una bandeja de plata. En la bandeja, una taza de peltre, y en la taza, algo que no consiguió distinguir a primera vista.

¡Algo la distrajo!

De repente, el aire frío cortó el calor de la habitación e

inclinó por un momento la luz trémula de las velas: se multiplicaban unos puntos luminosos que habían surgido de la oscuridad como ojos infernales mientras los vapores claros se iban elevando. Parecía como si estuvieran regidos por un poder sobrenatural, o quizás habían sido absorbidos por la chimenea.

Fue entonces cuando lo vio.

Era un hombre de aspecto portentoso. Llevaba el pelo largo y suelto, y le caía como cuerdas oscuras y rebeldes espalda abajo. La larga barba color carbón terminaba en dos puntas agudas. Los ojos, en cambio, tenían el color de la plata, tan claros que parecían relucir a la luz de las velas. Llevaba una larga túnica de terciopelo negro y una capa del mismo color. Lucía en las muñecas unos brazaletes hechos de monedas casi opalescentes, y un largo collar de gemas que lanzaban destellos alrededor cada vez que la luz de las candelas rebotaba en ellas.

Nostradamus miró fijamente a Catalina un buen rato: había algo tan profundo e inquisitivo en su mirada que ella se sintió recorrida por un escalofrío de miedo y placer. Fue como si un lobo la hubiera analizado largamente, o mejor dicho, penetrado y hecho suya de una manera que ella no hubiera sido jamás capaz de explicar, y no obstante sintió que un flujo le humedecía los muslos.

Intentó mantener la mirada, pero no lo consiguió.

Él, permaneciendo en silencio, alzó las manos hacia el techo. Las anchas mangas de su hábito bajaron hasta los codos, mostrando unos brazos nervudos.

Fue entonces cuando Catalina vio algo que la hizo enmudecer.

Entre las manos, Nostradamus sostenía una especie de objeto. Fuera lo que fuese, no era mayor que un puño y tenía una forma extraña. Comenzó a destilar un líquido rojo y denso. Extraños hilos que se fueron alargando hasta el cuenco.

Nostradamus empezó a murmurar un cántico. Como si se hubieran despertado por ese canto selvático, empezaron a emerger ladridos silenciosos, como si los animales del bosque hubieran decidido unirse a esas palabras incomprensibles en un coro alucinado. Pero esos versos bestiales no procedían del exterior: Catalina habría jurado que se expandían por debajo del suelo. Parecía que aquella casa maldita estuviera viva, exactamente como le pareció al principio; o, por lo menos, habitada por criaturas indescriptibles.

Nostradamus tenía una voz grave pero bien modulada, en cierto sentido exudaba una sensualidad ancestral y hechizante que dejó a Catalina completamente privada de voluntad.

Aterrorizada por lo que sentía e irresistiblemente atraída por un instinto que no lograba dominar, Catalina percibió una sensualidad irrefrenable que le llenaba las venas de una llama líquida.

Se encontró con los ojos abiertos de par en par mirando algo que nunca sería capaz de comprender.

Nostradamus le tendió el cuenco, haciéndole señas de que bebiera: sus ojos eran claros y enormes, grandes como estrellas clavadas en el cielo. Catalina sintió que su mirada se perdía en aquellas sombras iridiscentes, y era incapaz de gobernar su propio cuerpo. Se llevó la escudilla a los labios.

Bebió.

El líquido era denso, le dejó en la boca una sensación desagradable. Entendió de qué se trataba, y a pesar de ello no fue capaz de detenerse y continuó hasta vaciar el cuenco.

Se pasó el dorso de la mano por los labios. Cuando la retiró, vio que estaba manchada de sangre. Nostradamus no dejó de recitar su letanía.

Los ladridos prosiguieron, levantando ecos bajo las tablas de madera del suelo. Alguien llamó a la puerta, que no se abrió. La voz de Polignac. Una nota de impotencia en sus palabras.

—¿Qué me has hecho? —gritó Catalina en dirección a ese hombre al que quiso que llevaran ante su presencia.

Pero Nostradamus se cuidó mucho de no responder.

La letanía continuaba. Y así, esos versos monstruosos se hacían cada vez más potentes, aumentaban como una luna creciente en el cielo negro de la noche.

Catalina se llevó las manos a los oídos.

Luego, Nostradamus la miró.

—¿Queréis ir a ver? —preguntó—. ¿Estáis de verdad segura? Os lo pregunto porque, si lo hacéis, ya no podréis regresar más.

Catalina se sentía extraña, excitada. Los pezones duros como puntas de flecha, una sensación ardiente tan aguda que sentía la vulva mojada, y una necesidad desesperada de que la montaran. Se pasó la lengua por los labios sin comprender el motivo.

Se tocó entre las piernas. Sentía una urgencia irrefrenable de que la penetraran.

—Id a ver, si realmente os importa.

Catalina abrió la puerta que estaba frente a ella. Escuchó los gruñidos, o lo que fueran, hacerse de repente más intensos. Vio una escotilla más allá. Estaba abierta. Llegó hasta ella.

A la altura de la abertura, detectó que el aire se llenaba de un olor acre y almizclado.

Por poco pierde el equilibrio. Temió caer. Después, con un esfuerzo increíble consiguió mantenerse en pie y, consumida por un deseo que le quemaba entre las piernas, se subió el vestido y empezó a bajar las escaleras.

Los ladridos aumentaron de intensidad. Subían escaleras arriba. Catalina avanzaba con cautela. Cuando alcanzó el pie de la escalera, observó una luz suave, tenue: iluminaba lo que parecía una suerte de establo. Un olor a estiércol le golpeó la nariz, el frío mitigado por los bufidos húmedos de los animales que se aparean. Vio una especie de jaula de hierro; dentro, una fiera de piel gris montaba entre chillidos a una hembra. Garras clavadas, mordiscos de colmillos blancos en el cuello, las embestidas del macho que llevaba a la loba a aullar de placer.

Catalina no podía creer lo que estaba viendo.

Ni lo que experimentó.

17

Protegiendo el amor

—¡Os digo que esta mujer venera al diablo! ¡Se profesa católica, pero, en realidad, ha firmado un pacto con el demonio! El origen de semejantes blasfemias es ese hombre que ha traído a la corte. Nostradamus es un ministro de Satanás. Creedme lo que os digo; os lo ruego, Majestad, estad atento. Esta italianita será la ruina de Francia.

Diana de Poitiers estaba bellísima ese día. Y apelaba a todo su encanto, además de la elocuencia, para convencer al rey de la veracidad de sus afirmaciones.

Francisco I resoplaba: quería bien a Catalina, a pesar de que tenía que admitir que todas esas extravagancias, ciertamente, no ayudaban. Se podía perdonar la ausencia de embarazos, de la cual Diana era de todos modos responsable, pero esa forma suya de rodearse de astrólogos y magos era una locura que únicamente alimentaba las maledicencias y el odio hacia su persona. Por otro lado, pensaba, era él precisamente el que le permitió llevar a cabo su plan, facilitándole un hombre de gran valor y valentía como Raymond de Polignac.

Para ser del todo sincero, no se veía capaz de condenar a la joven italiana.

—Venga, Diana, me parecéis muy dura con esa muchacha. Además, os ruego que recordéis que estáis hablando de la delfina de Francia. Os pido por lo tanto que demostréis mayor respeto y una cierta deferencia. Un día, os guste o no, esa joven mujer se convertirá en reina, sin ánimo de ofender, por ello os convendría poner freno a palabras de las que os podáis arrepentir.

Diana de Poitiers encajó el golpe. Sin embargo, mantuvo esa seguridad descarada que al rey le molestaba no poco. En primer lugar porque, por carácter, prefería con mucho mujeres más sensuales, turbias y lascivas. Pero también más proclives a la broma, a la risa, a la burla. Y además porque, en su fulgurante belleza, Diana se comportaba como una mujer inalcanzable e impenetrable. Dios, era tan seria que a Francisco I le parecía que estaba a punto de declararle la guerra.

—Guardaré bien esas palabras, Vuestra Majestad. Por otro lado, me veo en la obligación de hacer notar que ese tipo de conductas corren el riesgo de fomentar prácticas que rozan la herejía, lo que no parece una de las mejores jugadas, aunque bien es verdad que el papa...

—¡*Sacrebleu*, madame! —tronó el rey—. ¡También yo sabré lo que es mejor para Francia sin necesitar vuestro consejo! El hecho de que tengáis tanta influencia en la corte gracias a vuestra noble cuna y a vuestra legendaria amistad con aquellos católicos intolerantes de los Guisa y con Anne de Montmorency no significa que podáis siquiera pensar en sugerirme la política que he de seguir. Tomad nota de que, por simple cortesía, me callo sobre la manera que tenéis de ejercer vuestra influencia sobre Enrique. Por no hablar de que demostrar una excesiva intransigencia hacia los protestantes hace que se corra el riesgo, por un lado, de lanzar al Estado a una guerra religiosa, más de lo que ya es, y por otro de enemistarnos con los pocos aliados que hemos logrado poner en contra de ese sinvergüenza del emperador Carlos V. ¡Ya he promulgado un edicto! No me pidáis que haga más.

Diana enrojecía de rabia, pero se vio obligada a tragarse ese sapo. Haciendo acopio de todo su autocontrol logró en un instante moderar el tono y asumir una expresión que, aunque no contrita, sacaba a la luz, si acaso, una cierta modestia.

—No pretendía faltar el respeto a Vuestra Majestad. Solamente había juzgado oportuno señalar que los partidarios católicos alimentan expectativas...

—¿Me estáis amenazando?

Diana abrió de par en par sus grandes y hermosos ojos negros, fingiendo estupor.

—¿Amenazar a Vuestra Alteza? Me cuidaré mucho. Jamás osaría hacerlo. Es más, al contrario, solo que la culpa es mía por no ser capaz de explicarme. Intento, hasta donde me resulta posible, advertiros sobre el hecho de que un sentimiento de insatisfacción crece entre las filas de los nobles de fe católica, fe que también es la vuestra.

El rey pareció querer alejar aquel torrente de palabras con un gesto seco de la mano.

—De acuerdo. Entonces me doy por avisado. Pero como le he dicho a Montmorency hace un tiempo, ya hice ahorcar y descuartizar a al menos un centenar de protestantes después del *affaire de placards*, y también tengo que proteger mi alianza con los príncipes alemanes. Por no hablar de los turcos, que por cierto no profesan la fe católica. Por lo que respecta al papa, que se declara nuestro aliado, os recuerdo que no tiene nada mejor que hacer que llegar a un acuerdo bajo cuerda con Carlos V. No es más que un Jano de dos caras. Y sabemos muy bien cómo estos malditos Habsburgo obtienen de ellos hombres y recursos, sin entrar en el detalle de esos matarifes de los lansquenetes. Si no fuera por Escocia y los príncipes de Alemania, a estas horas no seríamos más que una colonia del emperador. Hay que agradecer a la sublime Puerta Otomana que haya casi quemado Viena con sus jenízaros. ¿Entendéis ahora por qué no me puedo mostrar demasiado filocatólico, madame? Porque si así fuera, ¡me encontraría de repente solo contra un imperio!

Diana asintió. Pero aún no tenía suficiente.

—Naturalmente, Vuestra Majestad, pero volviendo a Catalina...

—... Volviendo a Catalina —le espetó el rey—, vos, Diana, sería conveniente que dejarais a vuestro amante Enrique, mi hijo, algo de tiempo para frecuentar el lecho de su mujer, ¿me he explicado bien? No creáis que se me escapa el modo en que lo enredáis, seduciéndolo con esas artes vuestras de... de... ¡concubina! Dudo mucho que Catalina pueda tener hijos si se le niega constantemente la posibilidad de yacer con su marido. Además... —prosiguió el rey mientras su interlocutora enrojecía de vergüenza y de ira por segunda vez en esa jornada—, seréis vos quien lo va a animar a volver con su mujer. ¿Me habéis comprendido? Sé que media corte se hace preguntas respecto al hecho de que yo pueda repudiar un día a Catalina. Pero os digo ya que no tengo ninguna intención de hacerlo. Espero, más bien, que ella le pueda dar pronto un hijo a Enrique, con todos los respetos hacia vos y, a la cabeza, esos malditos católicos, Guisa y Montmorency. Por ello intentad cumplir con vuestra parte. ¿He sido claro?

Diana estaba atónita. Nunca el rey le había hablado de esa manera. Comprendió que había ido demasiado lejos y que había debilitado su propia posición. Todo lo contrario de lo que quería.

El rey se dio cuenta, pero no le ahorró nada.

—Y ahora, os ruego, os podéis marchar. Nuestra conversación ha terminado.

—¡Pero es que no lo entendéis! ¡Él está de su parte, no hay duda! —Diana estaba fuera de sí. Su atractivo rostro enrojecido de rabia, los ojos negros relampagueando como los de una fiera. Enrique la miraba con una expresión entre temerosa y de adoración. Tenía veinte años menos que ella y se lo debía todo. Sufría su fascinación y su autoridad. Ya era adulto, es cierto. Pero en su mente, Diana seguía siendo una especie de presencia imprescindible, una mujer por la cual, si fuera necesario, habría dado su propia vida sin vacilar.

—¡Estamos en peligro, Enrique! Vuestro padre me odia porque está manipulado por esa puta de Anne de Pisseleu, que no tiene intención alguna de perder el poder que ha adquirido gracias a sus artes de seducción y considera a Catalina mucho menos peligrosa que yo. Por eso, ahora, el hecho de que esa italianita no se haya quedado aún embarazada se ha convertido en problema para nosotros.

Enrique no entendía. ¿En qué sentido la esterilidad de Catalina se convertía en un problema para ellos?

—No comprendo de qué manera ese hecho nos puede perjudicar.

—¡Yo os lo explico! —gritó su amante.

Pero Enrique insistió.

—Puedo repudiarla...

—Es ahí donde os equivocáis. Vuestro padre os lo impedirá.

—No lo creo así.

—Pues en realidad sí, ¡porque vuestro padre es el rey! Y lo que es peor: adora a Catalina. Por qué es así supera mi capacidad de comprensión. Tiene una fijación con esa comerciante sin medios y más árida que un arenal. Y, sin embargo... ha sucedido. Y no solo eso: cuanto más la ataco, más la defiende. Por ello os ruego, Enrique, que volváis con ella y tratéis de preñarla.

—Pero yo os amo a vos —dijo el delfín. La voz le tembló de rabia y frustración.

A Diana le quedó claro que tenía que utilizar otro tono si quería obtener lo que esperaba.

—Mi querido, adorado Enrique... Si os pido lo que os pido lo hago con el único objetivo de proteger nuestro amor. Nadie os quiere más que yo, y no es mi intención compartiros con nadie. Lo que os pido es que contentéis a vuestro padre, para así reforzar nuestra posición. No podéis todavía hacer lo que queréis, al menos mientras él sea rey de Francia. Por lo tanto, si es voluntad de Francisco I que Catalina se quede en la corte y tenga hijos, entonces tendrás que obedecerle. Yo sabré perfectamente que lo que hagáis no será un agravio hacia mí, sino un acto de sacrificio al que os sometéis para garantizar nuestra supervivencia en la corte. Si tenéis descendencia, el rey no tendrá nada que objetar sobre nuestra relación, ya que no compromete a la primera de vuestras obligaciones. Tenéis que entender que es necesario guardar las apariencias. No seré yo la que niegue, ciertamente, lo que siento por vos, pero no podemos tampoco permitir que este sentimiento puro y sincero quede contaminado por la sospecha y la maledicencia. Mantengamos el decoro, no nos perjudicará y, además, al potenciar la fertilidad de vuestra esposa y la descendencia, protegeremos la pasión que nos une. ¿Entendéis ahora por qué os pido lo que os pido?

Diana era muy hermosa y hablaba muy dulcemente. Su voz casi ronca lo aturdía. Enrique haría cualquier cosa por ella. También amar a su mujer en el lecho nupcial, si era necesario. No tenía nada contra Catalina, a decir verdad, pero era muy insignificante en comparación con Diana, que lo miraba ahora con esos enormes ojos negros como el cielo nocturno. Sus pequeños pechos blancos, que se estremecían contra el corpiño. Sus cabellos castaños perfectamente arreglados. Los labios delgados y elegantes, y la mirada brillante que revelaba un donaire inconmensurable. ¿Cómo se le podría resistir un hombre? Por no mencionar que entre tantos pretendientes que ella habría podido llevarse a la cama, ¡lo había elegido a él! El hijo segundo, el ignorado por el rey, que solo adoraba a su primogénito.

¡Qué magnífica venganza había sido poder hacer suya a la mujer más hermosa de Francia! Ella lo había amado con un sentimiento sincero desde el momento en que fue confiado a las garras de los carceleros de España. Ella había tenido ojos solo para él, incluso cuando era demasiado joven para tener una favorita. Ella, que había supervisado su formación y su educación, que lo había animado después de las derrotas y había celebrado sus victorias.

Y luego, de repente, había llegado Catalina a arruinarlo todo.

Pero no podía hacer nada.

Suspiró.

—Haré lo que me decís —concluyó; y la amargura que le anegaba la voz era tan sincera que casi conmovió a Diana.

—Besadme, Enrique. Besadme con toda la pasión que sentís.

El delfín no se lo hizo repetir. Abrazó a la mujer de la que estaba perdidamente enamorado, devorándole los labios. La besó como si fuera la última vez, como si temiera no volver a verla. Su lengua serpenteó, penetró los labios de ella. Diana hizo lo mismo. Luego, loco de pasión, le arrancó la ropa. Le mordisqueó los pezones oscuros, presa de un deseo indomable.

Ella bajó la mano hasta la ingle.

Con gestos febriles le desató la bragueta y le cogió el miembro.

Enrique gimió.

Estaba tan pletórico, tan fuerte... Empezó a masturbarlo. Enrique se abandonó a ella.

Diana se agachó y se lo metió en la boca.

Enrique creyó estar en el paraíso.

18

El azufre y el demonio

Raymond de Polignac no acababa de entender lo que había sucedido. Estaba más que dispuesto a defender a la futura reina en cualquier ocasión que se presentara, pero necesitaba estar en condiciones de hacerlo.

Lo que Catalina había afrontado la noche anterior seguía siendo un misterio para él, y tampoco tenía respuesta el motivo por el cual la puerta de aquella vieja casa en el límite del bosque no había cedido a sus empujones.

Nostradamus le causaba estremecimientos, y por una razón muy simple. No habría podido describirla o identificarla, pero estaba seguro de que las fuerzas oscuras lo habitaban. No era algo que asustara al comandante general de los piqueros del rey, pero no tenía idea de cómo comportarse ante lo sobrenatural. Estaba casi seguro, no obstante, de que lo que había sucedido era cosa del azufre y del demonio.

Naturalmente, se había cuidado mucho de no mencionar nada a nadie, y había continuado cumpliendo su deber como le prometió a su rey tiempo atrás. Y, en cualquier caso, admiraba a Catalina por la tenacidad y la valentía inagotables que demostraba; a pesar de las críticas, las habladurías y las ofensas que se veía obligada a soportar a causa del pecado original de ser italiana, seguía de frente su camino, cultivando una disciplina férrea y una admirable capacidad de aguante.

Sin embargo, era innegable que, después de esa noche negra, algo en ella había cambiado.

Probablemente para siempre.

Al principio no había sido nada netamente perceptible, sino más bien la actitud, lo que pese a todo le confería un encanto especial. En definitiva, desde aquella noche, Catalina se había vuelto más hermosa. Es cierto que parecía haber adquirido una sensualidad que antes le era del todo ajena. Pero ahora, mientras la veía acercarse, observaba en sus ojos algo salvaje y desafiante que no recordaba haber visto nunca.

La estaba esperando. Estaba sentado en el saloncito donde Catalina se confiaba a sus hombres más fieles. Se accedía a través de una puertecita apenas visible, tallada en un nicho en la pared. Desde que había llevado a su presencia a Nostradamus, logrando cumplir aquello que parecía imposible después de cinco años, Polignac había disfrutado del favor de la futura reina.

Se sentía feliz, por supuesto, porque a él aquella mujer italiana tan determinada e inteligente le gustaba no poco.

—Gracias por venir —le dijo Catalina—. ¿Qué haría yo sin vos, monsieur? —Y las palabras le salieron con aquella pronunciación singular; tenía algo de maravillosamente imperfecto.

—Madame, estoy feliz de veros radiante, más de lo habitual, si es que es posible. Confieso que aún no entendí qué es lo que ocurrió anoche.

—No tenéis que preocuparos, monsieur Polignac; no ha pasado nada de lo que debáis preocuparos. Confiad en mí.

—Confío hasta el punto de que, como recordaréis, tampoco ayer abrí la boca. Me he limitado a traeros de vuelta sana y salva a vuestros aposentos en Fontainebleau.

—Es verdad. Y es justamente por eso por lo que me agradáis, monsieur Polignac. Vuestra discreción y vuestro compromiso son un don raro y precioso, osaría decir que único en los tiempos que corren. —Al pronunciar aquellas palabras, Catalina no fue capaz de contener una sonrisa.

—No tenéis idea de cuánto me agrada vuestro aprecio, madame.

—Monsieur Polignac —dijo la delfina, cambiando repentinamente su expresión—, si os pidiera una opinión... ¿seríais sincero conmigo?

—¿Es que aún lo dudáis, madame?

—No realmente, mi valeroso amigo. Me divertía tomándoos el pelo afectuosamente. Por el solo hecho de haber traído a Nostradamus hasta aquí ya os debo la vida. Pero eso no cambia el sentido de mi petición. Por tanto, espero una respuesta directa a lo que os voy a preguntar.

—Y es la que tendréis, alteza, sin duda alguna. —Y como si quisiera poner más énfasis en sus palabras, el comandante general de los piqueros del rey realizó una elegante reverencia.

Catalina se cubrió con la mano, dejando escapar una risa nítida.

—Por Dios, mi buen Polignac, ¡no procede en absoluto! Es verdad que sois un soldado de manual. —Entonces, abruptamente, abandonó el tono risueño y se puso seria—. Decidme sinceramente... qué pensáis de la señora de Brézé.

Polignac enarcó una ceja. No se esperaba una pregunta como esa, ni tenía un parecer especialmente claro sobre Diana de Poitiers. Era un soldado, después de todo. Y a pesar de que en los últimos tiempos había renunciado al campo de batalla para estar al servicio de Catalina de Médici y de su rey, lo seguía siendo. No le interesaban ni los chismes ni las habladurías. Respecto a Diana, por lo tanto, sabía lo que sabían todos y no se sentía particularmente satisfecho de tener que admitirlo delante de su futura reina.

—¿Sinceramente? —preguntó.

—Es exactamente lo que os he pedido.

Polignac no fue capaz de contener un suspiro.

—Sé lo que saben todos, madame.

—¿Es decir? —Catalina no tenía ninguna intención de aguardar.

—Bien... Sabéis lo que se dice.

—En absoluto. ¡Decídmelo vos!

—¡Oh, de acuerdo! Diana de Poitiers es la favorita de Enrique, duque de Orleans y delfín de Francia.

—O sea, mi querido esposo.

Polignac levantó las manos. Vaya, pensaba, se acababa de meter en un lío.

—Me habéis pedido...

—Sé lo que os he pedido y aprecio vuestra sinceridad. ¿Qué más?

—¿Qué más pienso de ella?

Catalina asintió; en sus ojos hubo un destello.

—Bueno... Es una mujer fría, calculadora, ambiciosa. Es amiga del condestable, Anne de Montmorency, y de los partidarios de Guisa. Está tan mezclada con los católicos como para haberse convertido en una verdadera fanática, y con tal de favorecer a los Guisa, estaría dispuesta a cualquier cosa.

—Es justamente así, mi valiente Polignac. ¿Y en cuanto a la duquesa de Étampes?

—¿La favorita del rey? —Esta vez el comandante general no esperó confirmación y prosiguió con su reflexión—. Bueno... Es otro tipo de persona.

Catalina parecía divertirse.

—¿En qué sentido?

—Madame, por supuesto que no debo decíroslo yo. La duquesa de Étampes prefiere con diferencia a calvinistas y reformistas en general. No pasa un día en que los poetas más destacados no dediquen, bajo su cuidadosa protección, algún ripio a Diana de Poitiers. Yo creo que, si siguen así, la favorita del rey y la del delfín acabarán declarándose la guerra entre ellas, por añadidura en nombre de la religión, y se correrá seriamente el riesgo de lanzar al Estado al abismo de la guerra.

—¿Vos creéis que llegarán a tanto, Polignac? —Pero estaba bastante claro que Catalina conocía la respuesta y que había hecho hablar al comandante de los piqueros con el único objetivo de hacerle explicar a él cuál era, en realidad, la situación. Y la situación era precisamente esa, puesto que por un lado estaban el rey y su favorita, comprometidos con los calvinistas y los reformistas, y por otro, su hijo Enrique y Diana de Poitiers con los católicos, que ambicionaban el trono y que no veían el momento de que Francisco I se quitara del medio y exhalara su último suspiro.

En medio de esa disputa que tenía como objeto el trono de Francia, Catalina, aspirante a reina y mujer traicionada, no tenía el mismo papel que Margarita de Navarra, la reina actual; era una mujer sola, abandonada para pudrirse en un rincón. Poco importaba que Francisco I fuera un caballero y su hijo un joven melancólico y lleno de dudas.

Pero algo sugería a Polignac que pronto cambiarían las cosas.

—Quedaros conmigo, Raymond, porque lo creáis o no, voy a tomar lo que me pertenece.

Polignac miró a Catalina con expresión interrogante. Nunca tuvo intención de abandonarla o desobedecerla. Se preguntó a qué aludía aquella frase sibilina.

Lo que le quedaba claro es que la futura reina quería algo de él.

—Ordenad lo que deseéis, madame, y no os arrepentiréis —le dijo.

19

Pasión y venganza

Enrique no habría sabido explicarlo con precisión, pero estaba seguro de que algo había cambiado en Catalina.

Para empezar, la manera en que lo miraba.

Parecía devorarlo con los ojos.

Los perfumes que flotaban en la habitación parecían moldear su voluntad. Había entrado más por sentido del deber que por deseo, y ahora se veía a sí mismo anhelando a aquella mujer. No había en ello nada malo, dado que era su esposa; sin embargo, ocurría por vez primera.

Todavía no la había besado en la frente, como siempre hacía, y ya estaba desacordonándole el camisón. Era de un lino ligero y suave, tan delgado que dejaba entrever sus pechos pálidos y plenos.

Enrique no permaneció indiferente a esa visión.

Catalina parecía poseída por un deseo salvaje. Se le acercó y le acarició el miembro. Luego retiró la mano, tomó una copa y la bebió. Lo hizo con tanta avidez que algunas gotas se le quedaron en los labios y después le bajaron por el cuello. En la penumbra lucía una piel magnífica, embellecida por la tenue luz de las velas encendidas.

Enrique se le acercó.

—Bebe, amor mío —dijo Catalina, y le ofreció una copa de champán también a él. Enrique no se hizo de rogar. El vino estaba helado y tenía un sabor exquisito. Al vaciar la copa notó una agradable sensación de aturdimiento. Unas manos pequeñas y delicadas le exploraban el pecho.

Se encontró en el gran lecho con Catalina mordisqueándole los pezones, enredando los rebeldes pelos de su pecho entre sus dedos delgados. Luego lo lamió lascivamente, con una estudiada lentitud que aumentó la sensación de aquel grato abandono en el que él ahora languidecía.

La dejó hacer.

Catalina no titubeó. Continuó así hasta llegar más abajo, hasta toparse con su miembro ya erecto. Lo acarició, lo besó, se tomó todo el tiempo necesario, prolongando al máximo aquella dulce tortura que tuvo como efecto hacer crecer el deseo en él.

Dios, ¡qué buena era!

Parecía que la muchachita torpe se había convertido de repente en una mujer que conocía todas las artes de la seducción, incluso las más prohibidas.

Fue un pensamiento fugaz, rápido como un aleteo, que desapareció en un instante. Enrique permaneció disfrutando de aquella sensación: las primeras gotas de esperma perlándole el glande mientras Catalina no dejaba de chupar a fondo, mojándolo cada vez más. Le cogió la cabeza de castaños cabellos y la estrechó contra sí. Sintió la carne tensa de placer y un ardor infernal.

Se obligó a esperar un poco más. Quería que ella le diera

todo aquello por lo que había esperando tanto tiempo, quizás incluso demasiado tiempo.

Cuando quedó satisfecho, le quitó el camisón y la puso debajo de él. Era menuda, y su piel muy hermosa, sedosa, de terciopelo. Lo acarició con dulzura, luego condujo su mano para que explorara sus tesoros más escondidos. Sintió cómo se abrían sus labios y cómo acogían, suaves, sus fuertes dedos.

Movió en un círculo el índice y el corazón, deteniéndose largo tiempo en aquella minúscula catedral de placer. Era una profanación deliciosa y no tenía intención alguna de detenerse, al menos no hasta que Catalina empezó a gemir tan intensamente que el sonido ronco de su voz se convirtió en el más potente e irresistible de los afrodisiacos. Sintió su miembro erecto y tenso.

Fue entonces cuando la penetró, cuando ya estaba tan excitado que si no lo hubiera hecho se habría vuelto loco.

Experimentó algo que no habría creído posible. Catalina parecía haber perdido todo tipo de inhibición.

Al final no logró resistir y se corrió dentro de ella. Catalina sintió la llama líquida estallarle en el cuerpo.

Fue entonces cuando, sin ser vista, sonrió con sonrisa cruel.

Su venganza comenzaba en ese preciso momento, se prometió a sí misma.

20

La profecía

Nostradamus miraba a Catalina con aquellos ojos suyos del color de hielo ardiente.

La delfina sabía que la revelación sería impactante, de una u otra manera. Tenía confianza ciega en aquel hombre que parecía pertenecer a un mundo tan oscuro que ensombrecía todo lo que miraba. La habitación en la que se encontraba no ayudaba a hacer el ambiente menos lúgubre y opresivo. Las cortinas oscuras de las ventanas impedían que la pálida luz del sol de primavera se filtrara. Unos extraños alambiques y vasos de vidrio transparente, llenos de polvos y de hierbas, cubrían mesas de madera finamente labradas. A su alrededor, farolillos coloridos difundían tenues destellos de tonos ocre y color de anochecer, que daban a la enorme estancia un aire crepuscular. Y en ese juego siniestro y sin gracia, Nostradamus se movía como pez en el agua. Se balanceaba suave y elegantemente con aquellas largas piernas suyas, y su caftán oscuro, del que parecía no querer desprenderse nunca, lo hacía asemejarse a un murciélago gigante.

El olor del incienso y de otras esencias perfumadas se elevaba de los braseros, que diseminaban aromas entre lo místico y lo arcano, como si intentaran abotagar los sentidos para conciliar mejor una visión supraterrenal, capaz de ir más allá del tiempo y del espacio, más allá de toda dimensión conocida, suspendiendo cualquier juicio razonable, que en materias de predicción y profecía no tenía cabida alguna.

Catalina lo observó mejor: había en él la rareza del animal salvaje, de la fiera que, aparentemente tranquila, espera la vacilación de su presa para atacar. Un felino, un ave rapaz, una criatura de las tinieblas capaz de gobernar fuerzas desconocidas y que la delfina necesitaba desesperadamente.

Él la miró fijamente, clavándole aquellos ojos suyos inquisitivos. Catalina se sintió penetrada, como si entraran en los recovecos más profundos de su alma.

—Finalmente, madame —dijo él—, estáis encinta. Esperáis un hijo, yo ya lo veo. Ha bastado dejar fluir el instinto, tal vez ayudado por la sugestión y un par de trucos bien jugados, además de la fuerza seductora natural que os habita, la que nunca habéis querido liberar y que, sin embargo, poseéis, tan potente como la sangre florentina que corre por vuestras venas.

Catalina se calló al principio, tal era su estado de estupor al escuchar semejantes afirmaciones. Entonces ¿no había sido la magia ni su puesta en escena, ni lo maravilloso, sino ella con su propia fuerza la que se había convertido en algo que jamás había pensado que podía llegar a ser?

—Pero... ¿cómo? —objetó—. Habéis sido vos, con vuestro poder místico...

—¿El qué? —la interrumpió él, entre jocoso e incrédulo; y ahora su tono se había vuelto más dulce, casi tierno—: ¿Creéis de verdad que el perfume de sándalo de Oriente y un poco de sangre de lobo pueden obrar el milagro si no estáis primero dispuesta a creer? ¡Tendríais que tener más confianza en vuestra propia belleza, que es grande y formidable y espera tan solo liberarse! No tengáis miedo de mostraros como sois, ya que escondiéndoos solo os haríais daño a vos misma y a los que os rodean. —Nostradamus hizo una pausa y dejó que su mirada flotase en el aire de intensos olores, hasta posarse en la de ella—. Pero hoy habéis venido por otro motivo, ¿no es así?

Catalina tuvo la impresión de que aquellos ojos grandes de largas pestañas habrían podido explorarla hasta los pliegues más recónditos de su mente, y habría sido una tontería por su parte tratar de impedirlo, pero también negar su inevitabilidad. Nostradamus leía en ella como un laudista infernal habría podido tocar de memoria la melodía de una partitura abierta ante sus ojos.

—Tenéis razón, monsieur de Nostredame; así es. Por lo tanto, lo que supe de vos responde perfectamente a la verdad: nada se os puede ocultar.

—Nada que vuestra mirada no haya revelado antes que vuestro verbo, y creedme, Majestad, es mucho mejor lo que navega por el iris que perderse en el tedioso galimatías de las palabras. Inútiles, traidoras, burlonas o crueles, las palabras son una mísera moneda con la que pagar al interlocutor. No significan nada, son apenas la sombra de un truco barato de un falsificador. Tampoco excesivamente bueno, por lo demás. Y ese falsificador es el destino, que tanto se divierte engañándonos con la idea de poder dominar equilibrios que se nos escapan, a menos que se contemplen con toda la atención de la que somos capaces... en absoluto silencio. Dejad que sean los soberanos franceses los que se fíen del engaño de la palabra. Pero vos, que pertenecéis a una estirpe de hombres y mujeres que conquistaron el poder en lugar de heredarlo por derecho divino, y creedme, nunca una mentira fue más ingeniosa al tiempo que patética, pues bien, vos no podéis limitaros a confiar en los cinco sentidos. Vos podéis, y debéis, mirar más allá. Tenedlo siempre en mente.

Tras decir aquello, y sin más preámbulos, Michel de Nostredame se sentó en su extraño trono. Invitó a Catalina a hacer lo mismo y que se acomodase frente a él. Entre ellos había un espejo rectangular. En las esquinas, un líquido escarlata que teñía de rojo los bordes. Podría ser sangre. En el momento en que hizo lo que le pedía, la futura reina vio que el asiento del astrólogo estaba en el centro de un doble círculo concéntrico dibujado en el suelo, con una traviesa de madera más clara que sobresalía de los tablones.

No se atrevió a preguntar nada.

Nostradamus tamborileó con los dedos en los brazos de madera tallada, cuyos extremos culminaban en sendas cabezas de lobo. Respiró hondo. Cerró los ojos y, como si recordara un pasaje leído en un mundo antiguo, pronunció fórmulas desconocidas en una lengua incomprensible. Sonaban como fuego y miel en su boca.

Luego, de repente, abrió los ojos, casi de par en par, y leyó en la superficie lisa y perfecta del espejo su respuesta a la futura reina de Francia:

—Madame *la reine*, pariréis un niño dentro de nueve meses a partir de hoy. Le pondréis al pequeño el nombre de Francisco, y será señor de este reino. Antes de lo que todos esperamos, sin embargo, el rey morirá a causa de una larga enfermedad que ya lo está minando físicamente desde hace algún tiempo. Una vida por otra vida, como siempre ocurre en el círculo de la existencia.

A Catalina le dio un vuelco el corazón. Estaba contenta por el anuncio de un nacimiento, pero no soportaba tener que perder a un gran soberano y el único amigo verdadero que había tenido.

—¿Estáis seguro? —preguntó con un hilo de voz.

—He preguntado a las estrellas en otras ocasiones. Y lo vuelvo a hacer ahora. Está clara la fecha de nacimiento del rey, la hora y el lugar, por esa razón no he tenido grandes problemas para reconstruir su carta astral. Y creedme si os digo que de aquí a poco más de cuatro años Francisco I fallecerá. Veo solamente ahora que estáis aquí cuánta confusión e incertidumbre os va a provocar. De ahí vendrán conflictos y conspiraciones, y toda Francia se sumirá en el caos. No me pidáis que sea más claro de lo que soy, ya que no me es posible. Solo os diré que os preparéis para ese trágico suceso y estéis lista para lo que va a suceder; necesitaréis toda vuestra fuerza de espíritu y toda vuestra valentía para salir vencedora. Pero si sabéis secundar bien tales virtudes, que tan potentes son ahora en vos, entonces reinaréis en Francia. Un día, un día todavía lejano. Pero desde ese momento, seréis reina durante mucho tiempo. No sé si eso os traerá tormento o alegría, probablemente ambas cosas, pero se trata de una realidad ineluctable. Es cuestión tan solo de esperar.

En ese punto, Nostradamus se calló y sus ojos parecieron volverse normales, no tan oscilantes y líquidos como los de un reptil. Se diría que de repente estaba mucho más cansado, como si los pocos instantes dedicados a recuperar aquellas historias de la memoria de los astros lo hubieran postrado.

Catalina no tuvo el valor de replicar, ya que todos aquellos descubrimientos la habían dejado sin palabras. Estaba tan sorprendida y tan poco preparada que se quedó pensando si de verdad valía la pena saber el futuro con antelación. ¿Había alguna ventaja en el augurio? ¿O aquellas revelaciones no hacían más que mostrarle la miseria humana y toda la ineptitud del género entero que, tal vez, a fin de cuentas, no habría merecido otra cosa que extinguirse, para bien de otras criaturas más honorables y buenas?

—Por otra parte —parecía querer insistir Nostradamus—, no creo que sea el primero en revelaros semejantes hechos, puesto que no faltan en vuestra corte astrólogos y cartomantes... ¿O acaso me equivoco?

—Nadie ha sido tan preciso, monsieur —respondió Catalina. Se quedó un momento absorta observando las volutas azuladas que se elevaban desde los braseros y parecían enredarse en claros garabatos que componían, ante ella, formas extravagantes e inquietas, justamente igual que de inquieta se sentía ella al escuchar lo que había escuchado—. Confieso que vuestras palabras me han perturbado, y por lo tanto me voy a despedir. Pero antes quisiera daros las gracias por vuestros servicios. —Según lo decía, se quitó un anillo en el que brillaba una esmeralda grande como una avellana—. Esto es para vos, monsieur de Nostredame —dijo con la voz todavía trémula por la emoción—. Ahora, si me lo permitís, quisiera retirarme para descansar. Tales revelaciones me han dado que pensar.

—Vuestra Alteza —respondió sin titubeos Michel de Nostredame—, no tenéis que pedirme permiso, de ningún modo. Sois la futura reina de Francia y podéis hacer todo lo que queráis. Pero el hecho es que el rey Francisco morirá, en cuatro años a partir de hoy.

Mientras lo oía hablar, Catalina tuvo una extraña sensación.

Como si, a pesar de la expresión grave de su rostro, una parte de Nostradamus estuviera riendo de la manera más cruel posible para sus adentros.

ENERO DE 1544

21

Nacer y morir

El niño la miraba con ojos profundos y sinceros. Tenía una carita deliciosa, y cuando bostezaba, apretando sus puños minúsculos, no más grandes que una moneda de un centavo, parecía que su rostro encantador se iba a romper de un momento a otro. En cuanto cerraba sus manitas se le cubrían de arrugas tan graciosas que, solo de verlas, Catalina se sentía a punto de conmoverse.

—Francisco —le decía—, qué dulce eres, mi amor, y qué hermoso vas a ser. Pronto sabrás caminar y montar a caballo, y te prometo que entonces iremos juntos a ver los bosques que hay detrás de Fontainebleau. Y te perderás entre el follaje verde de los árboles y en el azul del cielo.

Francisco tenía la piel tan blanca que hacía parecer opacos los grandes copos de nieve que caían en silencio al otro lado de las ventanas.

Pataleaba con sus piernas regordetas. Con los ojos abiertos al mundo.

Catalina sonrió. Era madre desde solo hacía unos días y ya habría querido darle a Francisco un hermanito o una hermanita. Se sentía plena de esperanza y alegría, sensaciones a las que ya no estaba habituada. Como si todo ese tiempo en la corte, esperando a que se le reconocieran sus virtudes, viéndolas aceptadas muy rara vez, a decir verdad, le hubieran resecado en parte la humanidad y la felicidad.

Pero ahora, aquella alma inocente, aquel pequeño envoltorio suave que de vez en cuando lanzaba un gritito gracioso, lo había cambiado todo. Envolvió a Francisco en una manta cálida y confortable y se lo llevó al pecho.

Lo mantuvo estrechado contra sí. El dulce aliento, el corazoncito que latía enloquecido. La vida en él corría con tanta fuerza y potencia que extasiaba. Se acercó a la ventana. Se quedó mirando cómo caía la nieve. Algo más lejos, en la campiña francesa, se abrían infinitas promesas para aquella pequeña criatura.

Y, sin embargo, al mirar el gélido invierno mientras las llamas del hogar dispersaban un calor agradable, pensaba en su marido, que después de haberse regocijado por el nacimiento del pequeño, había regresado a la guerra. Había en Enrique una voluntad férrea de querer estar en el campo de batalla, al frente de sus hombres. No era un simple deber, sino una misión, casi una vocación.

Catalina admiraba aquella dedicación y el valor que demostraba en sus hazañas. Pensaba que Francia tenía suerte de tener un líder como Enrique. Pero ese continuo desafiar el peligro le producía temor, mucho más ahora que se había convertido en padre.

Suspiró.

Aunque no fuera por otra cosa, al menos con Raymond de Polignac al lado de su marido y con Michel de Nostredame estudiando el curso de las estrellas... se sentía más segura. ¿Podía subvertir el destino? No estaba segura; además, a decir verdad, no lo creía posible en absoluto, pero por lo menos cultivaba la esperanza de que, conociendo con antelación los acontecimientos futuros, podría quizá lograr evitar los más trágicos y funestos. Nostradamus era su mirada al futuro y Polignac la del presente. Y con ese par de servidores de tanto valor conseguiría ciertamente protegerse a sí misma y a todos aquellos a quienes quería.

Por lo menos ese era su deseo y por lo que lucharía.

Raymond de Polignac lo estaba dando todo. Como había prometido a Catalina, en aquel último año había estado continuamente al lado de su marido. Enrique combatía bien, le echaba valor y no temía a nada, ni siquiera en un cuerpo a cuerpo. Fuerte, de cuerpo seco y robusto, se imponía al adversario. En cualquier caso, su temeridad y su afán por demostrar su valía se estaban volviendo realmente agotadores.

Y de todas formas, poco había que hacer contra las tropas imperiales de Carlos V. El delfín soñaba con hacer que huyeran y expulsarlos a los Países Bajos, pero de momento nada había más improbable: acababan de conquistar Cambrai y, de hecho, se estaban preparando para expandirse por el norte de Francia.

Los malditos lansquenetes que militaban en las filas del ejército imperial no eran soldados, sino fieras sedientas de sangre, y dejaban tras ellos un rastro de muerte y dolor. E incluso ahora, mientras Polignac resistía con una patrulla de piqueros franceses en un bastión destruido por las culebrinas cerca de La Fère, en Picardía, aquellos salvajes se concentraban al otro lado del puesto de avanzada, día tras día.

La única esperanza que tenían de detenerlos era que lo hiciera el propio invierno. La capa de nieve era profunda; la temperatura era tan rigurosa que a muchos se les helaban las manos sobre el cañón del arcabuz. Se fundían con el metal, hasta el punto de que para poder despegarlas tenían que hacerlo a pedazos. Por ello, tal vez, aquel frío al menos podría ralentizarlos. Pero lo mismo era válido para los franceses, por no mencionar que los lansquenetes estaban quizá más habituados que ellos a los rigores del clima.

Mientras el viento silbaba entre las colinas, Polignac se devanaba los sesos preguntándose cómo lograría hacer retroceder al delfín y ponerlo a salvo.

La única posibilidad existente era intentar una salida, ya que la retirada se presentaba como el único camino viable. Él y sus hombres, sin embargo, deberían hacerlo rápidamente, ya que las tropas imperiales se iban agolpando cada vez más y amenazaban con sobrepasar la posición de los piqueros. Muy pronto la habrían rodeado, y en ese momento sería casi imposible salir de allí.

Había discutido poco antes con sus hombres la manera de preparar un plan de acción. Habían recuperado algunos de los arcabuces de sus compañeros muertos, que luego cargaron con pólvora. En los últimos tiempos, los arcabuceros se habían hecho más numerosos en el grupo de los piqueros, hasta el punto de que ya representaban la mitad de la compañía.

Habían tardado una eternidad en cargar las armas, pero, de ese modo, podrían al menos abrir fuego para protegerse. Y así, los camaradas podrían lanzarse por el sendero con la esperanza de no ser alcanzados por los ataques de los lansquenetes, asegurándose una mínima garantía de éxito.

Se daba por sentado que aquellos bastardos tratarían de matarlos como moscas. Por supuesto, sería mejor esperar a que fuera de noche, pero el riesgo era que fuera demasiado tarde.

Por esa razón, aprovechando un día gris como el plomo y la nieve y el viento gélido, habían llegado a esa solución con muchas incógnitas y ninguna certeza.

Polignac miró la línea dentada de las tiendas de campaña enemigas que salpicaban de negro una loma nevada. También observó un par de chozas bien construidas y una hilera de arcabuces listos para escupir fuego desde detrás de una especie de barricada hecha de chatarra y maderas podridas. Sombras que se mecían en el frío de aquella tarde invernal que se teñía de noche. Un poco más y sería el momento de recorrer el sendero.

Él en persona y el delfín de Francia.

Había sido un grave error quedarse en la retaguardia, pero nadie se habría permitido contradecir a Su Alteza. Precisamente, en esos días, Enrique II había solicitado un permiso para hacerle una visita a su mujer —las malas lenguas decían que también a su favorita— para festejar el nacimiento de su primogénito. Todos esperaban que se quedara una temporada en París, y, sin embargo, le faltó tiempo para volver y mostrar su valentía de una manera tan audaz que rozaba la estupidez.

Y allí estaban.

Polignac miró a Auger; tenía una ceja cortada por una cicatriz y dos grandes cercos bajo unos ojos negros como el carbón. La cara afilada, la mirada atenta como la de un milano. Se estaba rascando la mandíbula. Giraud lo miraba fijamente con el mismo arrojo, esperando una señal.

—Alteza —preguntó Polignac—, ¿estáis listo?

Enrique asintió. Tenía el rostro cansado, la piel amoratada por el frío, pero no le faltaba ciertamente determinación. Había cargado tres arcabuces en su espalda, como Polignac, ya que una vez que culminaran el final del descenso, tendrían que cubrir la retirada de sus compañeros. Al otro lado del valle, frente a ellos, todo estaba en silencio.

—¡Ya! —dijo Polignac, y sin tener que repetírselo, el delfín empezó a correr. Polignac lo siguió, manteniendo el mismo ritmo. En cuanto el sendero se deslizó hacia el bosque se metió entre los árboles de hoja perenne, con la esperanza de ofrecer un blanco menos notorio, pero poco después el camino quedó al descubierto y, como podían esperar, una bala les silbó cerca y levantó salpicaduras en la nieve.

Por encima de ellos, Auger y Giraud abrieron fuego. Explosiones. Llamas de color escarlata en el aire frío de la tarde. El humo blanco de los cañones de los arcabuces. Siguió otra secuencia de disparos, pero esta vez desde la loma de enfrente, y llegó otra bala que silbó ligeramente por encima de la cabeza de Polignac, golpeó el tronco de un pino y levantó un remolino de astillas mientras alrededor se extendía el olor a madera como una herida infectada.

Nuevos disparos, otro rugido atronador un poco más arriba. Luego un grito, exactamente por encima de ellos. Enrique siguió corriendo y Polignac se mantuvo tras él. Tuvo la terrible sensación de que algo malo le había ocurrido a Auger o a Giraud y habría deseado ayudarlos, pero en medio de la nieve blanca, sin ni siquiera un árbol tras el que guarecerse, solo aumentaría el riesgo de que lo mataran.

Se dirigió hacia la hilera de pinos que tenía ante sus ojos, a pocos pasos de distancia. Escuchó otra descarga dirigida contra ellos y se arrojó al suelo. La secuencia de proyectiles fue a dar en el terreno, levantando trozos de hielo. Polignac terminó en medio de unas agujas de pino.

Ya era hora de poner una rodilla en tierra, tomar el pesado arcabuz y ponerse en posición. Estaban en lugar seguro.

Escuchó pasos en la nieve e intuyó que alguien descendía de lo alto, justo de donde venían él y el delfín.

Apuntó con el cañón del arcabuz hacia la loma de enfrente y apretó el gatillo, abriendo la cazoleta. La mecha se prendió y las chispas brillaron azuladas a medida que se consumía rápidamente. El disparo rasgó el aire como un trueno. El retroceso del arma era potente. La patada del arcabuz era como la de un mulo, vibraba con todas sus fuerzas. Polignac arrojó el arma descargada a un lado. No le parecía haber alcanzado a nadie a esa distancia. Pero no le importaba demasiado. Lo único que contaba en ese momento era hacer llover proyectiles sobre el adversario para evitar que los disparasen a ellos. Se quitó otro de los arcabuces que llevaba al cuello y lo preparó mientras, a su lado, Enrique, con el cañón apoyado en la horquilla, abría fuego contra los lansquenetes.

Más chispas. Otra deflagración, otra nube blanca. Entretanto, Polignac oyó un ruido de pasos agitados de alguien que bajaba a lo largo del sendero.

Tiempo justo para el tercer disparo, y vio a Giraud aparecer al comienzo del tramo, al descubierto, sin protegerse tras la hilera de árboles. Enrique abrió fuego casi justo después que él.

Fue precisamente en ese momento cuando una bala alcanzó al piquero francés por la espalda. Giraud levantó los brazos mientras una mancha escarlata iba creciendo en su jubón. Luego se desplomó en la nieve blanca.

—¡Mierda! —gritó Polignac. El soldado permanecía inmóvil sobre el manto claro.

Estaba muerto.

No había nada que hacer.

De Auger no había ni rastro. Con toda probabilidad, el

hombre que había gritado poco antes era él. Polignac se quedó mirando la nieve un instante. Se cubría de rojo.

—Vamos —se dijo más a sí mismo que a Enrique, en el intento de despertarse de aquella especie de sopor en el que había caído a causa de la muerte del soldado.

Se puso en pie.

—¿Todo bien? —preguntó a Enrique. El delfín asintió. Volvieron a bajar por el sendero. Ahora estaban protegidos por las ramas de los árboles y el bosque se iba haciendo más espeso.

En ese momento escucharon voces. Llegaban amortiguadas por la maraña de ramas y la masa de nieve que cubría el suelo.

Polignac y Enrique se detuvieron.

Eran soldados.

Y no eran franceses.

22

Caballeros

No debían de ser demasiados. Polignac no había escuchado más de dos o tres voces. Se estaban acercando. Oyó los cascos de los caballos, el ruido amortiguado por la nieve pero distinguible. Iban a paso lento. Cautelosos.

Se escondió bajo las ramas de un pino. Expectante. Estaba al lado de Enrique, exactamente como había prometido y como siempre sería mientras Catalina se lo ordenara. Fidelidad y honor, para él, no eran solamente virtudes, sino que más bien representaban principios de un código moral que daba cuenta de su visión del mundo.

Respiraban en silencio, al acecho. Las nubes de vapor danzaban en el aire. El aroma del bosque parecía por un momento romper la tensión. El cielo clareaba. La luz de un sol moribundo se filtraba en destellos dorados entre las agujas de los árboles.

¡Un arco! ¡Si al menos tuviera un arco!, pensaba Polignac. Sin embargo, le quedaba un arcabuz. Uno cada uno.

—¿Qué hacemos? —susurró Enrique.

—Vuestra graciosa majestad, en otras condiciones sería partidario de mantenernos en silencio y esperar que pasaran. Pero tienen caballos. ¡*Mort-Dieu*, los necesitamos! Son el único medio para salir vivos de esta situación. A juzgar por sus voces, de todos modos, me temo que son más de dos. Tendremos que utilizar los arcabuces y tratar de ser precisos. Si logramos dejar a un par de ellos fuera de combate, quizá reducir a los otros resulte más fácil.

—Pero nos escucharán...

—Sin duda, pero con los caballos iremos más deprisa y podremos hacer que se dispersen por el bosque.

Enrique asintió.

Mientras esperaban, volvieron a cargar sus armas.

Polignac abrió la recámara y la llenó de pólvora. Echó un vistazo a la bobina y le puso una mecha nueva. Cargó entonces la pólvora gruesa en el cañón. Al final insertó el proyectil y lo comprimió con el atacador.

Entonces decidieron avanzar con cautela, saliendo al descubierto. Eligieron una posición cómoda para el tiro. El ruido de los cascos se acercaba rápidamente. Los soldados aparecerían ante ellos en cualquier momento.

Polignac disparó el arma. Percibió el chisporroteo, que poco a poco se reducía a cenizas. El humo blanco se alzaba por encima del arcabuz, luego vio el rayo rojo de la llamarada. Vio yelmos y armaduras. Los enemigos acababan de llegar ante los dos franceses. En el momento exacto en que el primer caballero apareció a caballo, Polignac abrió fuego. La bala salió disparada e hizo diana en el rostro del soldado, despedazándole la frente y el cráneo, pulverizándolo en una nube de sangre y masa cerebral que salpicó todo alrededor, embarrando la nieve y la corteza de los árboles.

Resonó un grito de furia, inmediatamente seguido por un segundo disparo, y otro caballero se desplomó en la nieve después de que la bala que disparara Enrique le arrancase media cara.

Sin más dilación, Polignac se lanzó contra los otros dos caballeros que estaban subiendo por el camino. Uno de los adversarios había abierto fuego. Chispas y fragmentos de luz, y luego la detonación. La bala salió y arrasó una buena parte de un tronco, haciéndolo saltar en una nube de astillas. El tiro no acertó por poco a Polignac. El otro caballero no tuvo la misma agilidad y su caballo giraba sobre sí mismo, relinchando, resoplando vapor y levantando esquirlas de nieve.

De un último salto, Polignac alcanzó al adversario que le acababa de disparar. Desenvainó la espada. Cortó limpiamente, trazando un arco sin piedad y arrancando la pierna del caballero.

Otro grito de dolor mientras el hombre dejaba caer su propia Reitschwert, que a duras penas había conseguido desenfundar. Rodó por el suelo. Polignac lo vio desangrarse en medio de la nieve. Luego, para acabar de asegurarse, le clavó la Reitschwert en la garganta.

Inmediatamente después, subió a la grupa de uno de los caballos que se quedó sin caballero. El cuarto se dio a la fuga sin demora.

Enrique, entretanto, se montó en la silla del segundo caballo.

—¡Vamos! —gritó Polignac—. ¡Alejémonos del camino! —Y, sin decir una palabra más, emprendió el galope seguido de inmediato por el delfín.

MARZO DE 1547

23

La muerte del rey

Hasta el cielo había oscurecido. Unas nubes amenazadoras se iban volviendo más densas en el firmamento y parecían querer desplomarse encima de las torres del castillo de Rambouillet.

Una lluvia rabiosa parecía llenar el aire de barrotes líquidos, con gotas grandes como monedas de plata. Finalmente, el día había ido a morir en una noche maldita.

En la habitación más grande del castillo, a la luz de la lumbre y las velas, Francisco I libraba su última batalla, la más importante de todas.

Tenía el rostro hundido por el agotamiento. Grandes manchas oscuras le cubrían el pecho. Respiraba con dificultad, y con bastante frecuencia su garganta se veía castigada con accesos de tos.

Ante él, Enrique y Catalina, de rodillas junto a la cabecera, escuchaban sus últimas palabras.

A pesar del dolor y de la amarga conciencia de estar a punto de morir, el rey experimentaba una cierta felicidad: se había reconciliado con su hijo, y lo sabía, como lo sabía Catalina. En los últimos años había tenido más de un conflicto con Enrique a causa de su pasión por Diana, que él había aceptado más o menos abiertamente. No había sido suficiente, y por lo demás, ¿cómo podía esperar otra actitud por parte de su hijo cuando él mismo se había sometido a la voluntad de la duquesa de Étampes?

Quería aconsejar a Enrique que no cometiera el mismo error.

El delfín lo miraba fijamente con amargura. La mirada oscura, como siempre, pero teñida de melancolía, por culpa de una separación que iba a ser definitiva y que, en el fondo de su alma, no habría querido.

Pese a todo.

El rey de Francia se aclaró la garganta.

Habló con un hilo de voz:

—Enrique... Estoy a punto de morir y lo sabes... y sé que no siempre hice lo que hubiera debido hacer por mis hijos...

Pero el delfín quiso tranquilizarlo. Se lo debía, después de todo.

—Padre, no os preocupéis; todo está perdonado, lo sabéis. —La voz se le quebraba de emoción. Había llegado a odiarlo en algún momento de su vida, pero luego, cuando lo había visto viejo y cansado, cuando se dio cuenta de que el tiempo ya había dictado su sentencia, entendió que había perdido años en un sentimiento que no le había aportado nada excepto acritud y rencor.

Y se había avergonzado.

—Dejo un Estado en guerra contra el enemigo de siempre. Sé que sabrás defender Francia. Honra a tu mujer y guárdate de los falsos amigos... —Francisco vaciló, ya que su voz se iba haciendo de vidrio y se rompía en pedazos.

Pero Enrique completó esos pensamientos con sus propias palabras:

—No os atormentéis, padre mío, ya habéis dicho suficiente. Catalina estará a mi lado y me ayudará a gobernar de la mejor manera... —Y, al decirlo, tomó la mano de su esposa.

Francisco sonrió.

—*Ma fille*, Catalina, os lo confío... Sabed cuánto creo en vos y en vuestra inteligencia. No me decepcionéis, querida mía...

Catalina habría querido hablar, pero no se encontraba la voz. La emoción era tan grande que el llanto, que a duras penas lograba contener, se congelaba en un nudo en su garganta. Por ello permaneció en silencio, mirando a ese hombre bueno que la había querido hasta el punto de defenderla siempre en contra de todo y de todos. Contra las sospechas de asesinato de su hijo mayor, contra las malas lenguas que la retrataban como una hereje y amante del demonio, contra Diana de Poitiers, que le había robado al marido, contra los que la odiaban por ser italiana e hija de comerciantes.

Francisco había sido un rey generoso; en muchos aspectos había sido el padre que ella no había tenido, fallecido a los pocos días de su nacimiento. Por todo eso y mucho más, Catalina le estaba infinitamente agradecida. Su mirada reflejaba su confusión interna al ver que se le iba para siempre.

Desde hacía ya tiempo, su cuerpo se estaba marchitando. Las manchas oscuras se habían extendido por la piel, se había debilitado, tanto que desde hacía días lo único que lograba hacer era quedarse en la cama.

En cierta manera, agradecía a Dios que se supiera cerca del final. Si aquello era lo que le tocaba seguir viviendo, no importaba que le aguardara el eterno reposo.

Francisco pareció darse cuenta de sus pensamientos. Le

dedicó una mirada llena de indescriptible ternura. Luego cerró los ojos.

—Ahora dejadme que descanse —susurró.

Entrelazó las manos sobre el pecho, buscó la posición más cómoda.

Su rostro se relajó, distendiéndose en una expresión plácida y tranquila.

Si Catalina hubiera tenido que imaginar una palabra para describir lo que estaba ocurriendo en ese momento, no habría dudado en elegir «beatitud».

Una sonrisa le frunció los labios.

Luego expiró.

Enrique lo miró con dulzura. Con la mano tocó por última vez la frente de su padre. Catalina sintió las primeras lágrimas que le nublaban la vista.

Entonces lloró.

DICIEMBRE DE 1550

24

Mandrágora

Habían llegado junto con los primeros copos de nieve; estaban en un carretón tirado por un par de mulas exhaustas. Los guiaba un hombre singular, con mirada penetrante y burlona, que iba a lomos de un rocín viejo y tambaleante. Llevaban sombreros extraños, ropas andrajosas pero llamativas, comían fuego y sabían hacer juegos malabares. Máscaras y disfraces, guiones y toda la fascinación de la invención; eran saltimbanquis y actores, acróbatas y funambulistas, una compañía de locos y soñadores liderados por un jefe tan estrafalario como atractivo.

La compañía de actores había sido una bendición.

Cuando supo que eran italianos, Catalina se había puesto a aplaudir de contento. Había ordenado que llevaran ante su presencia al cabecilla de los cómicos, y se encontraba ahora ante un hombre de largos cabellos grises y de ojos verdes e intensos.

—¿Vuestro nombre? —había preguntado Catalina.

—Mercurio —había respondido el hombre sin pestañear. Bajo un tupido y cuidado bigote se escondía una sonrisa divertida.

—¿Un mensajero? —Catalina entró en el juego.

—Exactamente. Además de protector de ladrones y estafadores.

—Espero que no seáis ni lo uno ni lo otro.

—Ocasionalmente. Pero hallándome en la corte, pondré mucho cuidado en no ceder a mis debilidades.

—Y haréis bien —le espetó Catalina, que apreciaba su buen ánimo, pero no hasta el punto de entregarse a ese lenguaraz—. U os arriesgaréis a acabar con vuestro delgado cuello deslizado en una buena soga.

El jefe de los cómicos asintió.

—Y bien, maestro Mercurio, ¿qué tenéis en vuestro repertorio? —Catalina no lograba ocultar su impaciencia.

—Majestad, confieso que hay varias opciones. Séneca, Plauto y Terencio en cuanto al teatro latino; Aristófanes y Menandro en cuanto a los clásicos griegos. Pero últimamente, al ser toscanos, exactamente como vos, Majestad, hemos querido que tengan presencia algunos de nuestros conciudadanos.

Los ojos de la reina parpadearon.

—¿A quién os referís en concreto? —preguntó enarcando la ceja.

—Sé que Vuestra Alteza alberga una cierta estima por Nicolás de Maquiavelo, ¿digo bien? —sugirió el maestro Mercurio, como si le hubiera leído el pensamiento.

La reina había contenido un grito de incredulidad, tal era su felicidad al oír noticia semejante.

—¿Lo decís en serio?

—Absolutamente.

—¿Sabéis que me dais una gran alegría con esas palabras?

—Francamente, Vuestra Majestad, lo esperaba.

—Soy un libro abierto para vos, ¿no es así, maestro Mercurio?

—Alteza, soy un actor. Comprender el carácter de las personas es mi oficio.

Catalina sonrió.

—Sí —admitió—, y parecéis bueno en vuestro trabajo.

—Lo hago lo mejor que puedo.

—Bien, entonces... ¿Creéis que podéis llevar a escena, de aquí a un par de días, la *Medea* de Séneca?

El maestro Mercurio se quedó estupefacto, como poco. Fue un instante, pero suficiente. No se esperaba una petición de ese tipo.

El cabecilla de los cómicos se dio cuenta de que, en ese momento, era ella la que leía en él como en un libro abierto.

Catalina sonrió.

—Sois un actor, maestro Mercurio. Pero vuestro rostro no puede ocultar la sorpresa.

El actor no pudo contener su algazara.

—Francamente, Vuestra Majestad, vuestra petición me deja boquiabierto.

—¿Os molesta este asunto, maestro Mercurio?

—En absoluto, Vuestra Majestad.

—Muy bien, porque quiero ordenaros algo más.

—Su Alteza, os escucho.

—Pues bien, querría que durante la preparación de la *Medea* de Séneca, intentéis ensayar la *Mandrágora* de mi querido Maquiavelo.

El maestro Mercurio pareció sorprendido por segunda vez.

—¿Y cómo así, Vuestra Majestad?

—Os pagaré por seguir mis órdenes, maestro Mercurio, no por debatirlas —concluyó la reina. El actor, en ese punto, se avino a la voluntad de Catalina.

—Estaba a punto de proponerla, Vuestra Majestad. Como habréis intuido, preferimos lo cómico a lo trágico, y el texto de Maquiavelo es uno de nuestros favoritos. Tiene una frescura y un ritmo de los que pocas otras obras recientes pueden vanagloriarse.

—Bien. Entonces está decidido. Haremos una representación de la *Mandrágora* para que estos franceses que tanto nos critican tengan que cambiar de opinión.

El maestro Mercurio advirtió un resto de resentimiento en la voz de la reina, pero, prudentemente, se calló.

—En este momento me dispongo a dar órdenes precisas. ¿Madame Gondi?

Una elegante dama apareció en el salón. Debía de haber asistido a la conversación y haberla escuchado entera, probablemente escondida detrás de algún recoveco o algún pasadizo oculto a su mirada, pensó el maestro Mercurio.

—Madame Gondi, gracias por haber acudido con tanta solicitud. Os encargaréis de que los actores del maestro Mercurio se hospeden. Tendrán a su disposición una estancia y un baño caliente. Reservaréis una sala del palacio para que puedan ensayar un espectáculo que van a representar dentro de dos días. Prepararéis la sala de fiesta según los deseos del maestro Mercurio. ¿Me he explicado bien?

—Perfectamente, Vuestra Majestad —confirmó madame Gondi. Tenía una voz cálida y suave como de terciopelo. Al maestro Mercurio le gustó mucho.

—Y ahora —concluyó Catalina—, refrescaros un poco y poneros de inmediato a la tarea. Si mal no recuerdo, la *Mandrágora* es un texto brillante pero exigente.

Tras decir aquello, y sin esperar eventuales respuestas, la reina se despidió del jefe de los cómicos, que tras una reverencia perfecta giró sobre sus talones y salió de la habitación.

Los actores fingirían ensayar el texto de Maquiavelo, pero el día del espectáculo interpretarían *Medea*, pensaba Catalina. Aquella pequeña estratagema impediría a Diana saber con antelación qué obra llevarían a escena Mercurio y su compañía. Diana tenía un profundo conocimiento de los textos teatrales. Casi tanto como ella. Y Diana era Medea: la bárbara guerrera usurpadora, sedienta de sangre y poder. Catalina tenía la intención de insultarla delante de todos, pero sin que el público se percatara. Nadie, aparte de ella misma y Diana, era apasionado al teatro. Sería una amarga sorpresa para su rival.

Después de la muerte del rey, el vínculo entre su marido y la favorita se había vuelto aún más estrecho. «Indisoluble» era la palabra exacta. Catalina no había podido impedirlo; es más, aquel maldito triángulo de relaciones que había estado obligada a aceptar había demostrado funcionar, incluso, aunque de modo perverso. Pero ello no significaba que no odiara a Diana.

A decir verdad, no la había detestado nunca tanto como en esa época.

La *Medea*, al menos y a falta de otra cosa, le atragantaría la cena.

Catalina no albergaba dudas al respecto.

Polignac había cabalgado largamente. Había seguido a una carroza sin insignias. Catalina estaba segura de que desde hacía algún tiempo, Enrique y Diana consumaban su amor lejos de la corte y habían elegido como nido de amor un palacio del que, no obstante, no conocía la ubicación.

Localizar el lugar preciso de los encuentros amorosos no le iba a proporcionar placer, por supuesto, pero al menos le permitiría tener el alma en paz. Por ello, Raymond de Polignac, con tal de satisfacerla, había seguido al rey como si fuera su sombra.

No le gustaba lo que estaba haciendo. Aun más, se odiaba por ese papel de espía que jamás hubiera querido ejercer.

Suspiró.

La carroza había entrado en el pueblo de Écouen y había continuado hasta las puertas del castillo. Mucho antes, Polignac había detenido a su caballo. Se metió en una posada y había comido algo rápidamente. Había subido a su habitación y había sacado las conclusiones del caso. Sabía perfectamente que el castillo de Écouen era propiedad de Anne de Montmorency, actual condestable de Francia, que bajo Enrique II había alcanzado la cúspide del poder. Polignac estaba sorprendido: le resultaba evidente la complicidad de Diana con Montmorency y con los Guisa, pero era obvio que su círculo de poder se había vuelto cada vez más estrecho y sólido si el condestable se había convertido en el garante de los devaneos carnales del rey y su favorita al poner a su disposición una de las residencias de su propiedad.

Con esa nueva convicción, Polignac se había acostado finalmente, durmiéndose muy pronto a causa del cansancio acumulado tras pasar el día cabalgando.

Enrique miró a Diana a los ojos. ¡Qué hermosa era! Los años pasaban, y, sin embargo, aquella mujer no perdía ni pizca de su fascinación; los cabellos castaños perfectamente arreglados, la piel blanca como el alabastro, los ojos más negros que el ala de un cuervo, la mirada altiva.

Se acercó para cubrirla de besos, pero Diana lo alejó con la mano, sonriendo.

—Esperad, Enrique, tengo que deciros una cosa que no puede esperar.

El rey no hizo nada por ocultar su desilusión.

—Diana, he venido en cuanto pude, debéis creerme.

—¡Pero si yo os creo! Es solo que siento algo de temor por la situación relacionada con la corte y quiero poneros al tanto.

—¿A qué os referís? Sed más precisa.

Diana suspiró.

—¿Es posible que no entendáis? —preguntó algo molesta.

Enrique la miró fijamente, implorándole que hablara.

—Está volviendo a ser peligrosa, Enrique.

—Pero ¿quién? —preguntó él, exasperado.

—Catalina, evidentemente. ¿Quién va a ser?

El rey negó con la cabeza.

—Vamos, Diana. Tengo la impresión de que estáis exagerando.

—Para nada —le interrumpió ella—. ¿Es posible que no veáis lo obvio?

—¿Y qué debería ver, según vos?

Diana se echó a reír. Qué ingenuo era ese rey, pensaba. Pero también la había conquistado su candor, ese modo suyo de exponerse sin ningún tipo de subterfugio, admitiendo abiertamente adónde quería llegar, la conquistaba en cada ocasión. Volvía a ver en él al muchacho al que había amado desde que lo habían llevado a España para encerrarlo preso en el lugar que hubiera correspondido a su padre. En cierta manera, nada había cambiado desde entonces. Ella continuaba siendo la madre que él nunca había tenido, y él, el hijo que ella siempre había soñado. Ese juego de ambos era incluso más erótico y seductor que el sexo.

Aquella reacción no gustó a Enrique. Padecía la influencia y las manipulaciones de Diana, a menudo sin darse cuenta, pero no estaba dispuesto a que se burlara abiertamente. No dejaba de ser el rey.

Sin embargo, ella había captado perfectamente su irritación. Por ello adoptó rápidamente su tono más complaciente:

—Enrique, sabéis mejor que yo que Catalina es, en varios aspectos, nuestra mejor aliada. Me odia, evidentemente, pero es lo suficientemente inteligente como para no desafiarme. Al menos no de manera manifiesta. Sabe que sin la protección de vuestro padre podríamos haberla aniquilado, y por eso, a pesar de que sufre por nuestro amor, lo acepta en nombre de un bien mayor.

—¿Francia?

—¡El poder, Enrique! Catalina sabe que, si bien en este momento se encuentra en desventaja, puede contar con nuestro apoyo porque la consideramos menos dañina que otras posibles pretendientes. Si vos o vuestro padre la hubierais repudiado, habría habido con seguridad una nueva esposa y otra reina. Y solo Dios sabe si habría sido peor que la que ahora se sienta a vuestro lado. Catalina, pese a todo, entra en nuestro juego y obedece. Lo que de verdad importa es que continúe manteniendo ese tipo de conducta, puesto que, en caso contrario, podría crearnos no pocos problemas. Es justamente por eso por lo que os voy a pedir el enésimo sacrificio.

A Enrique no le gustó nada esa petición, pero ya que no tenía idea de lo que Diana pretendía, siguió escuchando.

Con un gesto de la mano la invitó a continuar.

—Tenéis que dejarla preñada, Enrique...

—¿Otra vez? —le interrumpió el rey, que no creía lo que estaba oyendo—. Ya ha tenido cuatro hijos... De todas formas, vos lo sabéis ya...

Pero Diana le cortó:

—¡Es verdad! ¡Y esa es precisamente nuestra garantía, amor mío! Tenéis que ir a su cama y hacer lo que os acabo de aconsejar. ¡Una vez y otra, y otra más si es posible!

Enrique se quedó sin palabras.

—De acuerdo —dijo—. Entonces os complacerá, imagino, saber que, con toda probabilidad, ya lo está...

Se quedó entonces sorprendido al escuchar lo que Diana tenía que decir:

—No me he explicado. ¡La tenéis que preñar continuamente! ¿Decís que quizá ya está en estado? Magnífico. En cuanto haya parido, tenéis que volver a hacerlo. ¿Me escucháis? Esto os asegurará por un lado una larga descendencia, y por otro la dejará a ella fuera de las maquinaciones del poder.

El rey estaba asombrado.

—¡Pero si os acabo de decir que muy probablemente espera de nuevo un hijo! —Y esta vez gritó.

—¿Estáis seguro?

—Creo que sí.

—¡Ah, con que lo creéis? ¡Tenemos que estar seguros! Y, como ya os dije, en cuanto alumbre a un niño, enseguida tendrá que daros otro. —Diana le dedicó una mirada de fuego.

No estaba bromeando. Quería realmente que él dejara embarazada a Catalina una vez más.

—¡Tiene que convertirse en un horno! ¿Me habéis entendido? —vociferó.

Y la belleza escultural e irreprochable de su rostro traicionó en esa ocasión una rabia fría y terrible.

Al rey se le heló la sangre.

25

El engaño

Todo estaba listo.

El escenario se había montado de acuerdo a las peticiones del maestro Mercurio. La reina le había permitido prepararlo en el salón de baile. El proscenio estaba frente a la gran chimenea de madera con preciosas incrustaciones de oro. Todo alrededor era una exhibición de maravillas: el estucado de la escuela italiana, obra de Primaticcio, que el propio Francisco I, por indicación de Catalina, había querido llevar a la corte junto con Rosso Fiorentino. Y, además, centelleaban las grandes lámparas de araña de hierro forjado llenas de velas; asimismo causaba éxtasis el techo artesonado, repleto de frisos y adornos. Todo ello componía un conjunto de prodigios de la arquitectura que convertía la sala en una auténtica joya de ostentación y magnificencia.

Las sillas, forradas de terciopelo azul y lirios dorados y con los respaldos finamente tallados, estaban dispuestas en largas filas ordenadas en frente del escenario, en torno al cual se habían preparado mesas arregladas con esmero y refinada elegancia para una breve colación antes del espectáculo.

Catalina había dado pruebas de su otra gran pasión: el arte culinario. Durante dos días se había ocupado de dar instrucciones precisas a sus cocineros, algunos originarios de Mugello, y a los pasteleros, para que nada quedara fiado al azar.

Las mesas, puestas a punto por camareros y pajes, estaban cubiertas de mantelería de Damasco perfumada con agua de trébol, y en la parte superior estaban colocadas pequeñas bandejas de plata cargadas de dulces y semillas de hinojo para multiplicar el aroma.

Pero lo que más sorprendió a los nobles fueron los entrantes: se trataba de una exquisita crema helada, de color amarillo brillante y naranja intenso, una apetitosísima mezcla de hielo y sustancias dulces y muy suaves, enriquecidas con un jarabe de naranja y limón. Se reveló como una auténtica delicia, aromatizada con ingredientes secretísimos cultivados en los jardines de Florencia y llevados allá expresamente para la ocasión.

El creador de semejante exquisitez era Bernardo Buontalenti, al que Catalina había llamado a la corte como parte de su propio séquito en calidad de maestro pastelero. Después de todas esas golosinas, todos los platos que se sirvieron a continuación obtuvieron un éxito sin precedentes. Se trató de una comida extraordinaria, en el transcurso de la cual se siguió el ceremonial al pie de la letra.

Pero el auténtico *coup de grâce* para los nobles y las damas fue descubrir con qué pericia la reina hacía uso de un extraño objeto que no alcanzaban a entender.

Catalina lo había sacado de un cofrecito, como si se tratara de una reliquia. Era, en realidad, un pequeño tenedor de tres dientes.

—El tenedor —dijo ella, mientras algunas damas se dejaban dominar por exclamaciones de curiosidad. Después, Catalina se calló. Con consumada habilidad dejó que la sorpresa flotara en el aire antes de explicar—: Me ha parecido oportuno introducir en la mesa francesa este interesante cubierto, que se extendió por las mesas venecianas gracias a los mercaderes que lo importaron de Constantinopla. Lo creáis o no, este pequeño y utilísimo utensilio es protagonista de una famosa pintura que mi bisabuelo Lorenzo, llamado El Magnífico, señor de Florencia, encargó a Sandro Botticelli, el célebre pintor florentino.

Se levantó un coro de voces maravilladas.

—Por esa razón —continuó Catalina—, he pensado que haría algo grato al poner en cada sitio de la mesa un tenedor, para pinchar la carne o las verduras más fácilmente. —Y, al decirlo, Catalina ensartó un corazón de alcachofa.

—Estupendo —exclamó Anne de Montmorency que, imitando a la reina, se hizo con un pedazo de carne. Se lo llevó a la boca con sorprendente facilidad y con no poca elegancia volvió a servirse, mientras degustaba el bocado—. Madame *la reine* —dijo—, confieso que tenéis un talento extraordinario para la cocina. Este pato a la naranja es un suspiro del paraíso.

Catalina sonrió, protegiéndose con una broma:

—Vamos, Anne, lo que es visible es vuestro talento para ensartar enemigos.

Aquella agudeza dio en el blanco, haciendo estallar a Montmorency en una sonora carcajada. Todos los invitados lo imitaron.

El rey aplaudió aquella comida fastuosa y felicitó a su esposa, mientras Diana de Poitiers, a su lado, traslucía una mirada llena de resentimiento y envidia. Fue un instante, evidentemente, pero suficiente para hacer feliz a Catalina, que en el fondo de su alma confiaba lograr un resultado aún mejor con el espectáculo que iba a venir a continuación.

El almuerzo transcurrió entre bromas y conversaciones amables, hasta que finalizó tras la fruta y los dulces.

El rey se sentaba en primera fila, entre Catalina y Diana de Poitiers. Detrás de ellos, los nobles de la corte.

Cuando apareció Medea en el escenario, sus cabellos largos y despeinados, un gran cúmulo de tentáculos negros, con la ropa desgarrada, las uñas largas de reina bárbara y traicionada, invocando la furia destinada a dar muerte a Creusa, hija de Creonte y prometida como esposa a Jasón, Catalina miró a Diana y, por una vez, se regocijó.

Solamente Diana, aparte de Catalina, sabía suficiente de teatro para advertir el cambio de programación. La casi totalidad de los espectadores, a decir verdad, eran del todo ajenos.

Eso hacía que la broma de Catalina resultara aún más eficaz y cruel, como si fuera una especie de diálogo cercano entre ella y Diana, completamente fuera de toda posibilidad de comprensión por parte de cualquier otra persona.

El rostro de la favorita del rey, al escuchar aquel torrente de maldiciones y blasfemias proferidas por Medea a su amante, se había quedado de piedra. Diana no dejaba entrever sus emociones, pero Catalina la conocía bastante bien como para saber que, en el fondo, la señora de Brézé estaba que hervía de rabia.

Los delgados labios, normalmente fruncidos en una mueca altanera y de desprecio, ahora dibujaban un rictus imperceptible que hacía que su boca pareciera la herida de un cuchillo.

Catalina, para sus adentros, experimentó una sensación de triunfo. Mientras, la tragedia proseguía y la historia se desarrollaba en toda su violencia. Diana, sin duda, se iba identificando cada vez más con Medea, la reina que todo lo había sacrificado por el hombre que quería a su lado y que vio cómo se lo arrebataba, al final, una joven inexperta y tonta, de la cual juraba liberarse. Hasta el punto de enviar a Creusa una túnica y una diadema envenenadas que la matarían entre atroces tormentos.

Fue antes de la escena final cuando, incapaz de soportar aquella visión por más tiempo, Diana se puso en pie, tirando la silla al suelo.

Sus ojos inyectados en sangre fulminaron a la reina. Catalina le sostuvo la mirada. En silencio. Ninguna de las dos dijo nada, pero todos vieron la escena que estaba teniendo lugar.

Sin decir nada, Diana se fue tambaleándose. El rey, estupefacto y conmocionado al verla fuera de sí, la siguió. El público se puso en pie. Los nobles no comprendían por qué aquel espectáculo había causado tal efecto. Alguna dama murmuró palabras de frustración, ahora que los actores habían interrumpido la representación. Un par de nobles, sin embargo, se sintieron con derecho a criticar el espectáculo, visto el disgusto flagrante reflejado en los ojos desorbitados de su rey.

Fue entonces cuando a Catalina la dominó, de repente, un dolor tan súbito como lancinante. Había ganado, era cierto. Pero también había perdido. Y de qué modo. Enrique no había vacilado ni un segundo en seguir a Diana, con desprecio a toda etiqueta y decoro, humillándola a ella, su esposa.

Es verdad que no era la primera vez, pero no por ello era menos lamentable. Además, era la confirmación de cuánto le importaba Diana a Enrique, mucho más de lo que le importaba ella.

Se impuso no llorar. No podía permitírselo. Más tarde, en la discreción de sus aposentos, tendría tiempo para desesperarse, pero ahora tenía que comportarse irreprochablemente. Por ello no se entregó ni a la ira ni al sufrimiento. Su rostro se endureció, desafiando las miradas de astucia de Anne de Montmorency, que indagaba en sus ojos tratando de identificar sombras y miedo.

Pero solamente vio una resignación firme. Esa era la imagen que daría Catalina, al menos hasta que las cosas cambiaran. Montmorency lo entendió al vuelo y sus ojos se volvieron hacia el escenario.

Catalina se marchó, sin más dilación, dejando a la corte en la sala de fiestas delante de aquella escena interrumpida.

26

El almirez del diablo

La cara de Michel de Nostredame lo decía todo.

Y lo que no decía, se podía intuir a través de sus ojos.

Catalina se sentía temblar ante su presencia. Tenía la sensación de que no estaba preparada para escuchar sus profecías. Y, sin embargo, un deseo ingobernable de saber la consumía. Y en aquellos vaivenes intranquilos naufragaba su mente.

En cuanto entró en la vieja casa en ruinas, en el límite del bosque, aquel lugar olvidado de Dios en el que Nostradamus se encontraba con ella regularmente para comunicar sus predicciones, Catalina se perdía en una atmósfera indefinible.

Aquella noche le llegaba un delicado aroma de rosas, un olor dulzón que, no obstante, se difuminaba al final en un hedor a podredumbre, como si los pétalos los hubieran triturado en el mortero del diablo.

Vio la chimenea encendida; las llamas de color anaranjado crepitaban y parecieron gritar por un momento cuando, al abrir la puerta, el viento gélido penetró en la estancia.

Pero no fue aquello lo que atrajo la curiosidad de Catalina, sino más bien el espejo que estaba encima de la chimenea, de manera inexplicable. Era el que Nostradamus había utilizado durante su última visita.

También aquella noche tenía los ángulos manchados de sangre.

Catalina no fue capaz de contener un escalofrío.

La habitación parecía vacía. Alguien debía de haber movido la mesa y el mobiliario. El doble círculo de madera clara era más visible: destacaba nítidamente, en total contraste con los tablones más oscuros del suelo.

En el centro del doble círculo concéntrico se encontraba Michel de Nostredame. Completamente vestido de negro, con su larga barba terminada en dos puntas, saludó a la reina haciendo un gesto con la cabeza.

Le señaló el espejo. Catalina observó la superficie lisa y transparente.

Esperó.

Michel de Nostredame suspiró.

—Os he hecho llamar a esta hora de la noche porque he leído en el espejo lo que temía, y no quise esperar ni un segundo. No podía... —Por un momento, el gran astrólogo pareció vacilar; daba la impresión de estar buscando la expresión más adecuada. Ese hecho atemorizó a la reina, que sabía muy bien que Nostradamus no necesitaba elegir lo que tenía que decir.

En un impulso de curiosidad, no exento de desesperación, Catalina le instó:

—Os lo ruego, Michel, decidme la verdad. No temáis, sabré afrontar vuestro veredicto.

—Majestad, juzgad vos misma.

Y según lo decía, Nostradamus empezó a murmurar una

letanía de la que, al comienzo, Catalina no comprendió el significado.

Al final le pareció que las palabras componían una invocación al ángel Anael. La voz del astrólogo, inicialmente queda y profunda, como un quejido, se volvió más tensa y vibrante. A medida que aquella especie de cantilena sonaba más fuerte, Catalina iba perdiendo cada vez más el sentido de la realidad.

El humo del incienso, las palabras repetidas con voz profunda, la sangre en los ángulos del espejo que parecía coagularse en cuatro nombres, y aquella superficie transparente, perfectamente lisa, grande, tan grande que daba la sensación de dilatarse hasta el punto de engullir su rostro, hasta que Catalina lo vio desaparecer.

En su lugar, un ángel e inmediatamente después un león, de melena gruesa y brillante, de músculos fulgurantes. Un campo de batalla, sembrado de muertos, anegado en sangre. Después, Catalina vio al león detrás de los barrotes dorados de una jaula. Finalmente, algo parecía perforarle los ojos y lo hacía caer al suelo, exánime.

Fue en ese punto cuando la visión desapareció. Se fragmentó, como si el espejo se hubiera hecho pedazos.

El encanto, la ilusión o lo que quiera que fuera, parecía romperse. El fuego se reavivó en la chimenea, parpadeó cruelmente, y las llamas se alargaron en lenguas encendidas para luego, en un instante, volverse cenizas y brasas, como si el aliento helado de un gigante las hubiera apagado de un soplo.

La luz se hizo más débil. Las antorchas parecían rendirse ante la revelación y la estancia se sumió en la penumbra.

La voz de Nostradamus parecía provenir de las simas más profundas de la tierra.

—El león joven se impondrá al viejo león en el campo de

batalla, en combate singular, en la jaula de oro le perforará los ojos, dos heridas en una, para luego morir de una muerte cruel —recitó.

Catalina sintió una punzada en el corazón, como si la hoja de un cuchillo lo hubiera partido en dos. Perdía el resuello.

No entendió las palabras pronunciadas por Nostradamus, pero el efecto de aquella profecía se abría paso en ella en una especie de intuición que la hizo tambalearse. Sintió un dolor y una tristeza tan profundas que se preguntaba si sobreviviría a aquella noche.

—A Enrique tenéis que protegerlo: él es el león que gana la batalla, pero debe guardarse de los duelos en los espacios cerrados. Cuidad al rey, o morirá con los ojos atravesados por una espada. Hoy he visto su final.

Catalina estaba a punto de desvanecerse.

La sangre se le helaba, haciéndola palidecer. Se le empañó la vista. Todo se volvió confuso a su alrededor.

Ya no escuchaba nada más.

Luego oyó únicamente la voz de Raymond de Polignac. Resonaba lejana, distante. Sus fuertes brazos, sin embargo, la estrechaban, meciéndola con dulzura.

Entonces se hizo la oscuridad.

SEPTIEMBRE DE 1552

27

Los últimos días del verano

Eran los últimos días del verano.

Fontainebleau relucía bajo los cálidos colores de septiembre. Astillas luminosas brillaban como perlas en el agua clara del estanque. El jardín era de un verde intenso, casi cegador. El cielo, de un azul puro, presagiaba promesas y esperanzas.

Había sido un verano difícil, vivido en soledad, con el único consuelo de sus hijos. Enrique se había marchado a la guerra. Una vez más. Polignac se mantenía a su lado. En aquel momento estaban consolidando sus posiciones en el norte. Solo unos meses antes, Enrique había entrado triunfante en Metz el día de Pascua, sin tener que disparar ni un solo cañón. Antes ya habían caído Nancy y Toul. Y otro tanto había sucedido en Verdún. El artífice de aquellas victorias era Francisco de Guisa, auténtico héroe de los franceses y protegido de Diana.

Y por lo tanto de Enrique.

Catalina suspiró. Miró los jardines de Fontainebleau. Había sido Francisco I el que había concebido aquella maravilla y no había vacilado en implicarla en su realización.

Lo echaba de menos.

Estaba desayunando con sus hijos en el pabellón del centro del lago de las carpas. Intentaba, sin lograrlo, iniciarles en el uso del tenedor. Exactamente como hacía algún tiempo y con mayor éxito había hecho con la corte entera.

Francisco I había mandado construir el pabellón para los paseos en barca y, naturalmente, para las comidas, de modo que se dieran momentos de convivencia disfrutando de la magia líquida del agua.

La vista era magnífica.

Con ellos también se hallaba Diana, que con asiduidad y diligencia, supervisaba la educación de los hijos del soberano.

Catalina odiaba tenerla como su sombra, pero no podía impedirlo. Después de la muerte de Francisco I, aquella mujer había visto aumentado su propio poder de una manera casi indescriptible. No solamente era la favorita de su marido, no solamente había amasado buenos ingresos y obtenido prebendas de vértigo, no solamente decretaba directrices y orientación políticas, sino que intentaba mantener el control sobre ella a toda costa, incluso hasta interfiriendo en las relaciones con sus hijos.

Muchas veces, Catalina había pensado en rebelarse, pero siempre había desistido, a veces aceptando, a veces sufriendo las intromisiones de su rival.

En aquellos dos últimos años, por otro lado, Diana se había mostrado atenta y solícita con ella, esforzándose en construir una especie de silencioso triángulo de tal modo que, a través de concesiones recíprocas y favores, ella, Enrique y Catalina pudieran protegerse y coexistir, llegando a disponer de un poder absoluto, eliminando a todos los que no eran los Guisa o Anne de Montmorency.

Ironías de la suerte, su manera de ser fría y despiadada había dado paso a una repentina e inexplicable dulzura hacia los hijos de Catalina. Diana, que nunca había sido madre y que tenía fama de mujer de hielo.

Catalina la miraba mientras ayudaba al pequeño Francisco a sentarse bien a la mesa. La reina apreciaba mucho la etiqueta y Diana no era menos estricta en ese particular.

Francisco era un niño de ojos grandes y tristes, bastante débil de salud y más bien hosco. Sus cortos cabellos rubios y la piel clara, unidos a su sorprendente delgadez, le daban un aire demacrado. No perdía la ocasión para gastar alguna broma a sus hermanas. Solo un mes antes había quemado las trenzas a Isabel, tan hermosa con aquella larga y abundante cabellera castaña que ahora, a pesar de las perversas hazañas de su hermano, estaba creciendo más tupida que antes.

Enderezar a Francisco representaba toda una tarea. Pero con Diana, las cosas eran diferentes.

—Príncipe —le dijo—, vuestra educación deja bastante que desear. —Lo miraba con amargura, con los labios fruncidos, como si se tratara de un caso perdido.

Francisco la observó, sorprendido. Sus ojos traicionaron un instante de arrepentimiento.

—¿En serio? —preguntó, intentando mostrar moderación.

—¿Y todavía tenéis la osadía de preguntármelo? ¡Mirad lo que habéis hecho con el *brioche*!

Normalmente, Francisco se habría echado a reír con una de sus carcajadas groseras, pero, en cambio, enmudeció.

Isabel, por el contrario, apenas podía contener la risa.

—Francisco, tienes la boca sucia —se burlaba: no era capaz de entender cómo su hermano había conseguido ese aspecto. El príncipe tenía los labios completamente cubiertos de azúcar y mermelada.

—Vamos, príncipe. No podéis permanecer en ese estado. ¿Qué diría vuestro padre si os viera así? —Diana sabía perfectamente cómo herir en lo más vivo a Francisco y en qué sentimientos hacerle mella. Y era capaz de excluir a la madre como si no estuviera presente, como si ella misma fuera la reina de Francia.

El niño sentía una admiración infinita por su padre. Por eso, aquellas palabras le hicieron más efecto que una bofetada.

Catalina observó a su hijo mientras cogía una servilleta. Se aplicó a la labor y, en efecto, su cara quedó limpia. El muchachito le devolvió una mirada furiosa a Isabel, que se había atrevido a burlarse de él.

A Catalina no se le escapó aquel amago de amenaza.

—Francisco, te lo advierto: no se te ocurra hacer daño a tu hermana, ni ahora ni luego, aprovechando mi ausencia. Esta vez no te lo voy a dejar pasar —dijo.

La reina tenía en brazos al pequeño Carlos, que la miraba con los ojos muy abiertos y una sonrisa traviesa. Emitía leves gorgoritos y tenía la boca ligeramente manchada de leche. Sus grandes ojos oscuros cautivaban la mirada de su madre y parecían relucir solamente para ella.

Madame Antinori había colocado unas dalias magníficas en el centro de la mesa. Todo alrededor eran pequeñas coronas de bayas blancas y rojas. A pesar de sus esfuerzos, el mantel blanco de lino de Flandes se había convertido en un campo de batalla gracias a las proezas de Francisco, que había esparcido migas, mermelada y crema en grandes cantidades.

Pero ahora, tras ser reprendido por Diana, Francisco parecía casi preocupado.

Y Catalina estaba irritada, porque se hallaba frente a la evidencia: su hijo reconocía en Diana la autoridad. No era el único, a decir verdad, pero aquella conciencia no suavizaba su dolor. La duquesa de Valentinois había conseguido meterlo en cintura.

Enrique le había otorgado aquel título y le había donado el castillo más hermoso de todos: Chenonceau. ¡Qué afrenta había sido para ella!

Catalina apartó la mirada, mientras Diana le dedicaba una sonrisa triunfante sin pronunciar palabra.

Necesitaba mucho a Enrique en ese momento. Esperaba que volviera. Sabía que si ello ocurría, lo haría para ver a Diana. Pero después, al menos, le haría una visita. Deseaba que estuviera a salvo. Era un gran soldado, pero temía por él.

Fue justamente en ese momento cuando, de repente, sintió un sofoco. El espacio del pabellón se empequeñecía. Le vino a la mente la profecía de Nostradamus.

Se trató de un instante. Después se rehízo. Rogaba para sí que Raymond de Polignac protegiera al rey.

Madame Antinori pareció advertir su mal momento.

—¿Todo bien, madame *la reine*?

Catalina asintió. No tenía intención alguna de darle a Diana la satisfacción de que la viera perturbada. Eso ya sucedía incluso con demasiada frecuencia. Trató de recomponerse.

—¿Te apetece tarta de ciruelas, Claudia? —preguntó mirando a su otra hija, que estaba mirando el agua del estanque junto a su hermana.

—Sí, mamá —respondió la niña. Tenía el cabello más claro y fino que su hermana, la cara rellena. Llevaba un magnífico vestidito de lino claro.

Catalina acarició la cabeza de su hija.

Isabel se le acercó.

—Mamá —le preguntó—, ¿puedo coger en brazos a mi hermanito un rato? —Al preguntarlo abrió sus grandes ojos castaños. Era tan dulce... Catalina consintió. Cuando lo tuvo en brazos, el pequeño Carlos lanzó un grito de satisfacción. Mientras su hermana lo tenía en brazos, Claudia lo besó en la frente.

—Un día serás rey, Carlos —le dijo.

Francisco la miró como si hubiera blasfemado.

—¿Cómo te atreves? —chilló—. El derecho de reinar me corresponde a mí cuando nuestro padre ya no esté. ¿Lo has entendido? —Se levantó de la mesa, abalanzándose sobre su hermana y empujándola fuera del pabellón.

—¡Francisco! —exclamó Catalina.

Pero Francisco ni siquiera la escuchaba. Había cogido a Claudia por el cuello y ahora amenazaba con arrojarla al lago. Estaba cegado por la ira.

—¡Retira lo que has dicho!

—¡Francisco! —Catalina vio que Diana permanecía impasible. La odió todavía más. La rabia la invadía por completo. Vio que madame Antinori estaba lejos. Se movió lo más aprisa que pudo, a pesar de que la vestimenta la entorpecía. Tenía que impedir que su hijo hiciera algo terrible.

Francisco había levantado la mano. Estaba a punto de pegar a Claudia. Isabel tenía los ojos abiertos de par en par.

Catalina se arremangó el vestido y se abalanzó sobre su hijo. Logró detenerlo justo a tiempo. Le sujetó el brazo antes de que golpeara a Claudia.

—¿Qué crees que estás haciendo? —rugió—. ¿Meterte así con una hermana que es más pequeña que tú? ¿Una niña? ¡Vergüenza debería darte!

Francisco la miró con los ojos llenos de odio. De un tirón, ella lo alejó. Abrazó a Claudia, que empezó a llorar.

Después, como si quisiera enfatizar sus palabras, la princesa miró fijamente a los ojos de su hermano y a Diana.

—Un día Carlos será rey, te guste o no.

Esas palabras dejaron mudos a todos.

Catalina sintió miedo en el fondo, pero, al mismo tiempo, advirtió una alegría profunda e irrefrenable.

Amaba muchísimo a sus hijos. Sin excepción. Pero Francisco se estaba convirtiendo en una marioneta en manos de Diana, justamente como Enrique, y ese hecho, tan evidente e incontestable, la hacía sufrir.

Aquel gesto de rebelión de Claudia, aunque inexplicable, le había dado mucha fuerza, como si gracias a esas palabras de su hija hubiera podido desahogar su propia frustración.

Por supuesto, no esperaba realmente que Carlos reinara, porque eso solo sucedería a la muerte de Francisco, y ese pensamiento la aterrorizaba.

Pero estaba bastante segura de que, de algún modo, Carlos sería un soberano mejor que su marido.

28

Carta desde Metz

Catalina empujaba desesperadamente. Pero el niño no quería nacer.

No era capaz de respirar. Sudaba copiosamente.

Nunca había sufrido tanto en el transcurso de un embarazo. Se sentía hinchada y enorme. Se sentía también fea, incluso monstruosa: una mujer gigantesca, una obscena catedral de carne.

Con las manos llenas de sangre, madame Gondi le pedía que respirara profundamente y que empujara con todas sus fuerzas. Los gritos que le salían de la garganta ya no tenían nada de humano.

Catalina pensó que se iba a desintegrar por culpa de las arremetidas de dolor.

Miraba a madame Gondi y la veía preocupada. Durante los partos anteriores siempre había conseguido mantener la calma, incluso en las situaciones más críticas. Pero aquella vez era distinto. Algo estaba yendo mal. Lo sentía dentro de sí, como si una vida hubiera germinado en su interior con el único propósito de devorarla.

Intentó hablar, pero no lo lograba.

Otra punzada insoportable le provocó un sonido inarticulado, un grito bestial de animal herido. Sin darse cuenta de ello, empezó a llorar.

La quemazón en su parte inferior era insufrible. Como si alguien le clavara cuchillos ardientes en la parte baja de la espalda, a la altura de los riñones.

—Un pequeño esfuerzo más —susurraba madame Gondi, en una especie de cantilena. Pero Catalina temía que lo dijera simplemente porque no tenía idea de qué más repetir. Quizá creía que aquellas palabras producían el efecto de un talismán.

Empujó de nuevo. Con todas sus fuerzas.

—Lo veo, Vuestra Majestad —gritó madame Gondi, pero Catalina no comprendió si la emoción dibujada en su rostro era de júbilo o de terror—. ¡Continuad un poco más, Majestad, que ya casi estamos!

Catalina volvió a afanarse en empujar. Hizo acopio de todas las energías que le quedaban. El dolor era ya insoportable. Sentía al niño aprisionado dentro de ella, como si no quisiera salir.

Luego, finalmente, cuando todo parecía perdido, vio a madame Gondi que le metía las manos entre las piernas.

Cuando levantó al niño lleno de sangre, dejó escapar un chillido espeluznante.

Catalina, con las caderas destrozadas por el parto, alzó la mirada.

Y lo que vio era escalofriante.

Se despertó sobresaltada. En un lago de sudor. Se había quedado dormida mientras estaba sentada en el sillón. Sintió que el corazón le latía desbocado. ¿Había sido una pesadilla? Cuando vio el escritorio con los sobres aún sellados, recordó.

Madame Antinori le había entregado unas cartas. Ninguna era de Enrique.

La desilusión la había agotado. Se sentía débil. Por eso, mientras los rayos de sol penetraban por las cortinas en una ola dorada, le había entrado sopor. El sueño había hecho el resto.

Todavía estaba conmocionada por la pesadilla.

Intentó alejar ese pensamiento, que, sin embargo, seguía rondándole la cabeza. Trataba de apartar las escalofriantes imágenes del niño espantoso que había nacido de su vientre, pero fue en vano. Estaba en estado.

Una vez más.

Ya no podía más.

Se sentía feliz de parir hijos, pero al mismo tiempo odiaba ver cómo se hinchaba su cuerpo, cómo se llenaba y la hacía parecer mucho más fea de lo que ya se sentía. Tenía ganas de llorar.

Ya pasaba de un embarazo a otro, sin poderse ocupar de los asuntos del reino. Ni siquiera era capaz de contar la cantidad de días que se había pasado en cama en aquellos últimos ocho años.

La consolaba el pensamiento de que Diana estaba envejeciendo y que, antes o después, ella tendría su venganza. Todavía quería a Enrique, pese a todo, pese a que era una marioneta inconsciente en las manos de aquella mujer malvada y sin escrúpulos, dedicada al poder y al control, tan seducida y halagada por aquellas fuerzas como para renunciar para siempre a la posibilidad de ser madre.

Diana había hecho de su cuerpo un arma: para seducir al

rey y encarnar, a través de su propia feminidad, la magnificencia misma del dominio. Para beneficiarse de los frutos de la extraordinaria riqueza que había acumulado en esos años había transformado sus curvas en su fortaleza.

No se entregaba a nadie más que al rey, no tenía ni amantes ni amigos, era una belleza fría, admirada y temida, y ese ser suyo inalcanzable le había consentido ganarse fama de la mujer más atractiva y poderosa de Francia.

Catalina, de haber podido, le habría arrancado los ojos. Pero, de alguna manera, estaba ligada a ella, porque Diana había logrado involucrarla en un pacto tácito. Mientras ella fuera la favorita de Enrique nadie osaría tocarle un pelo a Catalina, puesto que Diana se aprestaba a protegerla ya que era parte de aquel *ménage à trois* que había sido capaz de crear.

Sintió que una bilis amarga le llenaba la boca; estaba disgustada consigo misma. Se levantó del sillón y se acercó al escritorio.

Echó una ojeada a las cartas que no había abierto, y mientras las recorría con un dedo, atrajo su mirada una de ellas en concreto, que llevaba el sello de los piqueros del rey y estaba escrita en letra clara y elegante.

En cuanto abrió el sobre, Catalina se sumergió en su lectura.

Vuestra Majestad:

Os escribo la presente mientras el ejército de Carlos V se dispone a preparar sus cañones y vituallas, tiendas de campaña y barricadas para asediar Metz.

Ante todo, os confirmo estar al lado del rey en todo momento del día y no abandonarlo nunca. Justamente como me habéis ordenado. Su Majestad está en perfecta forma, con la moral alta, y confía en poder ganar la ciudad.

Un hecho así carecería de precedentes y abriría el camino a los franceses hacia la Alta Alemania y por lo tanto hacia los Países Bajos, descerrajando así un golpe durísimo al poder de Carlos V. Por no hablar de la amenaza que representan Thionville y Luxemburgo.

En definitiva, y sin cansaros más, basta que sepáis que mantener el dominio de la plaza fuerte de Metz es un objetivo estratégico.

Pero la verdadera razón por la que os escribo, Vuestra Majestad, es otro.

Me urge informaros respecto a lo que mis ojos están viendo en estos días. El rey, de hecho, ha decidido confiar la defensa de la ciudad a Francisco I de Lorena, segundo duque de Guisa. ¿Por qué os escribo sobre un acontecimiento semejante, Vuestra Majestad? ¿Qué es lo que lo hace especialmente importante, hasta el punto de merecer, por mi parte, una carta tan larga y con certeza aburrida? Os lo explico enseguida.

Ante todo, debo precisar que no objeto las cualidades militares del duque de Guisa. Sin embargo, intuyo el peligro de atribuir tanto poder a un hombre así.

Me duele afirmar que este es ciertamente el primer paso para empezar a contener y reducir la autoridad del condestable. Anne de Montmorency es un guerrero óptimo y un político hábil, pero es evidente que, de la mano del rey, Diana de Poitiers intenta poco a poco expulsarlo de las esferas de poder y sustituirlo por el más joven y ávido duque de Guisa.

No habría nada malo, en principio, si no fuera porque el susodicho es un hombre totalmente carente de escrúpulos y de una crueldad sanguinaria.

En estos días, por ejemplo, hizo arrasar cinco barrios

enteros de la ciudad, para luego incendiar no menos de cuarenta iglesias y catedrales, y ha transformado Metz en una explanada de cenizas.

No me malinterpretéis, Alteza; son medidas necesarias en este tipo de situación, tanto más si se quiere resistir el asedio al que se verá sometida Metz.

Pero lo que me aterroriza es el modo en que se tomaron esas medidas. No digo esa palabra por casualidad. Han muerto inocentes, han violado a mujeres y, lo peor de todo, Guisa deja entrever un fanatismo religioso sin parangón. He visto en sus ojos la luz de la locura. Se regocijaba de corazón cada vez que una iglesia protestante era arrasada y devorada por las llamas.

Un hombre como Guisa no tiene trazas de detenerse. He comprendido perfectamente que considera esta primera tarea suya como el principio de una escalada al poder perfectamente orquestada. Por supuesto, puede ser que Carlos V se imponga, cosa que no deseo para Francia. Pero tiemblo con solo pensar en lo que pueda hacer Guisa en caso de victoria.

Nuestro rey, que es un hombre valiente y justo, sucumbe a la fascinación como todos los demás.

Ahora bien, madame *la reine*, sé perfectamente que lo que os estoy diciendo no solo es improcedente, sino incluso peligroso. Por otro lado, me habéis pedido siempre sinceridad y fidelidad, y también en esta ocasión os las doy.

En cualquier caso, el rey va a volver a la corte, y entonces podréis verificar en persona lo que os estoy diciendo.

Sin embargo, tenía prisa en tranquilizaros sobre las condiciones de salud de vuestro esposo y alertaros de todo aquello que en el futuro podría traerle problemas.

He considerado que noticias como estas no podían esperar.

Estaré preparado para obedecer vuestras órdenes y voluntad.

Vuestro siervo siempre,

RAYMOND DE POLIGNAC
Comandante General de los Piqueros del Rey

Cuando terminó la lectura, Catalina estaba consternada. ¿O sea que Diana tenía tanto poder? ¿Y Enrique no estaba en condiciones de impedir de alguna manera tales decisiones? Si fuera así, entonces, vive Dios, Francia estaba perdida.

Esperaba equivocarse, naturalmente. Deseaba que Raymond de Polignac hubiera exagerado el tono, aunque solo fuera para que ella no subestimara la situación.

Pero en lo más hondo sentía que no era así. En absoluto. La estrella de la señora de Brézé brillaba alta en el firmamento de Francia.

Se prometió a sí misma que haría de todo para hacerla palidecer hasta apagarla.

ABRIL DE 1558

29

Notre-Dame

Los novios habían llegado a Notre-Dame tras haber pasado por arcos de triunfo y jardines maravillosos. Deseosa de preparar la fiesta más hermosa de Francia, Catalina había dado lo mejor de sí.

Escoltados por una cuarentena de caballeros en librea, María Estuardo, reina de Escocia, y Francisco II, delfín de Francia, habían llegado a la plaza de Notre-Dame, donde se les acogió entre gritos de júbilo, mientras pajes y bufones se sucedían en la coreografía de un festejo popular, de modo que también el pueblo, más participativo e involucrado, diera la bienvenida al futuro rey.

Precedidos por una banda de música, los novios habían entrado en la catedral atravesando el gigantesco pabellón al aire libre, preparado con infinito esmero, con carpas de seda azul de Chipre con los lirios de Francia bordados.

Tras recorrer la nave central, María y Francisco se habían arrodillado ante el altar mayor. La capa de la reina de Escocia cubría por lo menos veinte brazas del mármol de la catedral.

Notre-Dame brillaba con rayos de luz policroma reflejados a través de los vitrales góticos.

Las otras naves parecían infinitas. Entre las columnas esbeltas y soberbias, todo París contenía el aliento mientras el cardenal de Lorena oficiaba el rito sagrado.

Algo alejado de las primeras filas, Raymond de Polignac observaba la escena exactamente igual que lo hizo veinte años antes en Lyon.

Pero la situación era completamente distinta.

El tiempo le había blanqueado ligeramente el bigote y estriado de plata el tupido pelo castaño. Por lo demás, se diría que la injuria de los años no le hacía mella. Su cuerpo seguía magro, su mirada, viva, y su indumentaria, impecable y marcial.

Pero en esas dos décadas había experimentado la ebriedad del ascenso hasta el grado máximo en las jerarquías del ejército y la amargura de su despedida tras la histórica derrota sufrida por Montmorency en San Quintín. Anne, además, había caído prisionero en Gante con sus cuatro hijos y se había convertido de repente en protagonista, a pesar suyo, de una de las páginas más negras de la historia militar francesa.

Polignac era parte implicada y había perdido.

Pero las cosas no le habían ido del todo mal. Al final de aquella historia se había transformado en lo que, en esencia, ya era desde hacía mucho tiempo: un guardaespaldas, un soldado al servicio de la reina. Enrique II no lo había dudado y lo había alejado. Ya hacía tiempo que le impedía acompañarlo como solía hacer, temiendo que, a través de él, Catalina se pudiera enterar de sus proyectos con Diana.

La derrota de San Quintín era la justificación perfecta para despedirlo. Y así había sucedido. Ya no era el comandante de piqueros del rey, sino un simple guardia personal de la reina que, por sus servicios, lo había recompensado con un pequeño condado en Picardía, un título y una respetable asignación de diez mil escudos al año.

Teniéndolo todo en cuenta, Polignac estaba bien.

Miró a la joven María Estuardo, reina de Escocia y ahora delfina de Francia. Tenía la piel blanca como la nieve y largos cabellos rubios. Los ojos, profundos y oscuros como la miel silvestre. Estaba magnífica, y es decir poco, con aquel vestido de color marfil, y su cuello delicado y majestuoso iba adornado con las joyas más brillantes de todos los tiempos. A su lado, al pie del altar, Francisco resultaba un personaje más bien pobre. Un par de años más joven que ella, vestido de raso de color violeta y encaje con bordados preciosos alrededor del cuello, parecía la parodia de un hombre. Era delgado, débil y de rostro demacrado. El rey, y más aún el duque de Guisa, había acelerado los plazos de esa ceremonia porque temían por su salud.

Polignac bufó. María era una luz deslumbrante. En primera fila, detrás de ella, sus cuatro damas escocesas componían la corola natural de una flor de incomparable belleza: María Fleming, María Beaton, María Livingston y María Seton. Un poco más allá, el capitán de la guardia, Montgomery, vigilaba como un cuervo de mal augurio aquella escena radiante.

Y después, obviamente, vio al rey y a Diana, fulgurante con su vestido azul salpicado de perlas y diamantes, y, sin embargo, obligada a esconder tras una capa de polvos blancos las implacables arrugas que como una tela de araña se extendían por su rostro cansado, consumido por el poder. Una máscara de juventud que, aunque perfectamente aplicada, no dejaba de ser patética.

Al menos a los ojos de Polignac.

En medio de sus hijos, Catalina lucía una larga y oscura capa, de un azul bastante intenso. La pequeña italiana aún esperaba, pensaba Raymond. Con paciencia y determinación aguardaba poder dominar finalmente aquel reino suyo. No obstante, los éxitos reportados durante aquella guerra desastrosa, que culminó en una paz que tenía el sabor de la derrota, habían acercado a Francisco de Guisa a la reina, que había esperado de su marido un conflicto contra Felipe II, emperador de España, en la última esperanza de que reconquistara Italia y su Florencia.

Las cosas no fueron así, precisamente debido a la terrible derrota de San Quintín sufrida por Montmorency. Pero luego, Guisa, con un asedio sorprendente e inesperado, había arrancado Calais a los ingleses, arrojándolos al mar dos meses antes, y se había convertido en héroe nacional, tan poderoso como para estar por encima de la propia voluntad del rey.

Cuando Enrique logró hacer las paces con Felipe II, Guisa, decepcionado por aquel giro, había empezado a ver en Catalina una posible aliada.

Ambos, de hecho, consideraban que la paz había llegado demasiado pronto.

Polignac no veía con buenos ojos la naciente amistad entre ellos, pero se tuvo que rendir a la evidencia, y en nombre de la fidelidad y del honor había permanecido al lado de Catalina a pesar de no sentir especial simpatía por el duque.

Mientras el cardenal de Lorena, hermano de Francisco de Guisa, procedía a la celebración del ritual, Polignac observaba a Enrique: lanzaba miradas fugaces a la más bella de las damas de la novia.

No sabía su nombre, pero era una hermosura; los ojos azules, el cabello espeso y rubio como un mar de cereal incendiado por el sol. Llevaba una larga capa de color celeste que resaltaba su figura de caderas altas y redondas. Incluso vista de espaldas era de una belleza que quitaba el aliento, y mucho más sensual que María Estuardo.

Mirándola más detenidamente, Polignac tuvo la sensación de que aquella muchacha daría a Francia y a Escocia más de un quebradero de cabeza.

Como para confirmar sus pensamientos, la chica se volvió por un instante y lanzó una mirada furtiva al rey.

En sus ojos, Raymond de Polignac vio relumbrar una luz que anunciaba tormenta.

30

Elizabeth MacGregor

Después de haberla visto, Enrique la había deseado como a ninguna antes que a ella. Hasta Diana se desdibujaba ante aquella arrolladora belleza.

Se había propuesto dejarlo estar, esperando poder sacársela de la cabeza, pero no lo lograba.

Enrique sentía que quería volver a encontrarse con aquella mujer, de la cual, por otro lado, ni siquiera conocía el nombre. Y, maldita sea, aquel hecho lo excitaba todavía más. Estaba cansado de Diana, y por lo que respectaba a Catalina... Bueno, lo hizo lo mejor que pudo. Habían tenido diez hijos. Por eso ahora bien podría tomarse unas vacaciones. Se las merecía.

Al mismo tiempo, tenía que confesarse a sí mismo que estaba completamente aterrorizado, ya que aquella muchacha era incluso bastante más joven que la mujer de su hijo.

Pero él era el rey. ¿Es que acaso lo había olvidado? Podía permitírselo todo. No tenía, desde luego, que pedir permiso. Aquella chica, por más hermosa que fuera, no era nadie.

Y, sin embargo, no tenía idea de cómo actuar. Le ardía la sangre, eso era verdad. Y ella, por añadidura, lo había entendido perfectamente. Las miradas que le había devuelto aquella mañana en Notre-Dame durante la ceremonia eran inequívocas, y se habían vuelto a repetir hacía un momento, en la suntuosa fiesta que se había celebrado en los salones del Palacio de Justicia. Estaba claro que aquel sol escocés lo estaba provocando de manera absolutamente desprejuiciada.

En lo que respectaba a la fiesta, Catalina había dado lo mejor de sí. Tenía una vocación natural para la organización de recepciones y actos de entretenimiento memorables, esto al menos había que reconocérselo. Y, por lo demás, ¿no era justamente con actos así como los Médici habían amasado su fortuna?

Durante el banquete se habían sucedido viandas increíbles y se habían producido sorpresas extraordinarias, por decir lo menos. Navíos completamente incrustados de oro. Enormes velas de tela cubiertas de plata cosidas para la ocasión, de modo que simulaban un mar agitado en el que podían surcar los barcos. Todo un equipo de tramoyistas había logrado que la puesta en escena fuera lo más realista posible.

Pero en aquella fiesta extraordinaria, Catalina no dejó escapar la oportunidad de dejar margen para símbolos y alegorías. Por cada barco, un príncipe con un atuendo completamente dorado invitaba a cada una de las reinas de la corte a subir al navío. Catalina de Médici, María Estuardo, y después la reina de Navarra y las princesas Isabel, Claudia y Margot: a todas se les había asignado un príncipe. Para cada una de ellas, de hecho, aquel era el viaje más feliz de su vida, confortadas por el lujo, los fastos y la gloria más genuina.

¡Había sido un triunfo!

Pero ahora, después del banquete, después del jolgorio,

después de los ríos de vino y los asados de carne, Enrique vagaba como un fantasma en el corazón de la noche. Tenía sudores fríos. Estaba exhausto de emociones, y más aún por los excesos, y paseaba por los pasillos del palacio en una especie de delirio alcohólico acompañado por algunos amigos. Poco a poco los había ido perdiendo de vista a todos; alguno se había entretenido con las damas, algún otro había preferido entregarse al juego. Se encontraba en un pasillo vacío mientras su mujer, la reina, se había retirado a sus aposentos.

Recorría escalinatas y salones. Casi por todas partes, nobles y damas se prodigaban en conversaciones obscenas, regadas con champán. Otros, más borrachos que el resto, se llevaban a algunas señoras a sus alcobas. Se apareaban como perros.

Mecido por aquella atmósfera disoluta, nublado por el vino, cansado por la larga jornada, el rey se encontró recorriendo el enésimo salón. Fue en ese momento cuando una mujer hermosísima apareció de repente desde uno de los cuartitos. Tenía un largo cabello rubio, y detrás de la máscara negra que llevaba, se adivinaban unos profundos ojos azules.

¿Quién era ella realmente?

¿La fortuna iba a ser tan generosa con él?

Decidió que solamente había un modo de descubrirlo.

Sin embargo, fue la mujer la que se le aproximó.

—¿Podríamos por una noche, y únicamente por una noche, no ser lo que fingimos ser? —murmuró en tono sibilino. A pesar de su buen francés, un acento extranjero sugería un tono duro y frío, del norte. La voz ronca, casi nebulosa, abría infinitas promesas al soberano, al que le pareció irresistible. Por lo tanto, por una vez, la suerte lo acompañaba.

—No podría pedir nada mejor, madame —respondió. La suya, su voz, resonó lejana, como si estuviera escuchando a alguien que hablara en el salón contiguo.

La mujer se aproximó más.

—De acuerdo, entonces —le dijo susurrándole al oído—. Os sugiero que me sigáis —y con esas palabras lo condujo por los pasillos del Palacio de Justicia hasta que vio una sala de estar solitaria.

El rey cerró la puerta tras de sí y giró la llave en la cerradura.

La mujer se lamió los labios. Sonreía. El rey se le acercó, hizo el ademán de quitarle la máscara, pero ella, de manera lánguida y provocadora, se lo impidió.

—Os suplico, Majestad, no me lo quitéis todo ahora. Si no... ¿qué me quedará por ofreceros en días venideros? Quiero que me veáis así toda la noche. Con la máscara. Os prometo que vuestra caballerosidad de hoy se verá recompensada por la lujuria de mañana. Mi voz ya os ha confesado quién soy. Llevo todo el día esperando poder estar cerca de vos.

Palabras audaces que surtieron el efecto deseado: excitaron aún más a Enrique. Aquella mujer le quitaba el aliento. Al escucharla pronunciar aquellas frases, notaba la sangre palpitándole en las venas.

—Os lo ruego —dijo—, dadme al menos una prueba de vuestro amor —murmuró el rey con la voz inflamada de deseo. Sabía que no era ese el sentimiento que desplegaban entre ellos, pero le gustaba ilusionarse con aquella parodia de cortejo.

Ella se mordió los labios con un placer salvaje, como si aquella petición la hubiera convencido de conceder algo más que lo que había prometido.

Se le acercó, rozándole la boca.

El rey dejó escapar un gemido de concupiscencia. Comenzó a agarrarla, pero la mujer le cerró los labios con un dedo.

Luego le susurró una vez más al oído:

—¿De verdad queréis saber mi nombre?

—Nada me complacería más en este momento.

—De acuerdo, pues... Mi nombre es... —Y mientras inclinaba la cabeza hacia delante, hizo sentarse al rey en la alcoba y confesó.

Enrique sintió la lengua de la chica chasquear y luego un nombre que no olvidaría: Elizabeth MacGregor.

Justo después movió sus labios hacia la garganta del rey y lo besó apasionadamente.

—Veámonos en un lugar secreto —prosiguió ella—. Tengo unas ganas inmensas de vos.

—¿Más secreto que este? —Enrique se sentía incrédulo. E impaciente. Aquella exquisita tortura a la que ella lo sometía era dulce y cruel al mismo tiempo. Por un lado deseaba tener más; por otro, la espera lo llenaba de lujuria. Aquella muchacha era realmente una habilísima seductora.

—Esto es el Palacio de Justicia, Vuestra Majestad; aquí hasta las paredes tienen oídos.

El rey suspiró.

—Tenéis razón. ¿Dónde y cuándo os podré volver a ver, entonces?

Elizabeth pareció quedarse pensativa un momento. La espera hacía casi enloquecer al soberano.

Luego apoyó su cabeza en el pecho del rey.

Enrique vio la gran mata de cabello rubio. Ella le dedicó una mirada indescifrable. Sus ojos azules brillaban en el resplandor cálido de las velas. La máscara de encaje negro contrastaba con su piel de alabastro.

El rey de Francia estaba feliz. Hacía tiempo que no experimentaba tanto anhelo.

Fue en ese momento cuando tuvo la certeza de que ya era hora de tener una nueva amante.

Después de todo lo que había ocurrido, hasta el hombre más fiel se vería asaltado por la duda.

—En los aposentos reservados al séquito de María Estuardo. Dentro de tres días —dijo ella.

Perdido en la fragancia de su perfume, Enrique cerró los ojos y se abandonó a la sensación de asombro que el perfume le causaba. Por un instante le dio vueltas la cabeza, en una especie de sueño consciente. Por tanto apenas se dio cuenta de que Elizabeth se estaba alejando.

Cuando volvió a abrir los ojos, descubrió que aquella criatura divina desaparecía detrás de las cortinas. Enrique se quedó mirando fijamente la penumbra. Había desaparecido con el mismo aura de misterio con el que se había manifestado.

En el fondo de su alma no veía el momento de volverla a encontrar.

31

Francia y Escocia

La ceremonia había sido un gran éxito. A París le gustaban los recién casados.

Polignac sabía lo importante que era. Las continuas guerras por parte de Enrique a las que la misma reina e incluso su favorita lo habían empujado en los últimos tiempos, y el peregrinaje por palacios y castillos, ya fuera Fontainebleau o Chenonceau, suponía el riesgo de alejar irremediablemente al pueblo de sus propios soberanos.

Y eso había que evitarlo.

Raymond de Polignac había salido temprano del Louvre. Después de haberse dirigido a la calle Champ Fleuri, había llegado a la gran calle Saint-Honoré, y apareció ante él la magnífica iglesia de imponente campanario. En la plaza de enfrente se colocaban los vendedores ambulantes con espetones de carne asada y vino, mendigos, malabaristas, charlatanes, prostitutas; una humanidad variopinta que desde las primeras luces del alba atestaba París.

Polignac había proseguido por la gran calle y doblado en la calle de Orleans, para luego avanzar hacia la logia de Beauvais, donde se concentraban numerosos puestos de carniceros.

El olor de los animales sacrificados impregnaba el aire. La sangre fluía en ríos por la logia, mientras no pocos vendedores ambulantes vendían salchichas rellenas recién hechas.

Polignac vio los mostradores con despojos, jamones salados y salamis, y pensó que un desayuno sólido sería una buena idea de cara a la cita que había programado. Sobre todo teniendo en cuenta la persona con la que había quedado.

Por ello, sin más dilación, entró en una posada que lucía un cartel con un jabalí negro y buscó una mesa.

Eligió una en un rincón, de modo que veía la entrada. El olor a comida le dio de lleno en la nariz y conquistó su olfato de inmediato. A pesar de la hora, la posada estaba más bien a rebosar. Se fijó en un par de protestantes que confabulaban en otro rincón. Los reconoció de inmediato porque vestían de negro. Parecían cuervos. Un poco más allá, una vieja prostituta estaba haciendo buenas migas con un tipo que se esforzaba en parecer un caballero cuando, bien mirado, no podía ser más que un fanfarrón. Llevaba un jubón de color cereza pero de un tejido de baja calidad, cualquiera que estuviera familiarizado con telas y encajes se habría dado cuenta. Un par de holgazanes jugaban a dados. Probablemente borrachos. Probablemente estudiantes.

De cualquier forma, Polignac se acomodó. Llegaba antes de tiempo y prefería identificar rápidamente a su interlocutor cuando entrara por la puerta.

Cuando Gabriel I de Lorges, conde de Montgomery y capitán de la guardia escocesa, hizo su entrada en el lugar, Polignac estaba ya dando tragos de un exquisito vino de Borgoña. Hizo un gesto con la mano al capitán y lo invitó a reunirse con él.

Cuando lo tuvo delante, con su elegante jubón marrón tostado y la espada a un lado que sobresalía como una cola de metal bajo la capa liviana, Polignac sonrió. Le recordaba a sí mismo veinte años antes.

—Montgomery —dijo—, qué placer veros. Perdonad si os he hecho venir hasta aquí, pero necesitaba hablaros lejos de oídos indiscretos.

—Al contrario, monsieur, soy yo quien os lo agradece. Invitándome aquí, me permitís degustar uno de los mejores desayunos de París. Aunque ya imagino que no me habéis llamado para eso.

—Imagináis bien, mi joven amigo. Como quiera que sea, nadie nos impedirá que unamos negocios y placer. Os ruego que toméis asiento y disfrutéis de un vaso de este magnífico vino de Borgoña. —Y según decía esas palabras, Polignac descorchó una botella barriguda y vertió un líquido de intenso color rubí en el vaso de Montgomery.

Mientras su invitado se sentaba sin hacerse de rogar, Polignac ordenó a una opulenta camarera un pastel de pichón, huevos rellenos, jamón salado y fruta.

Luego comenzó su perorata.

—Capitán Montgomery, no me llevará mucho tiempo deciros lo que debo. No sé si sabréis que hubo un tiempo en que también yo estaba al servicio del rey, el padre de nuestro buen soberano Enrique II. Las conspiraciones y traiciones estaban a la orden del día, exactamente como ahora. Es más, podríamos añadir que la corte francesa no podría vivir sin ellas. Por ello, lo que voy a contaros no significa novedad alguna para vos y, con certeza, aunque no tengáis conocimiento de los detalles, algo habrá llegado a vuestros oídos.

Polignac se interrumpió por un momento, cuando las viandas llegaron a la mesa.

—Son increíblemente veloces —dijo con mal disimulado entusiasmo. Con el paso de los años, un opíparo desayuno era un lujo que se concedía de buen grado.

—Os escucho —lo animó Montgomery mientras, a su vez, se servía abundantemente—. Delicioso —comentó, hincando el diente a un huevo relleno.

—Sí —confirmó Polignac. Probó el jamón y continuó hablando—. No tendréis dudas de que Francisco de Guisa está en pie de guerra. No solo ha propiciado el matrimonio entre María Estuardo y el delfín de Francia, sino que está haciendo todo lo posible para que Enrique abrace la causa católica. No es que el rey esté en mala disposición respecto a ese asunto, sus convicciones en el terreno religioso no admiten discusión. Pero a Guisa, la defensa de la fe católica no le basta; quiere fanatismo. Sospecho, además, que está planeando poner de su lado también a quien más podría representar el último bastión de defensa contra el poder que está adquiriendo.

—¿Diana de Poitiers? —preguntó Montgomery, enarcando una ceja.

—¿La favorita? —Polignac negó con la cabeza—. En absoluto, amigo mío. Me refiero a la propia reina, a Catalina de Médici.

—¿Tenéis pruebas de ello?

—En absoluto. Pero os diré otra cosa: nadie adora a esa mujer más que yo.

—¿En serio?

—Así es.

—Entonces, y perdonad la brutal franqueza, ¿por qué demonios me estáis contando todo esto? —Montgomery no logró contener un gesto de incredulidad, hasta el punto de que por un momento se quedó con el bocado a mitad de camino.

—Porque temo por la vida de Su Majestad.

—¿Estáis seguro?

—Como de vuestra presencia aquí y ahora.

—Entiendo.

—No, no entendéis, Montgomery. Y no podría ser de otra manera. Sois joven y no habéis visto siquiera la mitad de lo que he visto yo. Pero sois un soldado valiente y tenéis como misión proteger la vida del rey.

—Si me habéis hecho venir aquí para explicarme lo obvio... —lo interrumpió Montgomery.

Pero Polignac lo cortó de inmediato y siguió yendo al grano:

—Duplicad los turnos de guardia. Organizaros para que el rey tenga siempre a alguien a su lado. Hacedle vos mismo de guardaespaldas. Y no permitáis que ningún otro os remplace. Durante mucho tiempo fui yo mismo ese hombre, pero cuando Su Majestad creyó que actuaba contra sus intereses, me ha apartado. ¡Qué equivocado estaba! —exclamó Polignac.

—No es lo que se dice por ahí...

—*Mort-Dieu!* ¿Y qué se dice por ahí?

—Que la razón de que os apartaran hay que encontrarla en vuestro comportamiento en San Quintín.

—¿Qué comportamiento, por ventura?

Montgomery sacudió la cabeza.

—Monsieur de Polignac, lo creáis o no os tengo en gran estima, como tantos otros soldados. Pero en San Quintín...

—Fue una masacre, ya os lo digo yo —le interrumpió Polignac—. Las tropas imperiales nos apresaron en un desfiladero y nos hicieron pedazos. Anne de Montmorency, que

Dios lo tenga en su gloria, se equivocó en todo, a pesar de lo que yo y muchos otros oficiales mejores que yo le decíamos. Quería demostrarles a todos su valor y se olvidó de las más elementales reglas de la prudencia. En cualquier caso, no es de mí de quien tenemos que hablar ahora. Tengo razones para creer que Su Majestad está fascinado por una de las damas del séquito de María Estuardo. Lo que no representa peligro alguno, cierto. Pero temo que Francisco de Guisa quiera sacar partido de esa situación en su provecho. No sé todavía de qué forma, a decir verdad. Pero si le ocurriera algo a nuestro buen soberano, él bien podría controlar muy fácilmente a un rey imberbe y a una reina extranjera que tiene apenas dieciocho años. Si también tuviera a Catalina de su parte, es evidente lo que ocurriría.

—¿El qué?

—¡Una guerra religiosa! ¡Guisa no espera otra cosa! Es inútil que os diga que su objetivo son los Borbones. Antonio, rey de Navarra, y su hermano Luis, príncipe de Condé, son fervientes protestantes. Peor aún: se jactan de su sangre real, y con su descendencia podrían reclamar el trono de manera mucho más eficaz que los Guisa, que, de hecho, no son más que los consejeros de un rey menor de edad. En este sentido, los Borbones son los únicos que podrían recuperar el equilibrio de poderes. Pero Guisa pretende aniquilarlos, estoy seguro.

—¿Por sus creencias?

—Exactamente, amigo mío. Como os decía, sabéis con certeza con qué entusiasmo Luis ha abrazado la fe calvinista, convirtiéndose así en una de las principales cabezas de la hidra protestante.

—Naturalmente. Pero no es menos verdad que Antonio no tiene idea de lo que significa la coherencia y el valor. En definitiva, los hermanos no me parecen tan unidos. Los reformistas y los partidarios de los Borbones no me parecen un problema mayor para los Guisa.

—No olvidéis que también cuentan entre los suyos al almirante Gaspard de Coligny. Y, como confirmación de mis peores sospechas, lo que decís no es lo que he escuchado.

—¿En serio? —Montgomery no parecía muy convencido. Se sirvió más vino.

—Al parecer, los Borbones están pensando en armar un ejército. Pretenden, con toda probabilidad, matar a los Guisa y arruinar a los Valois.

Montgomery abrió los ojos de par en par.

—Sí —confirmó Polignac—; están tan cansados de los reiterados crímenes de los Guisa que pretenden poner fin a ese desastre. Lo odian con un odio profundo, por lo que han visto y por lo que han llegado a saber. Yo mismo he visto a Francisco de Guisa colgar inocentes y arrasar pueblos enteros.

—¿Qué sugerís hacer?

Polignac suspiró.

—Si no ha estallado una guerra religiosa, ha sido únicamente porque Enrique y Catalina no han perdido la cabeza. Pero sin Enrique no apostaría ni un escudo por el futuro de nuestro amado reino. Y un *amour fou* podría derivar en un error que pagaríamos demasiado caro.

—¿Y entonces? —preguntó Montgomery, que comenzaba a atisbar los hilos negros en aquella oscura trama urdida por los Guisa.

—Haced lo que os he dicho. No perdáis nunca de vista a Su Majestad. Nunca. Por ninguna razón. Comprobadlo todo personalmente. Y donde vos no podáis llegar, mandad a un hombre de confianza.

—¿Y vos? —preguntó el capitán de la guardia escocesa.

—Intentaré evitar que Catalina se acerque demasiado a los Guisa. Hay mucha bondad en ella. No quiero que esos bastardos la corrompan.

—La estimáis de verdad mucho.

—Podéis estar bien seguro. ¿Qué otra reina soportaría con tanta nobleza y valentía lo que le ha hecho una favorita como Diana de Poitiers? ¿Y quién creéis que está detrás de esa maquinación con los Guisa? Siempre ella. Pero ahora el asunto se le ha ido de las manos. Un error de valoración como ese supone el riesgo de que todos perdamos. Por ello tenemos que hacer todo lo que podamos para evitar semejante tragedia.

Y, al decirlo, Polignac levantó la copa.

—Por Francia —dijo.

—Por Francia —le respondió Montgomery.

—Y que Escocia no sea su tumba —concluyó Polignac, con un velo de amargura en la voz.

32

Se aproxima el peligro

Polignac se encontraba en la antecámara de los aposentos de la reina.

Había esperado hasta que Catalina lo recibió. Aquel día llevaba un refinado vestido de seda de color gris perla. Ese color otorgaba una luz singular a sus ojos. A pesar del paso del tiempo, a Polignac le parecía siempre regia y dotada de una gracia interior que no dejaban de hacerla atractiva.

La estimaba de un modo tan profundo que aquella admiración se convertía en deseo en él. Sin embargo, trataba de reprimir lo que sentía ocultándolo tras una cortina de fidelidad y obediencia. La dedicación era, a sus ojos, lo más cercano, de todo aquello que podía permitirse, a jurarle amor eterno.

Aquel amor había nacido en él poco a poco, con el transcurso de los años, como si hubiera ido tomando conciencia lentamente. En cualquier caso, en ese momento sus sentimientos eran del todo irrelevantes. Había problemas bastante graves que afrontar, y Polignac tenía la sensación clara de que Catalina se estaba equivocando en todo.

Quería decírselo antes de que fuera demasiado tarde.

Pero la reina parecía darles más crédito a las profecías de Nostradamus, aquel maldito astrólogo de corte, confiando en su clarividencia, en lugar de prestar más atención a sus advertencias. Tendía a despacharlo como si se tratara de las fantasías de un viejo soldado.

Y viejo ya lo era, por supuesto. Pero justamente por ello olía en el aire el hedor de la conspiración y la conjura incluso mucho mejor que antes.

Y Francisco de Guisa, el hombre que había propiciado el advenimiento de aquella niña disfrazada de reina de Escocia, tenía en mente con toda seguridad proyectos criminales.

—Vuestra Majestad —le dijo Polignac cuando la tuvo enfrente—, vuestra elegancia solo es superada por la incomparable belleza que se refleja en la dignidad y en el orgullo que os caracterizan.

Catalina descartó sus palabras con un gesto de la mano.

—Venga, monsieur de Polignac, vos me confundís. Sois demasiado galante. Pero veamos, ¿tenéis novedades para mí? ¿A qué debo el placer de vuestra visita?

—Madame *la reine*, he venido a comunicaros mis temores —dijo Polignac con un aire de misterio.

Catalina no dejó de percibir la preocupación en sus palabras y replicó con un toque de ingenio:

—Mi buen amigo, tengo la impresión de que después de haberme dedicado cumplidos tan nobles estáis a punto de darme malas noticias.

Polignac parecía vacilar.

—Vuestra Majestad, me disculpo por lo que voy a deciros...

—¿Mi marido tiene una nueva amante? ¿Es eso lo que teméis, monsieur? Porque, como bien sabéis, un hecho semejante no representa problema alguno para mí. Hablad libremente. Ya una vez os lo dije. Si no recuerdo mal, fue hace mucho tiempo.

Polignac asintió, pero esa respuesta no le ponía las cosas más fáciles.

—Vuestra Majestad, tengo razones para creer que una de las mujeres al servicio de María Estuardo alberga sentimientos ilícitos hacia el rey.

—¿Sentimientos ilícitos? ¡Santo cielo, habláis como un abad! Os lo repito: ¿creéis que llegada al punto en que estoy no puedo soportar un nuevo envite? ¡Id al grano, maldita sea; os lo ordeno! —Y al decir esas palabras clavó sus ojos en los del viejo soldado.

—Bien, Vuestra Majestad; he sorprendido al rey mientras miraba de manera inapropiada a una de las damas de María Estuardo.

—¿Una de las cuatro Marías? ¿Las muchachas del séquito de la reina de Escocia? —Catalina dejó entrever sorpresa en su voz.

—No exactamente. Me he informado. Creo que su nombre es Elizabeth MacGregor. Como justamente vos habéis dicho, no es más que una muchachita, pero descarada hasta el punto de confundir aún más a nuestro rey.

—Siempre me habéis gustado, monsieur de Polignac, porque siempre habéis sido sincero. Y os habéis preocupado por este reino más que yo, mi marido o su favorita. —Catalina pronunció esa última palabra como si fuera un sinónimo de puta—. Conozco vuestras dudas sobre este matrimonio.

—Vuestra Majestad, hay mucho más —observó Polignac.

—¿En serio?

—Se dice que los Guisa han hecho firmar a María un documento secreto, una carta que establece que en caso de muerte el reino sería para ellos.

—¿Qué tonterías estáis diciendo? —La conversación, de puro grotesca, se estaba volviendo peligrosamente difamatoria.

—Os digo —insistió Polignac— que Francisco de Guisa habría hecho redactar un contrato a sus juristas por efecto del cual, en caso de muerte de María Estuardo, el reino de Escocia iría a parar a sus manos. No me refiero al acuerdo matrimonial formulado junto con representantes del Parlamento escocés, ¿comprendéis? Hablo de un segundo contrato.

—He oído hablar de ello. Es verdad que son simples rumores, pero tampoco yo sé qué es lo que presagian. Tenéis razón, de todas formas, en que está claro que una carta así podría darles a los Guisa un poder inmenso.

—Pero sobre todo, si bien estamos tan solo apuntando hipótesis careciendo de prueba alguna, lo que me gustaría subrayar es lo potencialmente terrorífica que resulta la situación. Enrique, desacreditado por sus continuas aventuras sentimentales. Francisco, con una salud tan frágil que hasta los mismos médicos aconsejaron adelantar la boda antes de que fuera demasiado tarde. Disculpad mis palabras, madame *la reine*, pero es así y lo sabéis. A María la han engañado los Guisa. ¿Qué será de Francia, Vuestra Majestad? Porque si de verdad Francisco pretende seguir adelante con semejante maquinación, sabemos muy bien adónde intenta llevar el reino.

Catalina lo miró con expresión interrogante.

Entonces ¿las implicaciones también se le escapaban a ella?

Raymond de Polignac sacudió la cabeza.

—Madame *la reine*, os lo suplico, tened muy presente lo que os digo: desconfiad de los Guisa. Su objetivo es llegar al trono y exterminar a los reformistas que aumentan cada día en territorio francés, empujando al reino a una guerra religiosa.

Catalina miró con seriedad a Polignac.

—Monsieur, si lo que decís es verdad, entonces estamos perdidos.

—Exactamente.

—Y, sin embargo, no puedo basar mis convicciones en simples sospechas.

—Lo entiendo, Vuestra Majestad.

—En cualquier caso, sé muy bien cómo verificar la verdad de vuestras afirmaciones.

—¿De qué manera, Vuestra Majestad?

—Eso es asunto mío, monsieur. Pero os agradezco una vez más que hayáis compartido conmigo vuestras preocupaciones.

—Vuestras preocupaciones son las mías. Coinciden, ¿lo entendéis? —Extendió la mano—. Este es mi brazo; está desde siempre a vuestro servicio, madame *la reine*. Podéis apoyaros, estrecharlo, o bien arrancarlo y dárselo de comer a los perros.

Catalina fue incapaz de contener una sonrisa.

—¡Qué melodramático sois, monsieur de Polignac! Por lo demás, ese ha sido siempre vuestro estilo. Un estilo que nunca me ha desagradado. Está bien, veré si vuestras sospechas tienen fundamento. Hasta ese momento, esperemos. —Y con esas palabras, Catalina despidió a su guardaespaldas.

Polignac hizo una breve reverencia y se dirigió hacia la puerta.

33

El *pactum sceleris*

En los últimos tiempos, y sobre todo a la vista del matrimonio que había vinculado a María Estuardo con su hijo Francisco, Catalina había dispuesto que un arquitecto de su confianza, el toscano Paolo Bruni, hiciera algunas modificaciones en el interior del palacio del Louvre. Sin que el rey tuviera conocimiento de ello.

Más allá de la remodelación de algunos salones y balcones y de la decoración en el ala del Pabellón del Rey, aquel proyecto de reestructuración, en realidad, le había servido a la reina para obtener una serie de «puntos de observación» secretos que le permitieran estar siempre informada de todo lo que acontecía en el interior del Louvre.

Naturalmente, allá donde no llegaban sus ojos podían llegar los de sus espías o sus damas, elegidas con esmero y cuidado por su presencia y por su desenvoltura en el arte de la oratoria. Estaban en condiciones, con palabras y alusiones sutiles, de captar información y confidencias comprometedoras de nobles, políticos o embajadores.

Justo desde uno de esos prominentes puntos de observación, Catalina estaba espiando a su marido, el rey de Francia.

Lo vio en una de las habitaciones reservadas al séquito de María Estuardo. La mujer que se hallaba delante de él era realmente la más atractiva de entre todas las damas personales de la reina de Escocia.

Lo que vio la hirió por enésima vez.

Pero su corazón, ya atravesado por el dolor, se había vuelto adicto al sufrimiento. Catalina sabía que debería odiarlo por todo lo que le había hecho, pero no lo conseguía. Más bien derramaba todo el rencor posible sobre sus nuevas conquistas: eran ellas las corruptoras y las casquivanas. Enrique, a sus ojos, era absolutamente intachable y, a su pesar, merecía su amor. Era débil, ciertamente, pero en última instancia inocente.

Por ello permaneció vigilando un buen rato, y de aquella visión obscena retuvo todo lo que pudiera serle favorable.

Y la ventaja clara, evidente, era el daño que podía infligirle a su eterna rival, Diana de Poitiers, con certeza ajena a todo lo que estaba sucediendo y a cómo Enrique la estaba remplazando por una belleza más joven. Aquel enamoramiento podía en verdad revelarse como una bendición para ella y para Francia. Finalmente, Catalina podía oponerse a su poder; finalmente, Diana no estaría ya tan segura de su influencia sobre el soberano; finalmente, también, el papel de los Guisa que ella había apoyado contra viento y marea podía verse disminuido.

Regresó a sus aposentos.

Volvió a pensar en su amor por Enrique y en su incapacidad para odiarlo. Sería magnífico conseguirlo. Pero Catalina sabía que había perdido por completo toda dignidad y moderación. Enrique era todavía muy hermoso. Que hubiera tenido hijos con ella era un gran acto de devoción por su parte. Catalina alimentaba ese sentimiento enfermizo con tal convicción que nunca lograría cambiar de idea. Y, como quiera que fuese, a juzgar por lo que había visto, quizá por primera vez en tantos años aquella insana relación entre ella, Diana y Enrique en la cual se hallaba atrapada parecía destinada a hacerse añicos.

Elizabeth MacGregor no tenía poder alguno. Es verdad que el rey podía convertirla en su favorita, pero era y seguiría siendo una escocesa.

Si Diana los hubiera pillado *in fraganti*, pensaba Catalina, entonces sí que tendría razones para divertirse.

Francisco I de Lorena, duque de Guisa y par de Francia, se hallaba en su castillo de Mayenne, a orillas del Loira. Tras haber asistido a las nupcias de Francisco II de Valois con la joven María Estuardo, había decidido tomarse unos días de reposo para luego regresar a la corte.

Llevaba un espléndido jubón de terciopelo negro con una borla del mismo color. Un cuello de encaje blanco procuraba a su atuendo un matiz adicional de refinada elegancia. La barba pelirroja y fina, terminada en punta, hacía que su rostro, ya de por sí afilado, resultara aún más severo.

Frente a él, vestido de púrpura cardenalicia, estaba su hermano Carlos de Lorena. También él, delgado y nervudo, expresaba en sus ojos claros una determinación nada común.

Los dos daban tragos a un Sauvignon Blanc en copa de cristal.

—*Parbleu!* No podemos esperar más —estaba diciendo Francisco—. La ocasión es demasiado tentadora para dejarla escapar. Francisco es solamente un niño. María es joven y escocesa. Si lográramos meter al rey en problemas...

—Paciencia, hermano mío; el momento de nuestro esplendor está cerca. Lo siento así. Todo cuanto decís es verdad, y la muerte de Enrique en este momento sería una bendición de la providencia, de acuerdo. Pero, por otro lado, aún podemos esperar. Después de todo, nuestra victoria en Calais nos ha catapultado al Olimpo.

—No lo suficiente, por lo que parece, puesto que a pesar de su ineptitud, Montmorency logra de todas formas mantener el cargo de Gran Maestro de Francia a través de su hijo. Y él, el asedio de Calais tan solo lo ha contemplado, ni lo ha planeado ni lo ha dirigido. —Empujado por la ira, Francisco hizo pedazos un par de copas de cristal.

—¡Demonios, Francisco, controlaos! —dijo Carlos, exasperado—. Nuestro momento llegará. Gracias a Diana de Poitiers, la situación es decididamente más favorable, y ahora todas las piezas van a encajar perfectamente.

—¡Estoy cansado de esperar! El tiempo pasa y tengo que contentarme con un título y dos escudos. Y desafío a quien sea que diga que los últimos éxitos en este Estado maldito no son obra mía... Recuperamos Calais... ¿Y qué hace el pusilánime de Enrique? Decide sellar la paz con el emperador. ¿Os dais cuenta? ¡No tiene sentido! ¡Tendríamos que haber hundido nuestro puñal en esa maldita España!

Carlos asintió. Era difícil culpar a su hermano. Por otro lado, el momento propicio no había llegado:

—Tenéis razón en todo. Creo que el momento de Diana ha pasado ya, su estrella está en declive. Y está subiendo con fuerza la de María Estuardo. Sin olvidar a Catalina. En esta historia, creo que tiene todavía mucho que decir. En la última campaña ha sido en varios aspectos nuestra mejor aliada.

Francisco miró a su hermano. Estaba perplejo.

—Carlos, hablemos claro: si Catalina ha apoyado la guerra contra Felipe II, hasta el punto de pedir a las familias de París el dinero necesario para restaurar un ejército, bueno... La razón es que ella consideraba que el incapaz de Enrique podía recuperar Italia y Florencia. En esa situación, nuestras posiciones han coincidido. Pero no creo en absoluto que ella esté abiertamente a nuestro favor. Está sopesando opciones. Eso es todo.

—¿Eso es todo, decís? A mi juicio se trata, más bien, de un cambio de época. Ciertamente concuerdo con el hecho de que Enrique no es un escollo menor. Pero de una u otra manera lograremos imponernos. Sabéis perfectamente que no es verdad lo que se dice por ahí...

—Pues lo cierto es que no. ¿Qué se dice por ahí?

Carlos dejó escapar una sonrisa.

—Que Nostradamus ha predicho la muerte del rey.

—¡Ah!

—Que la reina habría puesto un hombre para vigilarlo día y noche, con el fin de protegerlo.

—¿Monsieur de Polignac?

—Exactamente.

—*Parbleu!* Lo recuerdo bien. Pero fue relevado de su cargo.

—De hecho, sí.

—¿Y entonces?

—Entonces el rey es más vulnerable.

—¿Me estáis sugiriendo alguna cosa?

—En absoluto, hermano mío. Digo únicamente que es más fácil que ocurra un incidente si el rey no está protegido.

Francisco lo miró con incredulidad.

—¿Y nosotros confiamos nuestra suerte a las profecías y a los guardaespaldas?

—En absoluto. Nos confiamos a la fe en Dios y a su infinita bondad. Esperando que un día su voluntad pueda recompensar a sus siervos más fieles.

—Carlos... —Francisco hizo una pausa para enfatizar lo que pretendía decir—. ¿No creeréis que me conformo con una afirmación como esa? Sé que tenéis algo en la cabeza, por lo que tratad de ser claro.

—Si no fuerais mi hermano, pensaría que me estáis amenazando.

Pero esta vez Francisco no le dio una respuesta.

—De acuerdo, entonces —prosiguió, alzando los brazos en señal de rendición—. Os voy a complacer. Seré más explícito, ¿estamos? Mirad, hermano mío; como con seguridad sabéis, entre las damas de su séquito, María Estuardo tiene algunas de increíble belleza.

Francisco empezaba a comprender adónde quería ir a parar su hermano, pero también estaba seguro de que había una nota estridente en su voz.

Algo que habría producido escalofríos a cualquiera.

Incluso a él.

—En concreto —continuó Carlos—, hay una joven muchacha de belleza tan extraordinaria que ni siquiera un caballero paladino podría resistírsele. Sé lo que me vais a decir, pero creedme cuando afirmo que una joven tan atractiva no ha tenido impedimento alguno en hacer mella en el corazón del soberano. El detalle, Francisco, es que Diana todavía no sabe nada.

Carlos bebió un poco más de Sauvignon Blanc de su copa, mientras su hermano esperaba el cierre de su monólogo.

—Como quizá ya habréis intuido, Elizabeth MacGregor, ese es el nombre de la criada, ya ha abordado al rey y lo ha homenajeado con unas propuestas para captar su atención, no sé si me explico. Hasta ahora se ha visto con ella, despreciando el peligro, en el interior del Louvre, pero ahora el golpe maestro será conseguir que Enrique se encuentre con Elizabeth en Saint-Germain-en-Laye.

—¿Y allí queréis convocar a Diana?

El cardenal de Lorena asintió:

—Justamente. Para asegurarnos de que pilla a Enrique *in fraganti*. Os podéis imaginar muy bien el temporal que desataría un hecho así. Pero si conozco bien a Elizabeth, sus artes son de las que se quedan impresas en el corazón de nuestro rey por bastante tiempo; lo bastante para debilitar la posición de Diana.

Francisco sopesó las palabras de su hermano. El plan parecía intachable, pero no lograba aclarar la duda más simple.

—Se me escapa un detalle de este proyecto vuestro tan ingenioso. ¿Cómo nos las arreglaremos para citar a Diana?

—Os vais a ocupar vos de ello —respondió Carlos sin vacilar siquiera un segundo.

—¿En serio?

—Por supuesto. Y para hacerlo tendréis un argumento de notable eficacia.

—¿Cuál?

Sin perder tiempo, Carlos se sacó del bolsillo un documento.

—Una carta, hermano mío, y, además, firmada por el rey. —El cardenal de Lorena desdobló el folio en blanco, que mostraba al pie la firma del soberano—. Aquí está, en espera de ser rellenado como mejor creamos. Los tonos románticos no se adecúan bien a un encuentro carnal, ¿no es así? Aunque sin exagerar, ya que, si mal no recuerdo, los modales de Enrique son más bien mesurados.

Una sonrisa sincera iluminó el rostro de Carlos de Lorena.

Su hermano, francamente impresionado por la simple eficacia de la maquinación, se quedó esperando conocer los últimos detalles.

Esa trampa no podía más que sumir a la corte entera en el caos.

34

Elizabeth y Diana

Fue Guisa el que le hizo llegar esa carta en nombre del rey.

Diana no comprendía por qué Enrique tenía que mandar esa invitación por mediación del duque, sobre todo porque en el texto le pedía simplemente que se reuniera con él en Saint-Germain-en-Laye, sin añadir nada más.

No obstante, consumida por la curiosidad, se había marchado en carroza.

El viaje había sido más rápido de lo previsto.

Cuando salió, se había quedado hechizada mirando el Sena: una banda de plata líquida que destacaba frente a ella. El agua que fluía impetuosa, la espuma blanca contra las rocas oscuras.

Como siempre, se quedó fascinada por la majestuosidad del castillo de Saint-Germain-en-Laye. Vio la gran terraza italiana, rodeada por una balaustrada con jarrones de piedra tallada, desde donde se podía contemplar todo el bosque circundante. Por encima se alzaba la impresionante bóveda gótica, salpicada de contrafuertes.

La tarde era suave; el aire, tibio y lleno de fragancias de primavera.

Diana pensó que era el momento perfecto para una conversación tierna y también para algo más. Desde hacía algún tiempo no conseguía tener un rato de intimidad con Enrique, y Saint-Germain-en-Laye parecía el marco más indicado para su idilio.

Suspiró, ya que los días de amor le parecían tan lejanos... Sabía que Enrique la estimaba y también que no tenía que temer para nada a Catalina. El mecanismo que había puesto en marcha al cabo de los años había demostrado funcionar a la perfección la mayoría de las veces.

A pesar de todo, en el cielo moteado del atardecer que empezaba a teñirse de púrpura le pareció percibir un tinte sangriento de mal augurio. No habría sabido explicar lo que sentía, pero el corazón empezó a latirle con violencia.

Quería ver a Enrique lo antes posible, aferrarse a él y hundirse en sus brazos.

Escoltada por la guardia real, entró en el castillo.

Pidió que la llevaran ante Su Majestad, pero sin ser anunciada: quería darle una sorpresa.

Los sirvientes parecieron vacilar, de modo que ella abofeteó a una de las chicas en pleno rostro.

La joven se llevó una mano a la mejilla ardiente.

—Y ahora, llevadme de inmediato ante el rey —le ordenó.

Tras recorrer un par de pasillos y atravesar la gran sala de baile, llegó finalmente ante la puerta que daba acceso a los aposentos del rey.

Allí se encontró al capitán de la guardia escocesa, Gabriel I de Lorges, conde de Montgomery, que le cerró el paso.

Diana no creía lo que estaba viendo.

—¿Cómo osáis, monsieur? ¿Creéis acaso que tengo intención de asesinar al rey?

El capitán parecía titubear. Lo cierto era que parecía no saber qué hacer. Intentó elucubrar una excusa, que resultó a todas luces débil y desmañada.

—Madame, perdonad mi impudicia, pero el rey ha pedido que no se le molestara.

Diana pareció sopesar tal afirmación por un instante.

—¡Impudicia! Os felicito por la palabra elegida, monsieur Montgomery, porque, creedme, es de verdad correcta. Precisamente por eso ahora mismo os apartaréis y me dejaréis pasar. ¡Tengo una cita con el rey!

—Comprendo, mi señora, pero creedme... Si digo lo que digo es porque...

Pero Diana no lo dejó continuar.

—¡Ya os he permitido hablar incluso más de la cuenta, monsieur! Ahora dad gracias a Dios si no informo al soberano de la impertinencia de vuestra actitud. Puedo entender que proteger al rey sea vuestra misión, pero una eventualidad tal no justifica una conducta similar: ¡deberíais saber quién soy!

—Mi señora, sé perfectamente quién sois...

Pero, una vez más, Diana lo interrumpió:

—Perfecto; entonces poneos a un lado, monsieur. —Y sin más, con un ostentoso gesto del brazo giró el pomo y abrió la puerta.

Aquella mujer escocesa era realmente un flagelo.

El rey de Francia tenía que admitirlo: la llegada de María Estuardo sí había traído algo bueno.

Las nalgas de Elizabeth, tan pálidas y redondas, eran puras esferas de placer. Enrique la estaba montando por detrás.

Le encantaba sentir esa piel blanca y suave bajo las palmas de sus manos. Arañaba con las uñas aquellos glúteos perfectos y firmes, y penetraba a aquella hembra de rubio cabello como si todo dependiera de ello.

—¡Lo quiero todo, Majestad! —murmuraba Elizabeth.

Y, al escuchar esas palabras, Enrique perdía la razón.

La visión de Elizabeth con el rostro hundido entre los almohadones y las caderas levantadas le daban una sensación de poder y le retumbaba en la cabeza.

Estaba a punto de correrse cuando un grito perforó el irrepetible éxtasis del momento.

Al principio, Enrique no lograba ubicarse, pero de una cosa estaba seguro: quien quiera que fuese que hubiera gritado, se hallaba a sus espaldas.

Tuvo la impresión de que le lanzaban un balde de agua fría por la espalda.

Se puso rígido.

Se giró.

35

Sorpresa y dolor

Vio a Diana frente a él.

Lloraba.

Esa visión lo hirió más que ninguna otra cosa, porque no estaba preparado para aquello que tenía lugar ante sus ojos; desde que la conocía, nunca había visto a Diana derramar lágrimas. Y ahora, en cambio, su rostro estaba surcado por dos surcos líquidos que parecían no terminar nunca.

La oyó sollozar.

—No tenías que haber parado —murmuró con voz ronca, quebrada de placer, Elizabeth MacGregor.

Diana creyó enloquecer.

—¡Silencio, perra! —Las palabras parecieron resonar en la estancia y estar destinadas a permanecer en ella para siempre. Como si se pudiera encerrar la vergüenza, sellarla y conservarla allí oculta a los ojos de todos.

Fue entonces cuando Elizabeth se dio cuenta de lo que estaba ocurriendo. Pero su reacción fue muy diferente de la que se hubiera podido esperar.

Lejos de manifestar remordimiento o vergüenza, Elizabeth se giró, y tal como estaba rebatió desafiante a Diana, cogiéndola por sorpresa.

—¿Quién os creéis que sois para tratarme como a una puta? ¿Acaso la edad os ha vuelto más virtuosa? No sois más que una bruja que se aprovechó de un niño para intentar arrebatarle el trono, a él y a la reina de Francia. —Los ojos de Elizabeth brillaban con un descaro tan intenso que resultaban cegadores.

Diana temblaba de rabia. Estaba a punto de abalanzarse sobre aquella muchachita como una vieja loba dispuesta a defender su guarida.

—¡Elizabeth, no quiero escuchar esas palabras! —ordenó el rey, que aunque perturbado, entendía perfectamente la gravedad de la situación. De repente se daba cuenta de cómo la seguridad de Diana se iba desmoronando al sentirse traicionada por el niño que ella misma había criado. No era la primera vez que sucedía, evidentemente, y Diana estaba más que dispuesta a hacer la vista gorda respecto a los asuntos de cama, si todo quedaba en unas escapadas de un rey joven y robusto. Pero aquel encuentro tenía un matiz completamente distinto.

Lo vio en sus ojos llameantes.

—Vos y yo nos conocemos bien —le dijo con los ojos inyectados de ira—, ¿no es cierto, Enrique? Porque no erais más que un mocoso acosado por el miedo y las pesadillas cuando os enseñé a hacer frente a las cosas, ¿lo recordáis? Si hoy os habéis convertido en el rey que todos estiman me lo debéis a mí. Pero me temo que me he equivocado en todo, porque delante de mí solo veo a un pobre hombre, dispuesto a coquetear con una cortesana escocesa de bajo nivel. Creedme, tenéis todo mi desprecio.

A pesar de su indignación, Enrique vio en Diana la amargura, la desilusión y el pesar. No era capaz de soportar lo que estaba ocurriendo. Pero no tuvo tiempo de decir nada, porque la duquesa de Valentinois se fue tal como había llegado. Antes incluso de que él abriera la boca.

Y permaneció completamente desnudo contemplando su propio fracaso, puesto que sentía que había perdido una parte de sí mismo. Había cambiado un gran amor por un poco de sexo escocés. ¿Había valido la pena? Ciertamente no, ahora lo comprendía. Pero comprendía, asimismo, que el valor de lo amado solo se conoce totalmente cuando ya se ha perdido.

Enrique sabía que, llegados a ese punto, sería muy difícil obtener de nuevo la estima y el amor de Diana. Y eran precisamente su respeto y su benevolencia lo que le interesaba. Más incluso que su amor.

Por un momento se sintió de nuevo como aquel niño en las mazmorras del castillo de Madrid.

Perdido.

—¡Lárgate, vieja bruja! —gritó Elizabeth MacGregor.

Enrique sintió una punzada en el corazón porque entendía perfectamente lo que estaba ocurriendo y no era capaz de hacer nada para evitarlo. Volvía a ser un niño tanteando en la oscuridad, a la búsqueda desesperada de una mano amiga, de una caricia. Cuando nadie le había hecho caso, nadie, Diana lo había salvado. Y él, ahora, le había pagado de aquella forma. Se avergonzó de sí mismo. Temblaba, se le nubló la vista. Una sensación de náusea se le atragantaba en la garganta. Y cuanto más arremetía Elizabeth contra Diana, más le llegaba a los ojos y luego a la cabeza ese sentimiento de mareo.

Se sentó en la cama. Agachó la cabeza. El pelo empapado de sudor le caía hacia delante como serpientes viscosas. Sintió que Elizabeth lo abrazaba, pero él se liberó de inmediato, como si aquel contacto pudiera contagiarle la lepra o la peste.

—¡Dejadme en paz! —vociferó—. ¿No veis que me lo acabáis de arrebatar todo?

Elizabeth pareció titubear. Solo un instante. Luego estalló en una sonora carcajada, burlándose.

Enrique no fue capaz de soportarlo. Se giró sobre sí mismo y la golpeó con fuerza.

La bofetada restalló sobre la piel clara y delicada, como un latigazo. Pero Enrique no había terminado todavía.

Le pegó una y otra vez.

Hasta que la chica escapó. Desnuda, logró alcanzar una pequeña funda de piel, y en un instante brilló en su mano una daga de Misericordia.

La luz de las velas se reflejó en la hoja del puñal, haciéndolo destellar.

—Intentad golpearme de nuevo, Majestad —dijo Elizabeth blandiendo la daga y apuntando con ella al pecho del soberano—, y vive Dios que os abro un boquete en el pecho que os manda de vuelta al Creador.

Por un instante, Enrique pareció reaccionar.

—Elizabeth, perdonadme. No hubiera debido...

—Pero lo habéis hecho. ¿No es cierto, Majestad?

Enrique se calló. Poco después recuperó la conciencia.

—Os juro que no volverá a suceder.

—¿Y tendría que fiarme de un hombre como vos? —La rabia había roto los diques de la mesura—. He visto cómo tratáis a aquellas de las que estáis cansado. Pero a mí no me va a ocurrir, os lo puedo garantizar.

Enrique meneó la cabeza.

—No es necesario —dijo—. Ahora, idos de esta habitación o, creedme, no vacilaré en mataros con mis propias manos. Soy el rey de Francia, y aunque hoy he cometido un grave error, no tengo intención alguna de escuchar las amenazas de una cabrera. —Se puso de pie cuan alto era. Era un hombre robusto, de físico imponente.

Y tenía los ojos inyectados en sangre.

Elizabeth no parecía demasiado impresionada. Empezó a vestirse.

Metió la daga en una funda dentro del vestido y salió de la habitación.

Enrique la miró marchar y pensó que era realmente hermosa, incluso en ese momento. Altiva y arrogante pero, precisamente por eso, capaz de robarle el corazón. Era el rey y podía tener a cualquier mujer, pero eso era un pobre consuelo. Sobre todo después de haber perdido a Diana y haber amenazado a Elizabeth, a la que había golpeado injustamente.

Estaba disgustado consigo mismo.

¿En qué clase de hombre se había convertido?

Francisco de Guisa esperaba que finalmente ocurriera algo irreparable. Algo que rompiera el vínculo entre el rey y su favorita. Diana era aún poderosa, y así la quitaban de en medio. Si Enrique la hubiera repudiado, el margen de maniobra permitido habría aumentado bastante. Catalina no era, ciertamente, tan codiciosa y desprejuiciada. Nada que se pudiera comparar a la duquesa de Valentinois, en todo caso. Enrique sin Diana se sentiría perdido, y él y su hermano Carlos de Lorena tendrían la oportunidad de asegurarse el papel de consejeros del rey, que ya los apreciaba desde que en Calais Francisco lograse una increíble victoria sobre las tropas inglesas. Ahora únicamente tocaba esperar. Las palabras harían el resto.

36

Margot

—¡Margot! ¡Margot! —repetía desesperada madame Gondi—. ¿Dónde estáis, mi niña? —Y a fe que esperaba encontrar a esa chiquilla, voluble e incluso demasiado despierta para su tierna edad. No obtuvo respuesta.

Madame Gondi estaba segura de haber mirado en todas partes. Con certeza no estaba en su propia habitación. Ni tampoco la había visto monsieur Bazin, el preceptor. Aquella mañana, Margot no se había presentado a la clase de latín.

Para acabar de confirmarlo, con una mirada llena de resignación, monsieur Bazin se había limitado a levantar los ojos al cielo, consciente de que aquella niña terrible habría montado una de las suyas.

Madame Gondi había registrado entre el Pabellón del Rey y la biblioteca en la que a Margot le gustaba refugiarse y llenar sus ojos con las maravillas que descubría en las páginas de libros y manuscritos. No leía todavía perfectamente, pero aprendía deprisa gracias a una inteligencia nada común y a una vívida curiosidad. En ella, sin embargo, anidaba una vena rebelde que parecía querer negar el orden y la disciplina en cualquiera de sus formas.

¿Podría ser que la princesita hubiera osado entrar en los aposentos de su madre? Más de una vez se le prohibió hacerlo, a menos que su madre la acompañara. Pero nadie estaba realmente convencido de que Margot fuera a obedecer.

Madame Gondi no estaba segura, pero conociéndola, consideró que podría tener la suficiente impertinencia y espíritu de iniciativa como para explorar aquel mundo por el cual se sentía irremediablemente atraída.

Ahora que lo pensaba, le vino a la cabeza cuánto le gustaba a Margot mirar a su madre cuando llevaba esplendorosos vestidos o cuando madame Antinori le arreglaba el pelo.

Había en aquella mirada suya una mezcla de adoración y estupor, de asombro, pero también una pizca de envidia. Como si la pequeña hubiera querido crecer más deprisa. A veces, madame Gondi tenía la sensación de que en aquel cuerpecito gracioso se hallaba atrapada una mujer adulta que no soportaba verse demasiado niña aún.

Era una niña precoz.

A medida que recordaba, madame Gondi empezó a reflexionar, y llegó ante la puerta de los aposentos de la reina. Al entrar en la antecámara se quedó en silencio, concentrando toda su atención con la esperanza de escuchar un ruido, un crujido, una risa.

Margot era una niña alegre y de energía contagiosa. No era extraño que empujada tan solo por los rayos de sol de un día cualquiera se dejara llevar por un entusiasmo abrumador.

Y no obstante, madame Gondi no oía nada. La antecámara estaba inmersa en la penumbra, las cortinas estaban casi cerradas. Únicamente se filtraba un hilo de luz. El ambiente estaba sumido en el silencio. Se encontró ante la puerta que daba a la habitación de la reina. Sabía que Catalina había salido. Ella era la única persona autorizada a entrar en los aposentos en su ausencia. La reina confiaba en ella ciegamente.

Se llevó la mano al bolsillo para buscar las llaves, pero no las encontró. Sus dedos se cerraron con fuerza sobre la seda brillante del vestido.

¿Dónde había puesto el mazo de llaves? Y, sin embargo, recordaba haberlas metido en el bolsillo, como siempre.

Casi sin pensarlo, dejó caer la mano en el pomo de oro y lo bajó. Se quedó de piedra cuando descubrió que la puerta estaba abierta.

Y todavía fue peor cuando, a la luz del sol que entraba por las ventanas abiertas de par en par, vio en qué estado se hallaba la estancia de Catalina de Médici.

La cama estaba completamente patas arriba. Un sillón estaba por el suelo. Había peines tirados junto a un par de libros. Entró y oyó que algo crujía bajo sus pies. Se dio cuenta de que había pisado fragmentos de vidrio. Un reguero de fragmentos de cristal iba desde la entrada hasta la cama. Alguien debía de haber roto un par de copas. En una mesa, una botella abierta goteaba en el suelo.

Madame Gondi se llevó una mano a la boca.

¿Quién había osado llegar tan lejos? Alguien había entrado en los aposentos de la reina, tal vez en busca de algo. Más que en un ladrón, el pensamiento de madame Gondi se había detenido en la idea de alguien enviado por un enemigo político. Y la reina tenía más de uno. ¡Un espía, un conspirador! Pero ¿qué necesidad había de armar ese estropicio?

Fue en ese momento cuando oyó la voz.

—No os lo esperabais, ¿no es verdad, madame?

Sabía muy bien a quién pertenecía. Había un tono de burla en esas palabras.

Avanzó un poco, y al llegar a la sala de maquillaje, madame Gondi se encontró a Margot. La imagen del espejo la miraba. El rostro de una niña apenas crecida que le sostenía la mirada con una impudicia indescriptible. Los ojos con sombra, los labios pintados de rojo, la cara pintada de albayalde: había una niña bajo aquella patética máscara de seducción, pero el efecto era desagradable, y el maquillaje confería un toque inquietante a su carita.

Todo aquello estaba muy mal.

Madame Gondi se llevó de nuevo la mano a los labios, pero esta vez sí gritó.

Luego recobró el control.

—Margot, ¿qué habéis hecho? ¿Os dais cuenta de cómo habéis dejado la habitación de vuestra madre? —Miró hacia la mesa y vio polvos y esmaltes volcados en una mezcla de colores y sombras que salpicaban el mobiliario de manera, por decirlo suavemente, horrible. La reina se iba a poner furiosa.

—Tengo que seducir a Enrique. —Sus palabras sonaron como una afirmación incontrovertible.

—¿Qué? —Madame Gondi creía no haberlo entendido.

—Ya me habéis escuchado.

—¿Cómo os atrevéis a hablar de ciertas cosas, Margot? ¿Creéis que vuestra madre lo aprobaría?

—No estamos hablando de ella.

—Sois vos la que...

—¿Ha desordenado todo esto? ¡Pues claro! ¿Quién, si no?

—¿Por qué lo habéis hecho?

—Porque la reina, mi madre, considera que yo soy demasiado pequeña para ciertas cosas.

—Evidentemente es así.

—En absoluto. Ya soy una mujer.

Madame Gondi intentó mantener la calma. Se acercó y cogió a la princesa de la oreja. Pero Margot se apresuró a zafarse.

—Si fuera vos, tendría cuidado con lo que hacéis.

Madame Gondi enarcó una ceja con incredulidad.

—¿Qué? ¿Me estáis desafiando? —Y al decirlo sonrió. Pero la expresión divertida se le borró de un plumazo.

Margot estaba agitando el mazo de llaves ante sus propios ojos.

—Si la reina supiera con qué facilidad se os puede birlar esto delante de vuestras narices, pues... Pues creo que vuestra permanencia en la corte se vería bastante comprometida. Estáis de acuerdo conmigo, ¿no?

Pequeña víbora, pensó madame Gondi.

—¿Y a quién queréis conquistar pintada de esa manera?

—A mi querido hermano mayor, Enrique.

—¿Es él quien os ha convencido de semejante tontería? ¿Dónde está ahora?

—Me espera. Pero no os diré nunca dónde. —Con esas palabras, Margot volvió a mirarse en el espejo, exhibiéndose como una seductora consumada.

Madame Gondi tuvo suficientes reflejos para cogerla por el pelo. Cuando Margot chilló, revolviéndose salvajemente, aprovechó para quitarle de las manos el mazo de llaves.

Margot pataleaba y gruñía. Las lágrimas le caían amargas por el rostro pintado de blanco, marcando en él dos largas estelas rosadas.

—Nunca más os atreváis a amenazarme de ese modo, Margot —dijo madame Gondi con la voz temblorosa de rabia—. Ni vos, ni ese desgraciado de vuestro hermano. Dad gracias a Dios si no le cuento a vuestra madre lo que habéis hecho. Y, lo que es peor, lo que me habéis confesado acerca de vuestro hermano Enrique.

Margot se soltó, y al hacerlo se golpeó la cadera contra una mesa. Se le escapó una mueca de dolor.

—Sois solo una pobre vieja, madame —murmuró con rabia y veneno en la voz.

—Es posible. Pero esta vieja ahora os lavará la cara. —Y sin más dilación, madame Gondi cogió por segunda vez a la princesita de Valois por los pelos y la arrastró hasta el cuarto de baño. Le metió la cara en agua fría y se la frotó a fondo. Luego se la secó con una toalla.

Margot parecía haberse calmado.

—Me las pagaréis —dijo finalmente—. Recordad mis palabras: un día me las pagaréis.

—No tengo duda alguna al respecto.

—Os lo juro —prosiguió Margot.

—Hasta entonces —replicó madame Gondi—, haréis bien en ir derechita y no intentar nunca más robarme las llaves. Si os pillo de nuevo jugando con polvos de maquillaje sin saber ni para qué sirven juro que os voy a castigar. ¿Me he explicado bien?

—Os acordaréis de mí. —Margot no tenía intención de aflojar—. Y se lo diré a Enrique. Tarde o temprano os humillaré. No sois más que una pobre italiana.

—De acuerdo —dijo madame Gondi con condescendencia—. Haced lo que queráis. Ahora marchaos si no queréis que vuestra madre descubra lo que habéis hecho.

Margot no respondió.

Se dirigió hacia la puerta de los aposentos de la reina.

Miró una última vez a madame Gondi. Los hermosos ojos de la chiquilla parecían chispear.

Entonces desapareció.

37

La última vez

Catalina no creía que fuera a ocurrir aquello.

No después de lo que había visto.

Sin embargo, Enrique se hallaba allí, delante de ella. Parecía exhausto. Y triste, increíblemente triste.

—Perdóname —le dijo— por el daño que te he hecho. Por no haberte rendido los honores que merecías. Ahora entiendo cuánta razón tenía mi padre. Cuánta inteligencia hay en ti y cuánta belleza en tu persona. Habría tenido que buscarla, pero he estado ciego. Durante mucho, demasiado tiempo.

Ella empezó a hablar, pero Enrique continuó. No había terminado todavía.

—Eres demasiado buena, Catalina. Tienes un corazón demasiado grande para mí. Un corazón que no he sabido estrechar entre mis brazos. Te pido excusas. Pero ahora quisiera enmendar mis errores. Estoy muy cansado de perder el tiempo y el honor con mujeres que no valen una cuarta parte de lo que vales tú. Sé que no puedo esperar tu perdón simplemente pidiéndolo, no obstante...

Catalina le selló los labios con un beso. Respiró junto a él. Quería que la amara en ese momento. No había nada que explicar. Tan solo estaba ahí la pasión que ella sentía por Enrique.

El resto no contaba. El mundo no existía.

Le tomó las manos y se las llevó a su propio rostro. Se abandonó a sus intensas y, sin embargo, suaves caricias. Las necesitaba infinitamente. Le hacían falta desde hacía mucho tiempo. Tanto tiempo que ni siquiera las recordaba ya.

Lloró porque era feliz.

—¿Estás bien, *ma chère*? —murmuró Enrique.

—Ámame como si fuera la última vez —respondió ella.

Él la tomó entre sus brazos. La arrulló con ternura. Era un hombre grande. Alto. Había un aire intrépido en su mirada que a ella le gustaba muchísimo. Se sentía muy protegida cuando estaba con él. Enrique era una fortaleza. Su pecho era como la muralla del castillo de Chambord.

Inexpugnable.

Las lágrimas se habían secado.

Catalina sonrió.

Le mordisqueó los pezones. Él gimió de placer. Ella se dejó ir en una risa cristalina. Era muy feliz.

Le pareció volar mientras él la levantaba en brazos y la acostaba después en la cama de blancas sábanas, tan blancas como la nieve. La luz se filtraba en rayos dorados, trayendo consigo la sonrisa del sol. Como si también la primavera quisiera ser testigo de aquel amor recuperado.

Dejó que la tomara con ternura. Era todo inexplicablemente hermoso. Como habría tenido que ser desde el principio. Como si el tiempo se hubiera detenido y hubiera decidido encerrarlos en una burbuja suspendida, ligera, frágil y, sin embargo, inalcanzable.

Enrique se movía lentamente sobre ella. Catalina experimentó el placer de rendirse, de soltarse, de no tener que pensar en lo que había ocurrido, porque todo aquello que estaba sucediendo en ese momento anulaba todo lo demás.

La habitación empezó a girar en una danza suave y sensual. Catalina entrelazó sus piernas y apoyó sus pequeños pies en las nalgas de Enrique. Él la penetraba lánguidamente en un vaivén que parecía no acabar nunca.

Si quisiera, habría podido continuar para siempre así...

Habría sido la mujer más feliz del mundo.

Se sentó encima de él. Advertía la respiración húmeda y cálida de Enrique insuflada ligeramente en sus oídos. Su miembro se llenaba de fuego líquido.

Sintió un frenesí que nunca antes había sentido. Se impacientó porque quería más. Lo cabalgó con furia, como la buena amazona que era. Él se acompasó a sus envites.

Catalina lo sentía dentro.

Finalmente él se corrió. Fue una marea de placer.

Y en ese momento tuvo el orgasmo más increíble de su vida.

Arañó las sábanas blancas; se derrumbó encima de él, gritando, con el cuerpo sacudido por temblores incontrolables.

Y al final se acostó, henchida de amor, entre sus brazos.

JUNIO-JULIO DE 1559

38

Un corazón en el diluvio

La jornada era ardiente. El sol era una bola naranja que incendiaba estrados y balcones.

París era un horno, y la calle Saint-Antoine, una estela de fuego. En los días anteriores al torneo le habían arrancado el pavimento y estaba salpicada de arena.

Era ancha como una plaza y de más de doscientos pasos de largo.

El duelo había sido convocado con ocasión de las celebraciones de la paz de Cateau-Cambrésis, un tratado que, en conjunto, había dado a Francia bastante menos de lo que le había quitado.

Enrique II tuvo que devolver Córcega a la República de Génova y el Piamonte al duque de Saboya. Cierto era que había logrado conservar Calais —arrebatado a los ingleses gracias a Francisco de Lorena, duque de Guisa— y el marquesado de Saluzzo y, naturalmente, los obispados de Metz, Toul y Verdún, expulsados del imperio. Pero este último dominaba ya incuestionablemente sobre toda Italia con la única excepción de Venecia y Florencia, y el sueño de Catalina de Médici de volver a ver su tierra se había hecho pedazos.

Gabriel I de Lorges, conde de Montgomery, no tenía idea de por qué se hallaba en el campo de honor. Y menos aún en ese viaje absurdo que lo había llevado a tener que competir con el rey.

Le había parecido una locura absoluta.

Pero había obedecido.

Era su deber.

Tenía la garganta reseca, y si alguien le hubiera impedido estar allí, se lo habría agradecido sinceramente. Pero el estúpido orgullo del rey lo había empujado adonde no habría tenido siquiera que mostrarse.

Había visto a caballeros abandonar el campo con los huesos rotos. Por ello, al lanzar al galope a su corcel contra el soberano, lo hizo lo mejor que pudo para perder el combate.

Pero lo mejor no había sido suficiente. En efecto, todo había ido mal.

Porque el rey yacía en el suelo después de ser abatido por su lanza. Tenía una astilla de madera en los ojos. Se maldijo a sí mismo, pensando en la dramática ironía de su suerte: él, que tenía que proteger a Su Majestad, era en ese momento el responsable de su caída del caballo, y obviamente de la herida. La astilla había saltado de la lanza al partirse durante el impacto contra la placa pectoral de la coraza del rey. Algo que sucedía continuamente. Pero nunca habría imaginado que penetraría por la visera del yelmo.

Desmontó de su caballo y lo confió a dos escuderos, se levantó la celada y corrió hacia el rey. Dos ayudantes de campo le habían quitado ya la coraza y estaban tratando de curar de alguna manera la herida sin acabar de entender lo que había ocurrido. Pero Montgomery lo había entendido... ¡y de qué modo! Oyó a la multitud agitarse. ¿Qué sentido había tenido que el rey se jugase su propia integridad por una estúpida cuestión de orgullo? Habría tenido que insistir e impedirle que bajara al campo. Pero con Enrique no era posible. Hacía tiempo que se comportaba de un modo extraño. Desde el día en que había visto a Diana salir por la puerta de aquella habitación en la que él mismo le había permitido entrar.

Había sido un perfecto inútil.

Bien es cierto que Enrique no lo había culpado de lo que había ocurrido. Montgomery era el capitán de la guardia escocesa, no su alcahuete.

Sin embargo, desde aquel día, Enrique se había transformado en una sombra de sí mismo.

Y lo era a causa de una mujer.

¿Y ahora? Montgomery quizá no era el alcahuete de Enrique II, rey de Francia, pero estaba arriesgándose seriamente a convertirse en su asesino.

La multitud rugía con ferocidad, como si el capitán de la guardia escocesa hubiera agredido al rey a propósito.

Catalina vio a Enrique en el suelo. La sangre le brotaba copiosamente del rostro. No lograba entender lo que había pasado, pero sí comprendió que el rey estaba en peligro de muerte. Al principio sintió cómo se le helaban las vísceras. Tuvo miedo de desmayarse. Se apoyó en la balaustrada, y haciendo acopio de todas sus fuerzas consiguió ponerse en pie. Tenía ganas de llorar, pero contuvo las lágrimas.

—¡Rápido! —gritó—. ¡Llamad al cirujano del rey y llevad a Su Majestad al Palacio de Tournelles! ¡Llegaremos antes!

Se sorprendió de su propia sangre fría. Se dio cuenta de que no podía hacer otra cosa. Miró a Diana. Estaba pálida como no lo había estado nunca en su vida.

Luego volvió la mirada hacia su séquito: los nobles y las damas sentados con los ojos abiertos de par en par. No tenían ni idea de qué hacer. Al final observó a Michel de Nostredame, de pie, con su caftán negro, que en ese momento se recortaba en el horizonte de fuego como un cuervo gigantesco.

Catalina sintió que se le cortaba la respiración.

Nostradamus asintió.

Fue entonces cuando la reina estuvo a punto de nuevo de romper en llanto. Se mordió los labios hasta sangrar.

El llanto era un lujo que no podía permitirse en ese momento.

Pero la profecía se estaba cumpliendo. Como había dicho Nostradamus.

—El joven león se impondrá al viejo, en el campo de batalla en singular combate, en la jaula de oro le perforará los ojos, dos heridas en una, para luego tener una muerte cruel —le susurró una voz, negra como el dolor que le subía desde las entrañas.

Catalina sintió una vez más esa punzada en el corazón que tantos años antes casi la había matado. Se tambaleó de nuevo.

Y luego la voz de Michel de Nostredame:

—Enrique debe protegerlo: él es el león que gana la batalla, pero debe temer los duelos en los espacios cerrados. Cuidado con el rey, o morirá con los ojos atravesados por una espada. Hoy he visto su final.

Catalina vio la arena de la calle Saint-Antoine girar ante sus ojos en un loco torbellino.

Nuevamente se sintió desfallecer.

Y habría caído si alguien no la hubiera sostenido.

Raymond de Polignac la sujetó entre sus brazos como habría hecho con una niña. Ella, por una vez, se recostó contra su pecho poderoso. Luego sintió que se elevaba, como si hubiera iniciado un vuelo. Se alzaron gritos de estupor y exclamaciones de sorpresa, en una mezcla de sonidos que sumergieron a Catalina en una confusión aún mayor.

—¡Dejad paso! —bramaba una voz. Era fuerte y dura. Pertenecía a un hombre dispuesto a defenderla. A dar toda su sangre por ella.

Catalina lo escuchaba. A lo lejos, apenas perceptible. Pero sabía que Raymond estaba allí por ella. Y se sintió feliz. Fue como un eco, el reflejo sordo de las palabras contra un espejo de hielo. Ver a Enrique derribado por los suelos la había destruido, y aquella voz tan decidida, tan estentórea, le había devuelto al menos la sensación de no estar completamente perdida.

—¡Dejad paso! —vociferaba Raymond de Polignac—. ¡Dejad pasar! —Apartaba a la multitud que abarrotaba la tribuna, en la búsqueda desesperada de una escalerilla de madera—. ¡La carroza de la reina! ¡La quiero ahora mismo! —No eran más que nobles, inútiles y vestidos de fiesta, como un montón de espantapájaros.

Cuando finalmente consiguió poner el pie en la escalinata, descendió rápidamente, y estrechando a Catalina entre sus brazos, corrió hacia el carruaje real. Los guardias le abrieron la portezuela, subieron y acomodaron a la reina en suaves almohadones de terciopelo. Madame Gondi los siguió.

—Las sales —susurró, entregando a Polignac un pequeño frasco de cristal.

Raymond se acercó a Catalina e hizo que inhalara esa esencia perfumada.

En un instante, la reina se recuperó.

Entretanto, Polignac había bajado.

—Al Palacio de Tournelles, ¡rápido! —gritó al cochero, haciendo grandes gestos con su sombrero de ala ancha. La larga pluma ondeó en el aire con un aleteo—. Yo os sigo a caballo. Ánimo, no podemos perder un segundo.

Mientras así hablaba, el cochero asentía.

Sin más dilación, Raymond de Polignac se subió a la grupa del caballo y puso a su corcel castaño rumbo al Palacio de Tournelles, esperando de todos modos que sus sospechas no se vieran confirmadas. Temía que aquel desgraciado accidente fuera fatal para el rey. No había podido ver bien el rostro de Enrique, pero las dimensiones de la astilla y la gran pérdida de sangre le hacían presagiar lo peor.

39

Ambroise Paré

Ambroise Paré miraba el rostro de su soberano.

Sacudió negativamente la cabeza, porque pese a haber probado todos los remedios, nada había podido salvar a Enrique II.

El rey había muerto.

Durante días había tratado de aceptarlo. Pero sin éxito.

Junto con sus colegas había llegado a seccionar cuatro cráneos de cuatro cadáveres, en el desesperado intento de comprender con exactitud la trayectoria de la lanza y, por tanto, el lugar en que las esquirlas de madera habían podido enquistarse. Él y Vesalio no habían obtenido nada útil, solo remordimiento, ya que los cráneos pertenecían a cuatro criminales que habían sido asesinados solo para poder permitirles a ellos entender algo.

Y, sin embargo, no obtuvieron nada. Ni siquiera una idea, un atisbo, un indicio útil.

El tejido muscular de la frente, encima del hueso, estaba

lacerado a lo largo del ángulo interno del ojo izquierdo. Eran muchos los pequeños fragmentos de astillas que habían ido a parar al ojo, pero el hueso estaba perfectamente intacto. No había fracturas.

Ni siquiera un arañazo.

Parecía no poder ni descansar. No había logrado localizar y detener la infección. Cuando alzó los ojos vio a Catalina.

Estaba trastornada. Tenía la cara hinchada. ¿Había llorado todo aquel tiempo? El rey había luchado contra la muerte durante once días.

La reina no había dormido. Siempre había permanecido a su lado, con los ojos anegados en lágrimas que parecían no tener final.

—Perdonadme, Vuestra Majestad —dijo el cirujano del rey con un hilo de voz—. No he sabido hacerlo mejor. Os ofrezco mi vida por no haber sido capaz...

—Maestro Paré, no es verdad que sea culpa vuestra —respondió Catalina—. Vos habéis hecho todo lo que estaba en vuestra mano para evitar la muerte de nuestro buen rey. La culpa ha sido mía, que no he conseguido proteger a Enrique a pesar de que sabía a qué riesgos se exponía. Y jamás dejaré de maldecirme por ello.

Catalina se despidió de los cirujanos, que salieron en silencio de los aposentos del rey. Parecían pájaros de mal agüero.

El aire se había enrarecido.

Por un momento, Catalina creyó que no sería capaz de respirar. Habría sido magnífico que así fuera, porque de ese modo moriría también ella. Y en cambio estaba viva, y algo mucho peor: realmente sola.

Al final, Enrique había querido seguir a su maldito espíritu de combate. También en esos días, cuando, después de tanta guerra, había llegado por fin la paz. Aquel carácter suyo sombrío y violento lo había perdido; para siempre. ¿Cuántas veces le había pedido que se retirara de los torneos? Si no quería hacerlo por ella, al menos podía haberlo hecho por sus hijos.

No había nada que hacer. Ni siquiera Diana había logrado hacerlo desistir.

Catalina tenía miedo. Sentía el tormento que la aniquilaba. Porque Enrique se le había escapado de nuevo. Justamente cuando se estaba volviendo a aproximar, cuando finalmente parecía haberse liberado de la duquesa de Valentinois.

¿Qué sería de ella?, se preguntó. ¿Y de sus hijos? ¿De Francisco, que a duras penas sabía cuidar de sí mismo? ¿De Carlos, que siempre estaba enfermo y lloraba con demasiada frecuencia? ¿Cómo iba a explicarle a Margot lo que había pasado? ¿Y a Enrique? ¿Y a Isabel? ¿Y a Claudia? Suspiró. Ellas dos al menos tenían marido.

Catalina temía por sus hijos varones: eran los más frágiles y de ellos se esperaba que gobernasen Francia. Sobre todo Francisco. ¡Pero si solo era un niño! ¿Cómo iba a poder? Tenía el cuerpo debilitado por una enfermedad que lo consumía día tras día.

Se arrodilló a los pies del lecho. No quería mirar a su esposo con el rostro desfigurado por aquella terrible herida. Quería recordarlo como era: hermoso, fuerte, un dios guerrero.

Temblaba con tan solo pensar en los odios y las luchas de poder que se iban a desencadenar a partir de ese momento. Durante todo ese tiempo, el extraño acuerdo entre ella, Diana y Enrique había logrado contener las fuerzas centrífugas de todos aquellos que traían aires de violencia, odio, y voluntad de romper el país. Es verdad que había habido guerras, pero siempre, fuera como fuese, contra los enemigos de Francia. Enrique había tenido éxito en esa difícil tarea ayudado por ese pacto negro de sangre y vergüenza estipulado entre ella y la duquesa de Valentinois.

Pero ya desde hacía un tiempo, con la llegada de María Estuardo, los Guisa habían ampliado su área de influencia. El amor prohibido de Enrique por aquella ridícula damisela escocesa había herido a Diana. Al principio, Catalina había disfrutado. La idea de que incluso la favorita del rey pudiera finalmente experimentar aquello que ella había tenido que sufrir todos aquellos años era una sorpresa casi inesperada.

Y luego había ocurrido el milagro. Enrique se había alejado de Diana de Poitiers y había vuelto con ella. Lo había hecho en silencio, de puntillas.

Y ella lo había acogido con su gran corazón, porque siempre lo había amado. En todo ese tiempo no había dejado de amarlo ni por un instante. Cuando lo tuvo entre sus brazos, en aquella mañana dorada de primavera un año antes, casi ni se creía su suerte.

Era el recuerdo más hermoso. Lo guardaba en los pliegues más profundos y secretos de su alma. Acunaría esa última pequeña gema que le había quedado. Ese último regalo que Enrique le había hecho. Al menos eso frenaría el pesar, que era grande e intenso, y que amenazaba con hundirla.

No obstante, mientras estaba arrodillada, comprendió que no se lo podía permitir. Tenía que reaccionar.

Sería fuerte; por Enrique, por sus hijos y por ella misma. Había sufrido durante tanto tiempo los acosos y abusos de Diana que ahora no tenía intención alguna de ceder a la arrogancia de una niña como María Estuardo. O a las aspiraciones desmedidas de los Guisa. De una manera u otra saldría adelante. Tenía a Nostradamus. Y tenía a Raymond de Polignac. Era mucho más de lo que podía esperar.

Y además era una Médici.

Gobernaría. Como Lorenzo el Magnífico. Como Cosimo el Viejo. Lucharía por salvar a su país, que era Francia, y por honrar la memoria de su marido y la del gran rey Francisco I.

Era lo mínimo que podía hacer.

Antes, sin embargo, tenía que arreglar algo. Hacía cuatro años que soñaba con ese momento, con lo que estaba a punto de vivir. Y ahora no vacilaría. Sería el comienzo de una nueva etapa.

Mientras las lágrimas le caían copiosamente, Catalina apretó los dientes hasta sentir dolor.

Lucharía, se repitió a sí misma.

Hasta el final.

40

Chenonceau

El día era, simplemente, estupendo.

Desde las ventanas del castillo, Catalina miraba el río Cher y el puente, aquel espléndido y magnífico puente que atravesaba con sus propios cimientos y sus arcos las aguas claras y cristalinas que fluían lentamente bajo la luz del sol del verano.

A Catalina le gustaba mucho ese lugar. La hacía sentir en paz consigo misma, con sus propios demonios, puesto que la naturaleza lograba curar, más que ninguna otra cosa, su corazón herido.

Al contrario que el resto de las reinas, había decidido ir de negro, de luto. En Francia habría tenido que elegir el blanco, pero consideraba que el color de la noche, de la oscuridad, era el más indicado, exactamente como la oscuridad que habitaba su alma y que le desgarraba el corazón día tras día.

El sol iluminaba la sala. Catalina se preguntaba si el arquitecto que había construido aquel maravilloso castillo, Philibert Delorme, había visto Venecia alguna vez.

Tanto si había sido así como si no, tenía que haber conocido a ciudadanos de la Serenísima República, ya que en la ejecución de la escalera vertical que conducía a los pisos superiores del castillo había explotado de manera magistral el efecto de transparencia y juegos de luz producidos por los reflejos sobre el agua. Esa idea de un cuerpo central con una escalera recta colocada a un lado era de clara inspiración veneciana. Por eso a Catalina le gustaba aquel lugar más que ningún otro, porque le recordaba su adorada Italia.

A la salida de la galería, un gran ventanal capturaba el resplandor sobre el Cher. Catalina disfrutaba de la vista sobre el río.

Se hallaba exactamente en el centro de la sala cuando escuchó un ruido de pasos en los peldaños. Fue entonces cuando vio a Diana.

Cómo había envejecido, pensó.

La piel de sus brazos tendía al color gris y revelaba, inmisericorde, su edad. Diana llevaba un largo vestido de seda napolitana de color rojo vivo, que dejaba aún más en evidencia su decadencia física. El rostro marcado, blanco de polvos de maquillaje, y las mejillas con un ligero colorete denunciaban la parodia de una belleza desaparecida, recuerdo patético de un pasado muerto y sepultado.

Catalina sintió pena de ella, mientras avanzaba elegantemente pero con menos esplendor de lo habitual, menos altivez, menos segura.

Cuando llegó frente a ella, Diana se arrodilló.

Estalló en un llanto interminable. Una cascada de lágrimas que parecían no acabar nunca. Se arrojó a los pies de Catalina.

—Tened piedad, madame *la reine* —dijo, y a saber cuánto le estaba costando. Ella, que jamás había implorado ante nadie, que con sus palabras había impartido únicamente órdenes; ella, despectiva e intrépida, ahora estaba rogando piedad.

Catalina no la ayudó a levantarse, porque en aquella aflicción vio finalmente la debilidad de su antigua rival, las fragilidades profundas que había ocultado todo aquel tiempo. No necesitaba patéticas venganzas, pero pensaba que tampoco era justo mostrar misericordia por alguien que jamás la había ofrecido.

La trató con indiferencia para no dejarse influir por aquellos ruegos que llegaban demasiado tarde, únicamente después de que todo estuviera perdido.

—Tenéis que iros —le dijo la reina con la voz fría como la hoja de un cuchillo—. Me restituiréis el castillo de Chenonceau porque es propiedad de la corona. Enrique, mi marido, os lo regaló de manera absolutamente desconsiderada. Pero ese regalo no tiene ningún valor, no al menos ante mis ojos. Dad gracias a Dios si os concedo seis meses a partir de hoy para recoger vuestras pertenencias y abandonar la corte.

—¿Y qué será de mí? —preguntó Diana entre sollozos. Parecía una niña caprichosa y desconsolada al mismo tiempo.

—A diferencia de vos, no soy una mujer carente de piedad. Vos, que hoy estáis tan dispuesta a pedirla cuando no habéis otorgado ni una pizca en toda vuestra vida. La belleza es efímera, Diana, se diluye en el tiempo y luego desaparece. Si nunca se ha sido hermoso, como es mi caso, ya se tiene ganado algo con el paso de los años. Ahora vos y yo somos idénticas: igualmente insignificantes a los ojos de los hombres debido a una belleza que no tenemos. Pero vos sois el pasado y yo el futuro de este Estado.

Catalina suspiró, como si le costara pronunciar aquellas palabras. Se dio cuenta de que había mucho de verdad en lo que decía. Aquella manera suya de explicar, tan sincera, la sorprendió; como si, después de todo, Diana fuese su propio espejo, el reflejo de aquello en lo que ella un día se convertiría: una mujer que ya no es joven... Apagada, desesperada.

—Tendréis Chaumont-sur-Loire en lugar de Chenonceau, os lo prometo. Me mantengo firme en mi propósito, pero no falta de misericordia. Me deberéis una vejez serena; a mí, que habría podido simplemente desterraros de Francia y negaros todo techo o refugio. Pero no lo haré, porque creo que cuando se gana hay que hacerlo al menos con estilo. Yo he esperado, Diana, he esperado mucho. Me tragué todo el veneno que me suministrasteis cada día, cada día de mi vida. Y os he odiado también. —Catalina dejó que esa palabra flotara en el aire claro, iluminado por reflejos cegadores de rayos de sol—. Pero hoy, en este castillo magnífico, he entendido que la vida es demasiado breve para vivirla con odio y rencor.

Diana levantó la mirada. Tenía el rostro devastado, hinchado de lágrimas y cansancio.

—Entonces ¿tengo vuestro perdón, madame *la reine*, por todo lo que os he hecho? —preguntó con un hilo de voz.

—Mi perdón no lo tendréis nunca. —Catalina se alejó de ella, como si aquel ruego hubiera sido una bofetada de improviso—. El recuerdo del dolor que he sentido por culpa vuestra es demasiado profundo, demasiado vivo para ser acallado con un perdón. ¿Recordáis cuando mandabais a Enrique a mi cama para que me preñara y así quitarme del medio para que no pudiera ocuparme de la política de Francia? ¿Qué expresión utilizasteis? Una enviada mía me la refirió en cierta ocasión: «Tiene que convertirse en un horno», dijisteis. Lo habéis olvidado, ¿no es cierto? O cuando le pedisteis al rey que me repudiara porque no era más que una comerciante italiana completamente estéril, árida como un desierto de arena... ¿Queréis que siga? ¡Tengo dolor a puñados, Diana!

Y todo por vuestra culpa. He amado a Enrique sabiendo que le era completamente indiferente porque él os amaba a vos. ¿Cómo puedo explicaros lo que he sentido? ¿Habéis tenido alguna vez una herida que sangrará siempre? ¿Habéis sentido alguna vez vuestro corazón hacerse de vidrio y acabar hecho pedazos, destrozado, abatido por el puñetazo de una mujer cruel que os mira triunfante? ¿Existe algo más terrible que eso? Si es así, explicádmelo, porque no tengo idea. Y cuando finalmente Enrique estaba regresando a mi lado, cuando finalmente se había cansado de buscar lejos la felicidad, un maldito torneo me lo ha quitado para siempre.

Catalina se interrumpió. También ella lloraba.

Luego concluyó:

—Si no os mato hoy es únicamente porque he decidido que, al fin, quiero vivir. ¿Me habéis escuchado? ¡Vivir, Diana! Vivir después de haber estado muerta durante veinte años, vivir después de haber visto morir a quien amaba más que a mí misma. Por ello ahora no os atreváis a pedir mi perdón. ¡Porque no lo tendréis nunca, vive Dios!

Catalina miró a Diana levantarse trastabillando, aturdida por esas palabras que le gritaban a la cara todo el daño que había producido, el sufrimiento que sus actos de poder y dominio habían infligido.

Parecía aniquilada por la angustia. Se apoyó en una mesa con ambas manos. Luego, con grandes dificultades, se sentó en un sillón.

Intentó buscar las palabras, pero tal vez no eran las adecuadas para justificar lo que había hecho. Catalina la miró fijamente cuando Diana la buscó con la mirada. La duquesa de Valentinois parecía arder bajo los ojos de la reina.

—Catalina, sé que os he causado mucho dolor. También sé que no hay nada que pueda decir para aliviarlo, porque ya es demasiado tarde. Solamente quiero deciros que lo siento, desde lo más hondo de mi corazón. Y que os agradezco la generosidad que me mostráis. No sé si yo habría sido capaz de hacer lo mismo.

—Al menos la madurez parece haber otorgado un trasfondo de sinceridad a vuestras palabras. Sabéis muy bien quién habéis sido, Diana; ciertamente no necesito recordároslo. Sin embargo, creo que en este momento ya no tenéis ningún poder. Los enemigos atacan, y los nuevos adversarios tratan de hacer hoy lo que habéis hecho vos misma hasta hace algún tiempo. Nunca lo permitiré. Nunca más. Tengo hijos a los que proteger y a los que quiero con locura. ¿Tenéis idea de lo que es el amor de una madre, Diana?

La duquesa de Valentinois se calló. Después dijo:

—Pertenezco a la categoría de aquellos que solamente son capaces de amar a una única persona en su vida. Incluso queriéndolo, nunca habría podido amar a unos hijos, porque todo lo que he sentido lo he sentido por Enrique. Sé que no habría debido hacerlo, pero vos, Catalina, tendréis que recordar siempre que llegasteis después. Después de haber puesto de nuevo a Enrique en pie, después de haber escuchado sus historias de tormento y agonía, después de que hubiera hecho de él un hombre. Y toda esa agonía, todo ese tormento, todas esas noches de llanto en que gritaba hasta romperse las cuerdas vocales... ¿os las tendría que haber dado a vos? ¿Cómo os hubierais sentido vos en mi lugar? ¿Defraudada? ¿Burlada? ¿Tenéis una idea de lo que he pasado? ¿De aquello a lo que me he tenido que enfrentar para convertirme en una guerrera en un mundo en el que una mujer es solamente una madre, reina, mujer? ¡Yo no era nada de todo eso!

—Por eso he tenido piedad de vos, Diana. Pero no os perdonaré nunca. —Catalina la miró una última vez—. En seis meses a partir de hoy, recordad. Luego os quiero en Chaumont-sur-Loire.

Y tras decir aquello, Catalina salió de la sala.

Bajó los escalones de la galería. El sol entraba en miles de haces de luz por las ventanas que daban al río.

Después de haber recorrido la rampa, llegó al final de las escaleras. Salió a la plaza. Admiró el agua límpida, el bosque, la vieja torre medieval de los Marques. El verde jardín, deslumbrante en la orilla izquierda del Cher, refulgía en el bochorno de julio.

El sol casi la cegaba.

Se detuvo ante aquella maravilla de la naturaleza.

Se alimentó de ella, fantaseando con todo lo que se le venía a la cabeza. Haría construir una larga galería sobre el puente: dos pisos de ventanas y buhardillas y un salón maravilloso, de más de cien brazas de largo sobre el río. Se convertiría en el corazón del castillo, palpitante de vida, un lugar magnífico para fiestas y recepciones. Y los invitados podrían admirar la reverberación de las aguas del Cher.

Exactamente, como la admiraba ella en ese momento.

ENERO DE 1560

41

Francisco II de Francia

—Ya lo veis incluso vos, Vuestra Majestad, lo ocupada que la reina madre está en otro tipo de asuntos.

Francisco parecía no comprender.

—Sed más claro, duque, no logro entender dónde queréis llegar.

—Vuestra Majestad —observó sonriente Francisco de Guisa—, quiero decir que, mientras Francia se convierte en un reducto de reformistas, enemigos de la corona y de la fe verdadera, vuestra madre se va de paseo con un viejo soldado para hablar con astrólogos y adivinos, encomendando su alma al diablo.

—Poned buen cuidado en cómo habláis, monsieur. Como oséis insinuar algo en contra de mi madre...

—Naturalmente, Vuestra Majestad, no pretendía insinuar nada —le interrumpió Guisa—. Es más, estoy seguro de que vuestra madre es una mujer de fe probada. Por otro lado, me parece evidente que ese continuo deambular suyo no le aporta especiales beneficios al reino. Tenéis que tomar las riendas de Francia y tenéis que hacerlo castigando a los infieles. Cuando hayan sido eliminados todos los protestantes, el vuestro será un reino mejor.

Francisco suspiró. Miró fijamente a María, que le devolvió la mirada. Detectó firmeza y determinación. Y confianza en el duque de Guisa. Francisco miró por la ventana. Contempló el patio del Louvre y la guardia suiza.

Tampoco ese día se sentía nada bien. La enfermedad no le daba tregua.

—Majestad —arremetió Guisa de nuevo—, más allá de la cuestión de vuestra madre, en este momento lo que más nos preocupan son Antonio de Borbón y su hermano Luis, príncipe de Condé. Afirman que tienen derechos sobre la corona de Francia...

—Es verdad... Si en vez de humillarlos hubiéramos intentado escuchar sus peticiones... ¡Mil escudos! ¿No es una asignación escasa para un príncipe de sangre que debe presentarse en Gante para firmar un tratado de paz con un emperador? Ya os dije que era un error. Sé con seguridad que Condé tuvo que empeñar todas sus posesiones para poder mostrarse de manera apropiada. Es difícil creer que ahora se pueda poner de nuestra parte.

Francisco de Guisa parecía sorprendido ante la perspicacia de aquella observación.

—Y eso por no hablar de que la apreciación que hizo en el Parlamento hace ya algún tiempo, a propósito de lo inadecuado del sello que nos habría permitido definirnos como soberanos de Francia, Escocia e Inglaterra, no era en absoluto peregrina.

Al escuchar estas palabras, María Estuardo pareció perder la paciencia.

—Francisco, pero ¿qué estás diciendo? Como reina de Escocia tengo legítimos derechos sobre el trono de Inglaterra, tanto más porque Elisabeth es hija de un matrimonio que el propio Enrique VIII ha invalidado, ya que Ana Bolena no procedía, ciertamente, de noble cuna.

—María, os ruego... —dijo el rey.

—Majestad, pero es que ni siquiera se trata de eso —lo interrumpió el duque de Guisa—. Tenéis razón, hemos cometido errores, sin duda. Pero ahora los Borbones se están pasando de la raya. Nuestros espías nos informan de que han encargado a un tal La Renaudie, declarado falsario por el Parlamento de Dijon, que forme un ejército contra Vuestra Majestad en nombre de Calvino. Lo que estoy intentando deciros es que debemos detener la amenaza protestante. Sus partidarios son cada vez más fuertes y no tienen límites en cuanto a lo que son capaces de hacer. Por ese motivo aconsejo trasladar la corte al castillo de Blois.

—¿Y eso? —preguntó el rey.

—Porque París no es seguro, Vuestra Majestad. Ni para vos ni para la reina. —Y señaló a María—. Blois se puede defender con más facilidad y nos permitirá ponernos a resguardo en caso de un ataque de los Borbones. Lo que pensábamos que era una amenaza vacía se está convirtiendo en una posibilidad muy concreta. El príncipe de Condé confía en que Vuestra Alteza esté en Babia respecto a lo que pasa, pero no es así. Por esa razón sugiero trasladar la corte a Blois.

—Pero, si lo hacemos, pensarán que les tenemos miedo.

—Mejor. Los cogeremos por sorpresa.

El rey alzó los brazos.

—Si creéis que esa es la única solución...

—Con seguridad se trata de la mejor —concluyó Guisa.

El príncipe de Condé miró a su hermano.

—¿No lo entendéis, Antonio? ¡Es ahora o nunca! Los Guisa no esperan que los ataquen ahora. Si continuamos titubeando todo estará perdido.

—¿Vos lo creéis así? ¿Os dais cuenta de las consecuencias?

—¡Por supuesto! Pero no tengo ninguna intención de echarme atrás en el último momento. Los Guisa quieren exterminar a todos los que siguen la fe protestante, y eso no debe ocurrir. Tenemos que golpear nosotros antes. El rey es un pusilánime, su madre ha estado demasiado tiempo alejada del poder y la reina es una niña escocesa. ¿Qué más queréis para movilizaros contra los Guisa? Ellos son los verdaderos soberanos de Francia a día de hoy.

Antonio no podía entender tanto ardor guerrero. ¿Qué diablos tenía su hermano en la cabeza? ¿Por qué no se dedicaba a aprovecharse del oro que le había dado su matrimonio? ¿Por qué angustiarse con proyectos de conquista de la corona?

—Pero... ¿ya sabéis que el emperador Felipe II apoya a los Guisa a fin de que procedan a una purga completa? ¿Tenéis idea de lo que eso significa? ¿Creéis realmente que los escasos grupos de campesinos, cuya única culpa es haber seguido la fe calvinista, pueden enfrentarse a los ejércitos de Francia y España? Si lo pensáis de verdad estáis completamente loco, hermano mío.

Antonio negó con la cabeza. Luis lo involucraba en aquella revuelta suicida con el único objetivo de arruinarle la vida. De acuerdo, tampoco él era especialmente católico, pero ir a combatir contra los Guisa en ese momento era demencial. Se secó el sudor con la palma de la mano. Se puso en pie y empezó a hacer cábalas mientras daba grandes pasos por el salón.

No obstante, el príncipe de Condé no se daba por vencido.

—Pero... ¿cómo podéis decir una cosa así? Coligny está con nosotros, a cambio de que nos decidamos a participar en la revuelta y lo legitimemos como descendiente de la dinastía de los Capetos. La presencia de una familia real hará que la posición reformista sea mucho más fuerte. Entre otras cosas, no se trata de atacar al rey, sino de capturar y expulsar a los Guisa. Catalina de Médici es una mujer de gran inteligencia y equilibrio. ¡Digo que vayamos a tomar lo que nos aguarda! ¿Te parece increíble? Pues yo no lo veo así.

Antonio estaba que explotaba. Todas aquellas intenciones belicosas lo sacaban de quicio.

—Luis, pero ¿no habéis escuchado lo que le ha ocurrido a Montmorency? Los Guisa han hecho que mercenarios y soldados sanguinarios invadieran sus tierras; ¡han tenido que recurrir a las armas para echarles de Dammartín! Y ahora... ¿estamos tan convencidos de querer cambiar el curso de la historia hasta el punto de arriesgar nuestras vidas? ¿Estáis seguro? Porque yo no lo creo en absoluto. Y, además, no es cierto que Coligny esté de nuestra parte. Esperáis que lo esté, pero no es así de ninguna de las maneras: le he oído decir con estos oídos que está en contra de una acción armada. —Antonio suspiró. Todo lo que pedía era poder disfrutar de la vida, gastar sus escudos, que, para su suerte, tenía en abundancia, y cortejar mujeres. ¿Era pedir demasiado? ¿Por qué diablos se tenía que convertir en un guerrero? ¡No tenía ninguna intención! Y en cambio, Luis no le hablaba de otra cosa; parecía poseído por el demonio.

—La Renaudie ha organizado un encuentro con los cabecillas de la revuelta para el primero de febrero en Nantes. Estarán todos: Bouchard d'Aubeterre, el capitán Mazères, Carlos de Castelnau-Chalosse, el capitán Lignières, Jean d'Aubigné... No podemos faltar —concluyó, agarrando su jubón de terciopelo.

Antonio no se dejó convencer.

—Creo que os estáis equivocando. No digo que no valga la pena intentarlo, pero no ahora ni de esta manera. Los Guisa son demasiado poderosos, y no excluyo que sepan ya cómo moverse. Acabaremos en las fauces del enemigo y nos van a masacrar. ¿Y para qué? ¡Para convertirnos en los adalides de una revuelta destinada a fracasar! Y, además... ¿Tendría que estar de acuerdo con vos? ¡Jamás! Quiero que sepáis que os apoyaré en contra de mi voluntad y únicamente porque sois mi hermano. Por lo demás, no estoy nada convencido. Es verdad que respecto a vos tengo más que perder y eso me frena...

—¡Podéis decirlo alto y fuerte, puesto que sois el rey de Navarra!

—¡Es verdad! ¿Queréis culparme?

—¡Absolutamente no! Pero no creo que el miedo sea la solución. Es cierto que puedo entender que todo esto sea un buen motivo para sentirlo... —y, al decirlo, Luis señaló los espléndidos tapices, los imponentes candelabros de hierro forjado, el valioso mobiliario—. Pero esperaba que por una vez quisierais obtener algo sin que os lo regalaran.

Antonio abrió los ojos, exasperado.

—No entiendo vuestro repentino amor a la guerra. Sé que habéis tenido que apretaros el cinturón, que no ha sido fácil ser príncipe de Condé sin un escudo. Sé que es una cuestión de dinero...

—¡Pero si el dinero no tiene nada que ver, Antonio! —Luis dio un puñetazo en la mesa—. ¿Es posible que no lo entendáis? El dinero llega directamente de la reina Elisabeth, cuyos derechos reales han sido, por lo demás, desafiados por una estúpida chiquilla escocesa. No es un problema de dinero, de títulos o de tierras. Es un problema de libertad. Es un problema de principios inalienables como es poder elegir la religión. ¡Hay mucho más que dinero en esta cuestión!

—La libertad... —murmuró Antonio con tono de duda—. ¿La libertad, decís? Esperemos que la libertad no nos ahorque.

42

Chaumont-sur-Loire

Había llegado a Chaumont.

El aire era frío. El gran invierno se había instalado y había cubierto todo de hielo y nieve. Los árboles muertos se alargaban como fantasmas marrones contra el cielo plomizo. Los tejados de las oscuras y afiladas torres y las almenas de las murallas le daban un aspecto de abandono. Vio los yelmos de la guardia brillar bajo los últimos destellos del sol moribundo.

El pesado portón se levantó con estrépito. Chaumont tenía una historia maldita a sus espaldas: solamente cien años antes, Luis XI lo había ordenado quemar y arrasar para castigar a Pietro d'Amboise, que había osado adherirse a la Liga del Bien Público sublevándose contra su propio soberano junto con algunos nobles rebeldes.

Catalina había pensado que era el castillo perfecto para alojar a Michel de Nostredame, y este se había convertido en su propietario.

A decir verdad, su estancia duraría ya poco. Diana tomaría posesión de la mansión muy pronto. Pero Catalina ya tenía en mente una solución perfecta para su astrólogo de corte.

Mientras la carroza entraba en el patio, miró a Polignac. A lo largo de todo el trayecto no había dejado de juguetear con la hoja de un puñal que hacía girar entre sus manos. Catalina lo había dejado hacer porque sabía que estaba nervioso. Nostradamus le causaba ese efecto. Como si el soldado percibiese a distancia el aura del astrólogo.

Raymond se cuidaba mucho de decir algo; en primer lugar porque sabía cuánta consideración tenía Catalina a las profecías de Michel de Nostredame, y en segundo, porque desde siempre percibía con claridad lo insondables que le resultaban las visiones y conocimientos de aquel hombre misterioso. La muerte de Enrique había dejado un vacío tremendo, y Polignac no se perdonaba haber confiado la tarea de protegerlo precisamente a aquel que lo había matado.

Al principio estuvo tentado a creer que lo había hecho a propósito, pero había sido el propio Enrique el que lo había rebatido, cuando estaba moribundo, reiterando con un hilo de voz su inocencia. Por no mencionar que, durante el examen del cadáver, Ambroise Paré había descubierto en el lado opuesto al golpe un coágulo de sangre y sustancia amarilla del tamaño de un pulgar y un principio de putrefacción más que suficiente para poder determinar la muerte del rey.

Fuera como fuese, Catalina había desterrado del reino de Francia al capitán de la guardia escocesa. Era el segundo escocés al que confinaban en poco tiempo, siguiendo los pasos de Elizabeth MacGregor. Pero no había servido para nada. Al menos no para aliviar el sentimiento de culpa de Raymond de Polignac, que ya desde hacía meses le daba vueltas a su propia incapacidad a la hora de impedir que el rey accediera al campo de justas.

Una bandada de cuervos alzó el vuelo mientras Catalina subía la escalinata que conducía al salón principal del castillo.

Confió en que no fuera un mal augurio.

Nada iba como esperaba.

Mientras ella se entretenía con el astrólogo, Polignac esperaría en otra habitación, como solían hacer.

Encontrarse con él, a menudo, le producía escalofríos.

Cuando Catalina entró en la amplia sala recubierta de tapices, la gran chimenea central estaba encendida y un calor agradable se extendía alrededor. Las llamas rojas ardían, unas chispas ferruginosas se alzaban, y la leña crepitaba de vez en cuando.

Nostradamus la esperaba como acostumbraba a hacer. Llevaba treinta días con sus noches preparando ese encuentro.

La miró de reojo, como solía, con los ojos como un filo claro que relampagueaba con una luz inquietante. Parecía como si las pupilas estuvieran permanentemente anegadas de una fiebre líquida.

—Madame *la reine* —dijo con aquella voz suya profunda y fascinante—. Os ruego que no tengáis miedo. Acercaos a la chimenea y mirad en el espejo.

Fue solamente en ese momento cuando Catalina se percató de que Nostradamus había colocado sobre la viga de la chimenea un espejo con los ángulos enrojecidos con sangre.

Al mirar hacia atrás, la reina se dio cuenta de que el astrólogo había trazado un doble círculo concéntrico con tiza blanca.

—Continuad observando el espejo, madame *la reine* —dijo Nostradamus.

Catalina así lo hizo. Sintió que se le subían los colores, como una niña pillada en falta por haber desobedecido.

Entretanto, Nostradamus entonó una de sus inquietantes letanías de invocación de espíritus y de demonios para que le ayudasen a ver el futuro. Las llamas de las velas multiplicaban puntos luminosos alrededor, hasta que sucedió algo; fue como si una fuerza arcana, escuchando las oraciones del astrólogo, hubiera decidido manifestarse de improviso. Las llamas de la chimenea parecieron hincharse. Catalina sintió un calor dentro de ella como un fuego que le recorriera las venas. Y mientras esa sensación indescriptible la hechizaba, vio en el espejo aquello que nunca hubiera querido ver.

Se le apareció su hijo Francisco.

Catalina se llevó una mano a la boca, ahogando un grito.

Algo le impedía apartarse de aquella visión.

Francisco se hallaba en una sala grande, diferente de la de Chaumont. Catalina no habría sabido decir en cuál. Grandes lámparas de araña colgaban del techo. Magníficos tapices y muebles de madera delicadamente tallada certificaban la riqueza. Pero todo estaba ligeramente borroso, como si las llamas hubieran devorado en parte los detalles. Francisco dio una vuelta entera a la sala.

Luego desapareció.

Catalina se obligó a guardar silencio.

Mientras Nostradamus pronunciaba sus invocaciones, la reina vio aparecer en la superficie del espejo a otro hombre joven: era Carlos, su Carlos.

Se sintió abrumada por la emoción. Se quedó mirando mientras Carlos daba quince vueltas a la sala para luego desaparecer a su vez.

Le tocó el turno a Enrique. Era todavía pequeño, con el rostro largo y afilado, los ojos melancólicos y algo soñadores. Parecía tener algunos años menos que su edad real. Empezó a dar pasos y también la recorrió dieciséis veces.

Al final apareció otro niño. Pero no era ninguno de los suyos. Tras una primera vacilación, Catalina lo reconoció. Lo había visto jugar con su hija Margot hacía algún tiempo.

Era Enrique, el hijo de la reina de Navarra.

Catalina creyó enloquecer.

El niño dio veintiúna vueltas a la sala.

La reina gritó.

Luego se derrumbó en el sillón.

—Madame *la reine*, no tengáis miedo —dijo Nostradamus—. Lo que habéis visto no es más que el futuro.

Catalina casi no lograba hablar. Temía haber comprendido lo que significaba aquella visión.

—Mis hijos... —dijo con un hilo de voz.

—Reinarán en Francia —completó Nostradamus en su lugar.

—Pero...

—Cada uno de ellos tantos años como vueltas han dado alrededor de la sala en vuestra visión.

Catalina quedó sumida en el terror.

—Francisco...

—Desgraciadamente morirá pronto, Vuestra Majestad, y no hay nada que me cause mayor dolor que eso.

Catalina tembló y sintió como si el sillón estuviera a punto de engullirla. Sus uñas arañaron el tejido adamascado.

—¡Agua! —gritó con voz quebrada.

Nostradamus le dio una copa llena.

—Bebed, madame *la reine*.

Las puertas del salón se abrieron de repente. El movimiento de aire hizo temblar las llamas del hogar.

Raymond de Polignac hizo su aparición. Era realmente

alto e imponente a pesar de que los años también habían pasado para él.

—¡Vos! —bramó, señalando al astrólogo—. Si le habéis hecho algo a la reina sois hombre muerto, os doy mi palabra. Yo os he encontrado y yo os destruiré ¡con mis propias manos!

Nostradamus sacudió la cabeza. Luego se llevó una mano a los ojos. Parecía no poder reprimir una media sonrisa.

Tampoco Catalina tuvo tiempo de hablar antes de que Polignac hubiera desenvainado la espada.

—Sois un verdadero espadachín, monsieur —se burló Nostradamus—. Pero, por desgracia, sobre mis visiones no tengo ningún poder. En cualquier caso, Su Majestad no tiene nada que temer. Ni ahora ni nunca. No, por descontado, de mí.

—Ni una palabra más, o como que hay Dios que os rebano la garganta con esta. —Y Polignac hizo relumbrar el filo brillante.

—Monsieur de Polignac —intervino Catalina recuperando la calma—, guardad la espada. No servirá de nada.

Michel de Nostredame asintió casi imperceptiblemente:

—Exactamente así es, madame *la reine*.

—Decidme —dijo Catalina volviéndose hacia el astrólogo de su corte—, ¿hay alguna manera de impedir que suceda lo que he visto?

Nostradamus suspiró.

—Os confieso, Majestad, que si existe la ignoro.

—Majestad —se entrometió Polignac—. Encontraré la manera. Lo haré por vos.

—¿Del mismo modo que habéis logrado impedir la muerte de Su Majestad? —Nostradamus no había sido capaz de reprimir aquella observación cruel. Pero era la verdad.

Ante aquel último insulto, Polignac estalló.

—*Mort-Dieu!* Creedme cuando os digo que os arrancaré el corazón, maldito charlatán.

—¡Monsieur de Polignac! —exclamó la reina—. Comprendo vuestra desilusión. No sabéis lo que yo me culpo cada día por lo que ha sucedido. Sin embargo, lamentablemente, la realidad nos recuerda de qué modo se han desarrollado los acontecimientos, y no hay nada que me cause más dolor. Expiaré viviendo —confesó la reina—. ¡Y también lo haréis vos! Si queréis intentar evitar los hechos vaticinados por monsieur de Nostredame, tenéis mi bendición. ¡Se trata de salvar a mis hijos! —exclamó casi con rabia—. Pero no os permitiré tocar a este hombre que, con su ciencia, al menos consigue ponernos en guardia. —Y, al decir aquello, Catalina se puso en pie con gran agilidad y puso su propio cuerpo como escudo de Michel de Nostredame.

Polignac abrió los ojos de par en par. Después sacudió la cabeza con incredulidad.

—De acuerdo, Vuestra Majestad. Haré como decís.

Y sin añadir nada más, salió de la habitación haciendo tintinear las espuelas.

—Decidme qué puedo hacer —murmuró Catalina con lágrimas en los ojos, volviéndose hacia el astrólogo.

Pero lo que vio no le gustó en absoluto.

—Vuestra Majestad... —murmuró—. Vuestra Majestad...

—¿Qué ocurre?

—Madame *la reine*... Me encantaría poder ayudaros. Pero no tengo el poder de someter a mi voluntad las líneas del destino. Vuestros hijos reinarán, pero al final los Valois perderán el trono de Francia a manos de Enrique de Navarra.

Catalina sintió que esas palabras le atenazaban la garganta. Habría preferido desaparecer en ese momento.

—No es verdad —susurró con un hilo de voz—. No es

verdad —repitió. Y comenzó a dar puñetazos contra el pecho de Nostradamus mientras unas lágrimas tan grandes como monedas empezaban a rodar por sus mejillas. Nostradamus extendió los brazos. Su largo caftán negro se abrió como si fuera un manto de cielo nocturno. Dejó que Catalina lo golpeara hasta que se sintió demasiado cansada para continuar.

—Madame *la reine* —dijo finalmente—, quizás haya alguien que pueda impedir esas muertes.

—¿Quién? ¿Quién? —preguntó Catalina todavía llorando; las lágrimas le enrojecían el rostro y le anegaban los ojos—. ¡Hablad, pues!

Nostradamus pareció dudar un instante; después lo dijo:

—Monsieur Raymond de Polignac.

La reina sintió que el llanto se detenía, que los sollozos se calmaban.

—¿De verdad? —preguntó.

—Creo que sí. Es un hombre valeroso y también... enamorado. Y nunca se debe subestimar el poder del amor.

Catalina casi no se creía las palabras que acababa de escuchar.

—¿Así os lo parece? —preguntó con una repentina dulzura.

—Sin duda alguna.

—¿Y de quién está enamorado?

—Creo que lo sabéis muy bien, Vuestra Majestad.

Catalina pareció tener miedo de pronunciar las palabras que seguían a continuación.

—¿De mí?

—De vos, madame *la reine.*

FEBRERO DE 1560

43

Blois

—¿Estáis seguro de lo que decís? —preguntó Catalina.

El cardenal de Lorena suspiró. La miró. Y luego a María Estuardo. Y finalmente al rey. Había preparado aquel discurso durante mucho tiempo, quería que fuera perfecto. Tendría que ser convincente. Por eso no omitió nada. Dejó que su mirada vagara sobre las llamas de la chimenea, luego se llevó la mano al rostro para simular un sentimiento de profunda consternación.

Y en ese momento habló:

—Lamento no haber informado cumplidamente a Vuestras Majestades hasta ahora, pero hasta esta mañana no habíamos logrado obtener una imagen completa de la gravedad de la situación. Mi hermano, el duque de Guisa, había pedido prudentemente al rey que trasladara la corte a Blois, y eso es lo que hemos hecho. Por otro lado, en el último mes los protestantes no han perdido el tiempo...

—Explicaos mejor, mi señor —le instó Catalina.

—Naturalmente. Pues la cosa es así: Godefroy de Barry, señor de La Renaudie, gentilhombre de Périgord, está reuniendo hombres para dar un golpe de Estado contra Vuestras Majestades, con la intención de imponer en Francia la fe protestante; era un hecho conocido. En este último periodo hemos tenido confirmaciones en tal sentido por parte del obispo de Arras. Pero justamente ayer me entregaron esta carta. —El cardenal de Lorena mostró dos folios de papel de pergamino cumplimentados con una letra elegante llena de florituras y arabescos.

—Leed, cardenal —le dijo Catalina, a la que no le gustaba especialmente Carlos de Lorena, demasiado apegado al poder y al dinero. Y, sin embargo, tenía que reconocerle pragmatismo y brillantez al haber sabido practicar recortes importantes que habían vuelto a llenar las vacías arcas del Estado.

Y eso no era poco mérito.

—Por supuesto, Vuestra Majestad. —El cardenal leyó sin más dilaciones—. Esto dice: «A su excelentísima eminencia, el cardenal Carlos de Lorena. Monseñor: mi nombre es Pierre d'Avenelle, abogado de profesión. Ejerzo en la ciudad de París. Os escribo la presente con honda preocupación por lo que he sabido en la jornada de hoy a través de un conocido mío, Jean Godefroy de Barry para más señas, señor de La Renaudie. Este último se hallaba en mi casa por razones que ahora no vienen al caso. Como quiera que sea, se jactaba de haber iniciado una empresa que tenía como objetivo final el secuestro de Su Majestad el rey de Francia, así como vuestro arresto y el de vuestro hermano Francisco, el duque de Guisa. En ese sentido, el señor de La Renaudie no ocultaba tampoco haber enrolado a un buen número de hombres armados procedentes de Gascuña, Bretaña y Normandía. Poco a poco había ido reuniendo esas tropas en Tours. Había convocado a los dirigentes de cada ciudad. Se pavoneaba, de manera absurda, debo decir, de haberles dado el nombre de hugonotes, por haberlos juntado en una posada cerca de la Puerta de Hugo.»

—¡Ah! —exclamó el rey desconcertado—. ¿Así estamos? Les vamos a enseñar a esos gusanos lo que es bueno —añadió con el rostro enrojecido.

Sin embargo, el cardenal de Lorena no había finalizado aún la lectura. Comprendiendo de inmediato que todavía había más, Catalina lo invitó a proseguir.

—Eminencia, continuad hasta el final de la carta.

—Gracias, Vuestra Majestad. ¿Dónde me había quedado? Ah, sí... Aquí: «... dado el nombre de hugonotes, por haberlos juntado en una posada cerca de la Puerta de Hugo. Al escuchar semejantes palabras consideré que podría ser útil saber más, así que ayudé a La Renaudie a soltar la lengua ofreciéndole algunos vasos de buen coñac, lo que demostró ser una buena idea puesto que, poco después, La Renaudie me confesó, con los ojos ya brillantes por la borrachera, que detrás de esa monstruosa maquinación estarían Antonio de Borbón, conde de Vendôme y de Navarra, y su hermano Luis de Borbón, príncipe de Condé. Ellos habrían encontrado los medios para organizar un proyecto criminal como ese gracias al dinero proporcionado por la corona de Inglaterra en la persona de la reina Elizabeth.»

—¡Esa bastarda que ocupa el trono sin tener ningún derecho! —escupió, venenosa, María Estuardo.

—¡Vuestra Majestad, os lo ruego! —dijo el cardenal de Lorena, que no le gustaba ser interrumpido, y menos aún dos veces seguidas—. ¿Dónde nos habíamos quedado? Ah, sí... aquí: «... en la persona de la reina Elizabeth. Cuando se despidió, La Renaudie tampoco ocultó su intención de que él y los suyos pondrían a Blois en el punto de mira, para coger a vuestra señoría y al rey por sorpresa. Doy por hecho que sabréis aprestar las mejores defensas y planes para evitar el desastre. Su siempre fiel servidor, que le desea los más sinceros, etcétera» —finalizó el cardenal.

—Y bien, vuestra eminencia, ¿qué aconsejáis hacer? —preguntó Catalina—. Es evidente que la situación es más grave de lo que habíamos imaginado. Me parece que hemos ido demasiado lejos en nuestra acción contra los protestantes. Los edictos firmados por el rey han exacerbado los ánimos, y hacer colgar a Anne du Bourg en la plaza de Grève ha sido probablemente un error. Me doy cuenta ahora de que habría sido mejor mostrar un poco de misericordia.

—Pero ¿qué otra cosa podíamos hacer? —preguntó el rey, que no sabía qué decir—. No podíamos permitir a esos cretinos burlarse de la fe católica. —Pronunció esas palabras como si le hubiera empujado el cardenal en persona. Catalina sabía que había dejado demasiada iniciativa a los Guisa. Y no obstante, ellos eran sus aliados en ese momento, por no mencionar que cualquier cosa era mejor que los Borbones, culpables de haber concebido a aquellos que, en el espejo de Michel de Nostredame, acabarían por imponerse finalmente a los Valois y lucir sobre sus cabezas la corona.

—El rey tiene razón, Vuestra Majestad —confirmó el cardenal de Lorena—. Indultar a Anne du Bourg habría sido un error imperdonable. No podemos permitirnos exponernos a estos hugonotes o como quiera que se llamen. —El cardenal pronunció esa palabra como si fuera la peor ofensa del mundo.

María Estuardo asintió. Mostraba adoración en sus ojos. Catalina no la soportaba. Esa estúpida chiquilla jugaba a ser reina enredando a Francisco, exactamente como Diana había hecho con Enrique. Es verdad que era su mujer, pero ejercía sobre él una pésima influencia. Y, peor todavía, bebía cada palabra de los Guisa, que habían sido responsables de su ascenso al trono, usándola como títere contra ella.

El cardenal de Lorena sabía cómo volver los argumentos a su favor. Tenía un rostro elegante, con ojos casi felinos, y una expresión inefable que exhibía complacencia.

Por lo menos, Catalina se alegraba de tenerlo de su parte y no entre sus enemigos.

—Mientras nosotros estamos aquí, mi hermano está recorriendo los bosques que rodean Blois. Os anticipo que ya me ha confesado... —El cardenal se interrumpió.

El duque de Guisa entró en el salón. Llevaba un elegante jubón y una casaca igualmente refinada con la placa pectoral de la coraza prendida. Calzaba unas largas botas sucias de barro. Se quitó el sombrero emplumado y dirigió una reverencia al rey y a las reinas.

—Vuestra Majestad —dijo a Francisco—. Vuestra Alteza, madame *la reine*. —Volviéndose hacia María y Catalina—. No tengo buenas noticias. —Aquellas palabras parecieron cubrir de hielo la hermosa sala. Luego hizo una seña en dirección a su hermano, el cardenal—. El problema, como probablemente os estaba explicando su eminencia, es que el castillo de Blois no se presta a una defensa fácil.

—¿Tan lejos hemos llegado, entonces? —preguntó Catalina con incredulidad—. ¿Consideramos realmente concreta la posibilidad de un asedio?

—Tan concreta que es una certeza, Vuestra Majestad.

—¿Qué sugerís? —preguntó el rey.

—Trasladar de inmediato la corte a Amboise.

—¿Puedo preguntaros por qué? —le instó Catalina.

—Es muy sencillo. Amboise se encuentra en una mejor posición, más fácilmente defendible. El castillo da al Loira.

De ese lado, por lo tanto, no tiene problemas. Y está concebido como fortaleza, una verdadera ciudadela. Nada que ver con una simple residencia como es Blois.

—Sin embargo, tiene bosques... —dijo, no sin titubeo, María. La noticia parecía haberla aterrorizado.

El cardenal asintió:

—Y tenéis razón, Alteza —confirmó el duque de Guisa— pero no será un bosque el que impida que se puedan hacer con el control de la situación. Lo recorreremos día y noche si es necesario. Los reformistas no calculan que los esperemos. ¿No es así, eminencia?

—Exactamente —confirmó Carlos de Lorena. Después miró a su hermano—. Estaba justamente poniendo al corriente a Sus Majestades de lo grave que es la situación, pero también de cómo hemos logrado obtener noticias frescas gracias a la providente carta del buen abogado Pierre d'Avenelle.

—Muy bien. Por lo tanto ya tenéis una idea del panorama al completo —añadió el duque de Guisa.

—Sea, cardenal. Os felicito por vuestra labor —concluyó Catalina con pragmatismo.

Carlos de Lorena inclinó la cabeza con una expresión que podía haberse tomado por humildad.

—Otro tanto sirve para vuestras apreciaciones, señor duque —añadió la reina madre—. Llegados a este punto no queda más remedio que mudarse a Amboise.

—Sin perder ni un segundo más, Vuestra Majestad —señaló el cardenal.

Y mientras pronunciaba esas palabras, Catalina estuvo segura de detectar un destello de burla en sus pupilas.

44

Instrucciones para una conspiración

Luis de Borbón no daba tregua a la empuñadura de su espada. Se había apoyado en una silla. Seco como un árbol muerto, los cabellos cortos y oscuros, el fino bigote, la cara torva: era jorobado y torpe, y en aquella pose belicosa se lo podía confundir fácilmente con una gárgola, una de esas criaturas fantásticas esculpidas en los tejados de Notre-Dame.

No muy lejos de él, su hermano estaba haciendo honores a una copa de vino.

Pelirrojo, de barba descuidada, los pendientes brillantes: Antonio de Borbón parecía exhibir el encanto de sus mejores días. Pero en el fondo estaba aterrorizado. Toda aquella conspiración era un suicidio hermoso pero indudable, estaba seguro. A La Renaudie le cegaba la ambición. Esa idea de dividir Francia en cantones siguiendo el ejemplo de la Suiza de Calvino era un puro delirio. Y, sin embargo, lo repetía continuamente, como si fuera realmente un propósito viable. Pero ¿con quién se habían aliado él y su hermano?

Por otro lado, los demás compañeros en esa misión parecían albergar gran confianza en las ideas de aquel loco. Pero él sentía escalofríos.

Así que intentaba calmarse ahogando el miedo en el vino. Estaban todos alrededor de una mesa en aquella posada de cuarta categoría de Souvigny-de-Touraine, un pueblo cochambroso que apestaba a estiércol y a vino rancio. La Renaudie había convocado una reunión para decidir los detalles y habían querido que él y su hermano acudieran también.

La noticia más reciente decía que Coligny se había retirado de esa misión. Y había hecho bien, pensaba Antonio. Al menos había alguien que mantenía la cabeza sobre los hombros.

En cambio, frente a él, La Renaudie se llenaba la boca de fanfarronadas.

—Derrotaremos a los Guisa y los llevaremos ante la justicia —prometía con su habitual bravuconería—. Y haremos que les condenen por un delito de lesa majestad, usurpación de poder y apropiación indebida del tesoro de la corte. —La Renaudie parecía el redactor de una orden criminal, tanta era su pericia en asignar delitos a los Guisa—. ¡*Mort-Dieu*, los quiero a mis pies! No se esperan ser atacados precisamente en el lugar donde se están guareciendo.

—Os aseguro que están bien preparados —observó el príncipe de Condé—. Se han retirado a Amboise justamente porque confían en una mejor defensa. Con el Loira a sus espaldas y la ciudad amurallada de frente, asediarlos no será cosa fácil.

—Sí —exclamó Antonio de Borbón, sin tener la más remota idea de qué más añadir.

—Tonterías —se entrometió Jean d'Aubigné. Era un hombre delgado pero robusto, de pelo rubio, tieso como la paja, nariz fina, aguileña como el pico de un ave rapaz, y unos ojos verdes que brillaban inquietos. Nervioso, se tocaba una barba afilada que le daba un aire aún más rebelde—. No solamente tenemos con nosotros a hombres de Provenza, Normandía, Bretaña y Gascuña, sino incluso holandeses y luteranos contratados en Württemberg. Nuestras filas van aumentando; muchos son los hermanos nuestros que pretenden oponerse al poder extralimitado de los Guisa.

—Nadie afirma lo contrario —replicó el jorobado—. Solamente me permito recomendar prudencia. El duque de Guisa es el héroe de Calais y es él quien ha resistido en Metz a las tropas imperiales de Carlos V, frustrando su asedio. No es un hombre al que tomar a la ligera. En cuanto a su hermano, el cardenal de Lorena, es inútil que os ponga en guardia acerca de sus habilidades como político. Por no hablar de que su red de espías es más tupida de lo que cualquiera pueda imaginar.

La Renaudie minimizó aquellas palabras encogiéndose de hombros. Se sentía tranquilo. Su rostro regular, de mandíbula cuadrada, era la quintaesencia de la seguridad misma.

—Los sorprenderemos en Amboise —dijo—. Por más peligrosos y cuidadosos que sean, los Guisa no se esperan un ataque semejante. Y, sin embargo, lanzaremos una ofensiva de primer orden, tomando la ciudad por sorpresa. Tengo muchos hombres a mi disposición y listos para combatir en nombre de Calvino y de los principios de la única fe verdadera. Pronto obtendremos una gran victoria y pondremos en el trono de Francia a un rey legítimo, no a un usurpador que gobierna por medio de un títere.

La Renaudie pontificaba como un papa. Jean d'Aubigné lo secundaba. Condé lo fulminaba con la mirada, pero hacía eso con casi todo el mundo, también con los amigos. Antonio de Borbón evitaba cruzar la mirada con las de sus compañeros de misión y se servía otro vino.

Continuó bebiendo, con disgusto.

El almirante Gaspard de Coligny se quitó el sombrero de terciopelo negro. Negro era también su jubón, así como las calzas y las largas botas. Sus ojos azulados eran pálidos como pedazos de cielo. Al ver a la reina madre, se inclinó devotamente. Catalina lo había ordenado llamar porque sabía que la situación era desesperada. Mientras su hermano Francisco había comenzado a amurallar las puertas y a reforzar las defensas de la ciudad, el cardenal Carlos de Lorena, con su hábito de color púrpura, no hacía nada por disimular sus propios temores. Sabía que el edicto proclamado por Enrique II había exacerbado los ánimos, y por esa razón quería saber, igual que Catalina, qué era lo que tenía que decir Coligny, quien, por otro lado, no se esforzaba en esconder sus simpatías por la fe calvinista.

Un poco más alejado, casi en una esquina, también el joven rey lo escuchaba con atención, a pesar de que en aquellos días no se sentía especialmente bien. Se quedó acurrucado en una silla, dispuesto a prestar atención a los consejos que pudiera dar Coligny.

A su lado, como siempre, la hermosa María Estuardo se mostraba adoradora, lista para aliviar sus sufrimientos.

—Almirante —dijo Catalina—, sabemos muy bien cuán valioso sois para Francia. Os conocemos como hombre de gran ecuanimidad e inteligencia diplomática. Por tal razón os he pedido venir: porque, vos podéis verlo también, corremos el peligro de ser asediados en nuestro propio Estado. Somos objetivo de asalto por parte de nuestros hermanos. Es por ello que os pregunto: ¿cómo es posible todo eso? ¿Existe, según vos, una vía de escape?

Coligny reflexionaba. Sabía que tenía que elegir las palabras con cuidado. Sus convicciones en materia religiosa eran notorias, y dada la situación, los equilibrios se le hacían particularmente frágiles y delicados. Sopesó cada frase; destiló en su mente lo que tenía que decir, como buen alquimista de la política.

—Antes que nada, agradezco a Vuestra Majestad esta invitación, tanto más agradable al tener como objetivo aclarar una cuestión que, desde hace tiempo, está tiñendo de sangre los campos de nuestra amada Francia. Y, por eso mismo, he aquí lo que pienso. Era bien sabido que nuestro buen rey Enrique, hacia el cual mi gratitud es profunda y a quien echaré siempre de menos, era un hombre de decisiones enérgicas. Tomó una posición firme contra los reformistas, con una serie de edictos que citaré con el único propósito de tener una mayor comprensión del problema: en 1551, el de Châteaubriant, que condenaba a muerte a los herejes a los que se sorprendiera celebrando el culto calvinista. Después la tentativa de introducir la Inquisición, que fracasó por la oposición del Parlamento. Seis años más tarde, con el edicto de Compiègne, reforzó el poder laico en defensa de la religión católica, confiriendo a los nobles la facultad de aplicar la pena de muerte, que fue impuesta sin piedad. Finalmente, en cuanto se hubo firmado la paz de Cateau-Cambrésis, con el edicto de Écouen asentó las bases de la política actual en materia religiosa: el exterminio de los calvinistas.

Al escuchar tales palabras, el cardenal de Lorena intentó tomar la palabra, pero Coligny se le adelantó.

—Os lo ruego, eminencia, dejadme terminar. Sé que he

utilizado términos fuertes, pero necesarios, si queremos tomar contramedidas realmente efectivas.

Coligny dirigió su mirada a Catalina. Sabía que era la única persona en aquella sala que tenía corazón suficiente como para escucharlo de verdad. Confiaba en ella, desde siempre un verso suelto, una mujer independiente, valerosa, de gran bondad, pero también absolutamente realista.

—Lo que creo, y como ya habéis escuchado, existen razones precisas para lo que afirmo, el Estado ha sido conducido al borde de una guerra religiosa. De modo que se necesita una medida, una disposición que dé esperanza. Y comprensión. Vuestra Majestad... —Los ojos de Coligny volvieron a posarse sobre el joven rey de Francia—. Mostrad magnanimidad en vez de crueldad, misericordia en vez de odio. Un rey querido gana siempre frente a un soberano temido. No os dejéis guiar por el rencor y por el fanatismo religioso. Repito, siento un infinito respeto por vuestro padre, jamás he puesto en duda una orden suya y creo que ha sido el mayor guerrero que jamás he conocido, junto con el duque de Guisa. Pero resulta evidente que la política del terror en el terreno religioso corre el peligro de convertirse en el modo más sencillo de aniquilar Francia desde dentro.

—Y entonces, en concreto, ¿qué proponéis? —le preguntó el cardenal de Lorena, que a pesar suyo debía admitir que había algo de verdad en aquellas palabras y que la reacción a la que se exponían sería terrible.

—Un nuevo edicto. Majestad, tenéis que firmar y hacer aprobar una disposición que consienta la libertad de culto. Las confesiones reformistas no tienen que ser consideradas heréticas por el solo hecho de permitir la lectura de la Biblia en francés o en alemán en lugar del latín. Los protestantes, los hugonotes, como se hacen llamar ahora, no son herejes, solo piden tener una relación más directa con Dios, el mismo Dios de la Iglesia católica. Son diferencias tan menores que no dejan de representar meras variaciones...

—¿Os dais cuenta de que lo que decís se juzgaría como herejía en cualquier tribunal religioso? —Al cardenal de Lorena le resultaba difícil tolerar aquel vocabulario.

—Eminencia, por descontado que vos tenéis razón —intervino Catalina—. Pero mi hijo, el rey, que es un joven que sabe ver más allá de las palabras y de las reglas, ha recogido el mensaje que subyace a lo que acaba de decir el almirante de Coligny. ¿No es cierto, Francisco? No se trata de equiparar nada, después de todo, sino tan solo de consentir que cada uno sea libre de elegir su manera de amar a Dios. Una hipótesis semejante no penaliza a la religión católica, que seguirá siendo de todos modos la más difundida y fuerte en el interior del reino, pero evitará exterminar a nuestros hermanos en nombre de una leve diferencia. —Catalina intervino con diplomacia y autoridad; sus palabras parecían aún más duras con aquel aspecto que ella había elegido para sí: desde la muerte de Enrique iba siempre de luto. La ropa negra no era solamente una manera de recordar a su marido; era un símbolo, usado con orgullo para explicar el dolor por un amor perdido. El rigor y la intransigencia eran un modo casi tangible de mostrarles a todos lo que ella había perdido. Para siempre.

Francisco comprendió perfectamente las palabras de su madre. Nada podían hacer los ojos implorantes de su esposa, María. En poco tiempo, en unos seis meses, a decir verdad, la soberana escocesa había visto reducido su papel. Apoyada por los Guisa, había sufrido, sin embargo, el retorno de Catalina, que una vez expulsada Diana no tenía intención alguna de que le arrebatase el reino una chiquilla escocesa que tenía como único mérito el de saber adorar a su hijo. Al menos según la reina madre.

Para ser honestos, Coligny no dejaba de apreciarla, ya que aquella joven reina demostraba sentido común e inteligencia. Era una mujer culta y emprendedora, pero al igual que Catalina antes que ella, era una extranjera en tierra francesa. Tampoco ella sería nunca plenamente aceptada, si bien le quedaba un camino mucho más largo que el que la florentina había recorrido para que contaran con ella realmente para algo.

—Firmaré ese edicto, almirante. Haré que mis juristas lo preparen con vuestro consejo y orientación. Os agradezco en nombre de todos vuestras sugerencias, que se han demostrado preciosas al ser sinceras y honestas. Firmaré, pues, un documento que ponga fin a las persecuciones de los protestantes, que garantice la libertad de conciencia en espera de un concilio y que derogue las sanciones más graves previstas en los edictos promulgados por el rey, mi padre.

Francisco había hablado. Y, a pesar de la enfermedad y su juventud, había hablado bien.

—Es una sabia decisión, Vuestra Majestad. Veréis que no os vais a arrepentir —concluyó Coligny—. Hoy creo que establecemos finalmente las bases de una pacificación de los súbditos de vuestro reino.

—Esperemos que así sea —dijo el cardenal de Lorena—, y que el consejo privado del reino apruebe semejante medida.

—Lo hará con toda seguridad, si realmente le preocupa el Estado —concluyó Catalina. Y mientras lo decía, Coligny le dirigió una mirada llena de gratitud. Sabía que si esa medida veía la luz, el mérito sería enteramente suyo.

¿Todo eso la convertía en posible aliada para otros asuntos? Coligny no tenía ni idea, pero las últimas palabras de Catalina sonaron extremadamente crípticas.

Mientras lo estaba despidiendo, la reina madre hizo una última declaración que no supo cómo juzgar.

—Todo por el bien de Francia —declaró con una extraña sonrisa en la cara.

Una sonrisa que tranquilizó a Coligny, pero que, al mismo tiempo, lo asustó.

MARZO DE 1560

45

Amboise

Nada salió como se esperaba. A pesar del edicto, aprobado rápidamente y que contenía normas que concedían la libertad de culto, los hugonotes no se habían detenido. Espías e informantes confirmaron un ataque inminente. Por ello, a pesar del acuerdo con Coligny, aquella disposición del soberano se habría mostrado ineficaz por haber llegado tarde.

El odio había crecido desmesuradamente y la conspiración había llegado demasiado lejos.

Ni el uno ni la otra podían atajarse con una simple firma del rey.

El propio almirante había abandonado la conjura urdida por los Borbones y La Renaudie, de eso incluso los Guisa estaban seguros. Pero eso no cambiaba la situación. Confirmaba tan solo la inutilidad de las disposiciones reales.

Y pensando en ello estaba Polignac sobre las murallas del castillo de Amboise, al viento fresco de aquella jornada sombría. Todo se había hecho mal, pensaba. Presagiaba lo que sucedería y habría querido impedirlo, pero no sabía cómo. Esperaba poder evitar una masacre. Estaba cansado, sentía ya el peso de la edad. La rodilla mala le hacía daño. Una suave lluvia había empezado a caer. La ropa mojada y la coraza que tintineaba con las gotas que rebotaban en ella eran inconvenientes ya conocidos para un viejo soldado como él. Pero los soportaba cada vez menos con el paso del tiempo.

Había sido Catalina la que le pidió que subiera a la parte alta y echara una ojeada a la explanada de delante del castillo. Para la ocasión lo había hecho afiliarse al cuerpo de piqueros del rey, de nuevo con el grado de comandante general. El rey se sentía entusiasmado. Los Guisa no habían objetado.

Sería sus ojos, le había dicho Catalina.

Y él había obedecido, sin vacilar siquiera. Habría hecho cualquier cosa por ella. Por no entrar en que aquello era lo máximo a lo que podía aspirar. ¿Cómo podía un hombre de armas, que, además, no estaba en la flor de la vida, esperar recibir alguna atención de la mujer más importante de Francia?

No tenía ninguna posibilidad, bien lo sabía. Por esa razón mantenía ocupada su mente en asuntos de la corte que no le importaban un pimiento, a decir verdad. En lo que a él respectaba, podían colgar a los Guisa de una soga. Y otro tanto podía decir de los Borbones, que habían urdido esa deshonesta conspiración, disponiéndose a terminar en las fauces del enemigo. Pero las intrigas y los juegos de palacio le impedían, al menos, pensar en Catalina, que se había convertido en su obsesión. Ya lo era desde hacía tanto tiempo que casi había olvidado cuándo había comenzado aquel extraño enamoramiento.

Intentó no pensar en ello.

Más allá de las murallas de la ciudad de Amboise, la hierba de la explanada aparecía despeinada por la brisa, el sol había atravesado las nubes claras y estaba dejando de llover. Poco después, un magnífico arco iris se dibujó en el cielo, y Polignac respiró a pleno pulmón el olor de la lluvia. Hinchó el pecho bajo las placas de la coraza. Estiró las piernas.

Fue entonces cuando vio avanzar, desde los confines del bosque, a los primeros hugonotes.

Pero no eran soldados. Negros como cuervos, llevaban atuendos de tela basta y zapatos rotos, camisas raídas y capas comidas por la polilla. Eran hombres pobres: campesinos, pastores, pequeños comerciantes, artesanos. Había también mujeres y niños, e iban sin armas. Esperaban tan solo ver reconocido su derecho a rezar a Dios como ellos querían.

El rey acababa de aprobar el edicto, pero Polignac sospechaba que los Guisa habrían hecho de todo para fomentar el odio. Habían aceptado aquella decisión para no tener problemas pero, al mismo tiempo, intentaban aprovecharse de la posible conspiración contra ellos para justificar una venganza que desembocaría casi seguro en linchamiento.

Y todo en nombre de la religión.

La multitud iba aumentando. Caminaban silenciosos, con la cabeza gacha, como penitentes. Llegaban con toda la humildad de que eran capaces para hablar con el rey. Un hombre los antecedía. Polignac vio a un soldado que portaba un arcabuz.

Lo detuvo con una mirada firme. Y luego con sus palabras.

—¿Qué demonios tenéis intención de hacer? ¿No querréis disparar contra personas indefensas? ¡Guardad ese arcabuz! ¡*Mort-Dieu*, si no lo hacéis de inmediato os corto un brazo!

El hombre lo miró con cierto resentimiento, pero cedió.

—Más tarde hablaré con vuestro capitán y será informado.

¿En qué nos hemos convertido? ¿En animales? —Polignac redobló la dosis. Dejó su mirada vagar alrededor, luego dio orden de que nadie disparara bajo ningún concepto. Era de nuevo el comandante de los piqueros del rey y tenía toda la autoridad para que le obedeciera incluso el mariscal de Francia. Y, además, el rey había sido muy claro. Quería saber antes que nada qué era lo que los adversarios tenían en mente.

Los Guisa habían puesto buen cuidado en no dejarse ver y habían aconsejado al soberano que hiciera lo mismo. Si esa regla de prudencia era en principio correcta, Polignac consideraba que ya no tenía sentido según se estaban dando las cosas. Es más, de esa manera se arriesgaban a crispar los ánimos. Aquellos hombres venían en son de paz. Eran el pueblo francés que deseaba únicamente hablar con su propio rey. ¿Había algo malo en un hecho así?

No realmente. Y, sin embargo, el rey se había atrincherado en el castillo como si ya estuviera asediado. Y eso había sido un error.

Esperó a que se acercaran.

El cabecilla llevaba una bandera blanca, que agitaba como si de ello dependiera su vida.

—Venimos en son de paz —confirmó.

—Os escucho —replicó una voz. Era la del rey. Francisco II de Francia estaba detrás de una tronera, al abrigo de los muros del castillo.

—Me llamo François Grandier y los buenos ciudadanos de Amboise me han elegido como portavoz.

—Hablad.

A Polignac le pareció que aquel hombre estaba hablando con Dios y que la voz provenía del cielo. Y así le debía parecer también a Grandier.

—Vuestra Majestad, somos fieles servidores vuestros que

habitamos estas tierras. Todo lo que os pedimos es que nos permita celebrar a Dios en su infinita gloria.

—Marchaos —respondió la voz del rey. Y añadió—: Monsieur de Polignac, aseguraos de que estos hombres reciban un dinero que al menos alivie un poco sus penas.

Raymond se quedó perplejo.

—Por supuesto, Vuestra Majestad.

En ese momento, Catalina rezaba de rodillas en la capilla del castillo de Amboise.

¡Le resultaba tan querido ese lugar! Precisamente allí el buen rey Francisco I había dado en esposa a su padre, Lorenzo de Médici, a Magdalena de La Tour d'Auvergne, su madre.

Madame Gondi estaba a su lado. A cierta distancia, Margot recitaba un avemaría. Últimamente Catalina la había visto que se impacientaba bastante con madame Gondi. No sabía de dónde había surgido aquella repentina antipatía. Sin embargo, había aprendido a no indagar demasiado.

Pensaba que había sido una buena idea encomendar al príncipe de Condé el mando de la guardia personal del rey, ya que, de ese modo, lo había obligado a permanecer dentro del castillo sin que pudiera salir a dar órdenes a los suyos. Todos sabían lo de la conspiración. Y, mientras rezaba, Catalina era plenamente consciente de que Francisco de Guisa iría con sus hombres a explorar los bosques de los alrededores de Amboise en busca de eventuales enemigos.

Por lo que sabía, La Renaudie llegaría muy pronto. Pero al menos, obligando a Condé a permanecer en el interior de la muralla, lograría salvarles la vida. No había ninguna duda de su implicación en la conjura, pero ella no quería alentar abiertamente una matanza.

Por no añadir que Condé sabía que había sido descubierto. Y en vez de terminar colgado de una ventana del castillo, se mostró encantado de poder disfrutar de aquella oportunidad de ponerse a salvo, lo que había obrado el cambio más increíble en él. Primero había traicionado al rey, conspirando en su contra. Y luego había aceptado la misión de Catalina, abandonando a los hugonotes, cuando había comprendido que habían descubierto la conspiración. Catalina le había ofrecido, en el fondo, una vía de escape, protegiéndolo de la ira de los Guisa. Por eso había jugado lo mejor que pudo aquellas cartas.

Suspiró.

Había pedido a Raymond de Polignac que fuera sus propios ojos en esos días, y él le había obedecido. Como siempre.

46

El ataque

Polignac siguió esperando hasta el último instante. Los hombres estaban listos: la pólvora apretada en los cañones, las mechas desprendiendo chispas. Quería garantizar a sus propios hombres que pudieran efectuar un tiro simple y letal. Cuando juzgó que el enemigo estaba a distancia abordable, dio la orden.

—¡Fuego! —gritó.

La primera fila de arcabuces tronó casi al unísono. Fue un rugido que parecía hacer estallar la tierra.

Una lluvia de plomo segó la primera línea enemiga. Los cuerpos cayeron a tierra en un carrusel de horror y muerte: piernas rotas, rostros gritando, silbidos de balas, impactos múltiples... La explanada frente a la muralla de la ciudad se transformó en un badén anegado de la sangre de los caídos.

Al instante.

Los soldados hugonotes cayeron, pero no se retiraron. Una segunda línea cerró filas y abrió fuego contra los muros de Amboise.

Otra descarga de arcabuces rugió desde lo alto. Las nubes azules de los disparos, el silbido siniestro de las balas. Los protestantes se encontraron bajo una lluvia de plomo. Algunos se llevaban las manos al pecho y caían de rodillas. En ocasiones, un segundo disparo les volaba media cabeza. Otros pataleaban en el barro, se arrastraban como gusanos en medio de la carnicería que se estaba produciendo. Los disparos de arcabuz intentaban coger desprevenidos a algunos de los defensores.

Pero la posición favorable, la defensa que ofrecían las murallas, estar preparados para lo peor desde las primeras luces del alba... habían dado una enorme ventaja a los hombres del rey.

Polignac sabía qué tenía que hacer frente a esos primeros asaltos, el resto lo haría la caballería.

El duque de Guisa esperaba con los suyos detrás de las líneas de los árboles. Ocultos por el bosque, aguardaban la señal para abatir definitivamente las tropas de La Renaudie.

El comandante de los protestantes iba a lomos de un rucio. Menos bravucón y orgulloso que cuando había comenzado la batalla, pero, sin embargo, convencido de salir victorioso. Pero Amboise había sido construido para la guerra. Guisa había hecho bien en obligar a la corte a instalarse allí.

Eso sin contar que, agotado el efecto sorpresa, los hugonotes habían perdido la única ventaja que tenían. La Renaudie pagaba un alto precio por su imprudencia.

Después de que los arcabuceros del rey les hubieran descerrajado una cantidad de plomo suficiente para debilitarlos, sus filas parecieron reducirse a grupúsculos inofensivos.

Fue en ese momento cuando se detuvo el ataque.

Los hombres se retiraban en grupos dispersos, diezmados por el fuego de los defensores de Amboise: las armaduras de cuero hechas pedazos, los jubones manchados de barro y de sangre. Espadas rotas y picas partidas.

Se habían llevado la peor parte y a nadie le cabía duda de la imposibilidad de tomar Amboise.

La Renaudie se acercó junto con uno de sus lugartenientes para dialogar.

Ondeaba un trapo blanco a modo de bandera.

Polignac hizo una seña a los suyos para que no disparasen.

Esperó a que el líder de la revuelta estuviera bajo la muralla. Ahora veía de quién se trataba: un aventurero sin escrúpulos que había creído que podía aprovechar el odio y el descontento en su beneficio. Pero que había descubierto, en sus propias carnes, lo equivocado que estaba. Cubierto de fango, con el peto de la coraza manchado y abollado en varios puntos, los ojos oscuros aniquilados por una desilusión amarga, dirigió su mirada hacia lo alto. Con él iban Jean d'Aubigné y Bouchard d'Aubeterre.

—Pido hablar con el rey —bramó hacia donde se hallaba Polignac.

Pero el comandante general de los piqueros había recibido órdenes precisas al respecto.

—El rey rechaza hablar con quien asedia sus ciudades y le obliga a encerrarse detrás de las murallas de Amboise. El rey no habla con traidores.

Se trataba de palabras duras, pero las únicas posibles.

La Renaudie hizo una mueca burlona. Y, sin embargo, nada había de divertido en aquella expresión, parecía más bien dejar al descubierto el estado de ánimo de quien sabe que lo ha perdido ya todo y que no tiene la más remota idea de a qué santo encomendarse.

Había esperado una defensa desorganizada y paulatina. Sus espías tenían que haber traspasado las puertas de la ciudad, que habían sido reforzadas por los Guisa en previsión del asedio. Se redoblaron los turnos de guardia y se intensificaron las incursiones en el bosque.

Y Polignac tenía preparadas por lo menos otras tres descargas de arcabuz, con lo que habría aniquilado a sus adversarios.

Definitivamente.

—¿Vos quién sois, monsieur?

—Raymond de Polignac, comandante general de los piqueros del rey.

—Es curioso que vuestros hombres usen arcabuz en lugar de la pica, monsieur. No jugáis respetando las reglas.

La Renaudie era un hombre de carácter, y mostrar un desprecio similar al peligro en un momento como aquel no es algo al alcance de todos.

—Nadie está jugando —respondió Polignac—. Es la guerra, monsieur. Además, buscada por vosotros. Es demasiado cómodo pedir dialogar después de haber intentado agredir al rey. Sean picas o arcabuces, mi respuesta no va a cambiar. —Polignac estaba en pie en la parte alta de las murallas. Era un viejo guerrero. Quizá por eso todavía producía temor. Los largos cabellos salpicados de plata. El jubón azul oscuro. La coraza en el pecho que lucía aún con arrojo. La mirada implacable.

—Entonces pido hablar con Luis de Borbón, príncipe de Condé —replicó La Renaudie.

Polignac se lo esperaba. A fin de cuentas, ¿no era el jorobado el promotor de aquella locura? Pero Catalina, en su infinita inteligencia, había evitado agudizar el conflicto más de lo que ya lo estaba. Por ello había decidido apartar a Condé de la ira de los Guisa. Era, como lo fue su abuelo Lorenzo el Magnífico, una mujer de gran sensibilidad e inteligencia política.

—Monsieur de La Renaudie, lo siento, también os lo niego. Luis de Borbón es el nuevo comandante de la guardia personal del rey. No puede estar aquí a mi lado porque, como bien podréis comprender, está implicado en otra cosa totalmente distinta.

La noticia dejó estupefacto al comandante de los hugonotes, que no lograba ocultar su sorpresa. Jean d'Aubigné y Bouchard d'Aubeterre estaban, si ello era posible, aún más perplejos que él.

—¿Os coge desprevenido la noticia, monsieur? —preguntó Polignac.

—En absoluto —se apresuró a responder La Renaudie—. Si el rey rechaza hablar conmigo, ¿por qué debería aceptarlo su guardia personal?

—Sí —añadió Polignac como haciéndose eco de sus palabras.

Pero estaba claro lo impactante que esa noticia había resultado para los hugonotes.

—¿Hay algo más que me queráis pedir? —preguntó Polignac.

La Renaudie vaciló. Entonces pareció envalentonarse.

—No realmente —contestó. Y sin decir nada más, hizo girar a su caballo y se volvió por donde había venido desde el fondo de la explanada.

Sus capitanes lo siguieron, con los hombros caídos, las cabezas gachas, el pelo empapado de lluvia y sudor.

47

Sin piedad

Los atacaron por el flanco. Penetraron como una cuña de hierro la carne de un cordero. Francisco de Guisa dirigía aquel ataque de caballería que pondría punto final a la revuelta de los hugonotes.

La Renaudie los vio llegar como demonios: las corazas de acero con restos de la lluvia, las espadas desenvainadas, las lanzas listas para morder. El impacto fue devastador. La infantería de los hugonotes se vio segada como trigo maduro. La caballería ligera, aniquilada.

Vio a Bouchard d'Aubeterre llegar hasta los caballeros del rey y como estos lo masacraban. Cayó de su corcel y terminó pisoteado bajo los cascos.

La Renaudie comprendió que estaba perdido.

El caballero se desvió hacia un lado. Frente a él aparecieron dos enemigos. Surgieron de la nada a lomos de sus monturas. Esquivó un golpe de espada. Oyó la hoja silbar en el aire, empapada de lluvia. Se sacó del cinto una pistola de rueda. Era un modelo magnífico, con la empuñadura de nácar. Apuntó al primero de los caballeros, que se disponía a asestarle un mandoble. Si hubiera dudado un solo segundo, aquel hombre le habría cortado la cabeza. El detonador encendió la pólvora en un diluvio de chispas.

Sonó una explosión. Un relámpago rasgó el aire. La bala fue a clavarse en el cuello del adversario, arrancándole un trozo. El hombre cayó al suelo, pero su pie quedó enganchado en el estribo, y el caballo huyó al galope arrastrando el cadáver por el bosque encharcado por la lluvia.

El segundo caballero se aproximó a él por la derecha. Aferraba una pistola. La Renaudie fue rápido al sacar la espada, y antes de que el otro pudiera abrir fuego, cortó en movimiento ascendente. La hoja describió un arco perfecto, golpeó oblicuamente e hirió al soldado en la axila, en el punto exacto en el que a su armadura de cuero le faltaba la protección necesaria. La sangre empezó a salir a borbotones. El hombre soltó la pistola, que cayó al suelo. La Renaudie tuvo reflejos para rebanarle el cuello en el movimiento de retorno de su espada.

El soldado se llevó las manos al cuello en un desesperado intento de detener la sangre que manaba del profundo corte. En vano. Emitió un gorgoteo de dolor.

La Renaudie no perdió más tiempo e intentó escapar hacia el bosque. Los pocos hombres que quedaban lo seguían. Pero Guisa lo buscaba con la mirada. La caballería iba comiéndose el espacio, yarda tras yarda. La infantería de los hugonotes ya se había dispersado. Los hombres habían sido diezmados a golpe de espada, uno tras otro. Las cabezas rodaban en el barro.

La flor de la juventud francesa quedaba cortada ese día. La Renaudie tuvo miedo, porque oía a los caballeros del duque de Guisa pisándole los talones. Aquel hombre no se iba a dar por vencido.

Jamás.

Guisa vio al capitán de los reformistas ante sí, a lomos de un rucio. Era un hábil guerrero. Había noqueado a dos caballeros con admirable sangre fría. A pesar de que lo habían traicionado los suyos y su asalto resultó un verdadero desastre, el duque reconocía que aquel hombre tenía agallas.

Pero no le bastaba.

Espoleó al caballo, empujándolo a aumentar la marcha. Estaba obligando a los fugitivos a dirigirse justamente donde esperaba que fueran a desembocar.

Vio la escena ante sus propios ojos.

En el lado izquierdo, aquello que a primera vista aparecía como una barrera verde, cayó de repente y dejó al descubierto un frente de arcabuceros.

Habían aguardado hasta ese momento, ocultos en el bosque.

Guisa lo había organizado todo. Desde los días anteriores habían hecho apostarse algunas patrullas en medio de la densa vegetación para que, si fuera necesario, pudieran intervenir.

La descarga de arcabuces sacudió al último grupo de fugitivos, abatiendo a unos cuantos. Por un instante parecieron muñecos de trapo. Estaban cosidos a disparos. Algún que otro caballo cayó derribado.

Mientras algunos supervivientes se rendían, Guisa se abalanzó sobre ellos. Pero antes de que los liquidasen detuvo a sus soldados.

—Ya está bien así —dijo levantando un brazo—. Los que

quedan vivos serán hechos prisioneros y entregados al rey, que ya hará con ellos lo que quiera.

Entonces, mientras los suyos desarmaban y reducían a la impotencia a los enemigos, se acercó a La Renaudie, que había caído al suelo.

Lo buscó con la mirada y lo observó fijamente.

—Ahora sois mío, maldito hereje.

Luego, sin vacilar siquiera un momento, miró a uno de sus arcabuceros y le hizo un gesto rápido con la cabeza. En cuanto La Renaudie se puso en pie, el soldado apretó el gatillo. La mecha se prendió.

El relámpago.

El disparo.

Y una bala que se fue a alojar en su pecho.

La Renaudie alzó las manos. Una expresión de incredulidad se le dibujaba en el rostro. No se podía creer que le hubieran disparado a quemarropa cuando ya estaba indefenso.

Cayó de rodillas y después se desplomó de bruces en el suelo.

48

Una pesadilla en vigilia

Raymond de Polignac creía que estaba viviendo una pesadilla en vigilia. En todos sus años en el ejército y después en la corte no recordaba haber visto nada semejante. Conocía la guerra, el combate cruento, duro y sucio contra el enemigo. Pero aquel exterminio vergonzante que estaba teniendo lugar esos días era algo muy diferente.

Guisa echaba espuma por la boca. Parecía que nada podía satisfacer su sed de sangre. Por lo que respectaba a su hermano, el hecho de que fuera menos teatral en los gestos y en las decisiones no significaba que sintiera piedad o misericordia por nadie. Para él la fe católica justificaba incluso la acción más innoble.

Polignac había intentado hablar con la reina y mostrarle su desesperación. Toda aquella violencia recaería sobre ellos. Estaba cansado, agotado. Había ofrecido su propio brazo para defender al rey, no para ver cómo masacraban al adversario. Eran franceses. Eran hermanos. ¿Cómo podían los soberanos tolerar aquella masacre?

Había ido a ver al duque de Guisa.

Y lo había encontrado.

Estaba en la sala de armas del castillo, admirando una pistola de nuevo diseño. Le daba vueltas entre las manos, como si fuera un amuleto.

—¡Monsieur de Polignac, qué placer veros! ¿Qué contáis? —preguntó el duque, mostrándole el arma. Pero la suya no era una verdadera pregunta, no deseaba en modo alguno recibir respuesta. Solo quería provocarlo y retrasar el momento en que lo atacaría, ya que Polignac estaba al límite de su resistencia—. Observad: se trata de una pistola de dos cañones, con detonador en forma de rueda. El arma es de acero, oro y madera. Esta obra maestra la hizo un extraordinario relojero alemán: Peter Peck.

Polignac lo interrumpió. Estaba furibundo.

—*Sacrebleu!* Si creéis que me interesa en este momento hablar de una maldita pistola no me conocéis en absoluto. Cómo os atrevéis...

Pero Guisa continuó, impertérrito.

—De vez en cuando los alemanes hacen algo bueno. Pensad que todo el mecanismo utiliza un sistema italiano que reduce infinitamente los tiempos de carga, explosión y tiro. Gracias a una revolucionaria modalidad de disparo es posible preparar el arma con antelación, de modo que garantiza el uso inmediato.

Al decirlo, Guisa extendió el brazo, apuntando con la pistola hacia Polignac.

—¿Creéis que tengo miedo de ese arma de desfile?

—Los ornamentos los realizó Ambrosio Gemlich, célebre pintor alemán, católico. —Guisa parecía no escuchar en absoluto a su interlocutor—. Ahora, ¿seríais tan amable de dejarme solo? Como veis, estoy muy ocupado, monsieur. Podéis hacerlo vivo o muerto. Vos decidís.

—¡Matadme, entonces! ¡Prefiero morir antes que seguir como testigo impotente de lo que estáis haciendo!

El duque de Guisa sonrió, pero no había nada divertido en su expresión.

—Monsieur Raymond de Polignac... ¿dónde he escuchado yo antes ese nombre? ¡Ah, sí! Sois el protegido de la reina madre. El hombre que, expulsado del cuerpo de piqueros del rey después de la ignominiosa derrota de San Quintín, al lado de aquel inútil de Montmorency, ha sido después reintegrado por expresa voluntad del soberano, es decir, la reina.

—Una de las raras veces en que vuestra voluntad ha tenido que plegarse, ¿no es cierto, Guisa? Debió de ser un duro golpe para vos. Pero ¿cómo es que el héroe de Calais no podía ni siquiera elegir soldados? Imagino lo que os tiene que haber costado. Pero bueno: disparad, no hay problema. ¿De qué tenéis miedo? Todos los que no comparten vuestra opinión los quitáis del medio, ¿no es así? Exactamente, como estáis haciendo estos días...

—Olvidáis que los hombres que hemos capturado habían asaltado el castillo y la ciudad, y tenían la intención de asesinar al rey.

—Sabéis perfectamente que no es así. Eran hombres desesperados al ser perseguidos por culpa de su fe religiosa. ¿Pensáis que no sé que el propio Coligny aconsejó al rey que dictara un edicto que garantice la libertad de conciencia? Pero es evidente que semejante disposición estará desprovista de efectos, si en nombre de la religión católica continuáis matando a hombres indefensos, además de mujeres y niños.

Guisa suspiró. Aquel estúpido le estaba arruinando la fiesta. ¿Por qué demonios tenía que soportar esa visión? Un día u otro lo acabaría matando. No habría otro modo de librarse, estaba seguro.

Entretanto los gritos de Polignac habían llamado la atención de los guardias del rey que, con incredulidad, se habían acercado y entrado en la sala de armas.

Guisa no dejó pasar la ocasión.

—Coged al comandante Raymond de Polignac y llevadlo fuera de aquí —dijo—. Pese a haberle dado una orden precisa, como su superior que soy, ha rechazado abiertamente obedecer.

Los guardias se acercaron a Polignac, sin saber si obedecer o no. En cuanto le pusieron la mano encima, el comandante general de los piqueros del rey alejó a uno de los dos soldados de un puñetazo bien dado. El hombre se dobló de dolor.

—Ya me voy solo —exclamó—. Manteneos lejos, no quiero tener que golpear de nuevo.

—¡Haríais bien en salir de esta habitación, antes de que ordene que os esposen! —gritó Guisa.

—Es solo cuestión de tiempo —murmuró Polignac, amenazante—. Tarde o temprano vos y yo nos volveremos a ver, y entonces no tendréis a nadie dispuesto a ayudaros.

—Espero ese momento con impaciencia —le espetó Guisa.

El cuerpo descuartizado de La Renaudie estaba expuesto sobre el puente del Loira. Un cartel rezaba: «La Renaudie, cabecilla de los rebeldes», a modo de advertencia para toda la población de Amboise y de Francia. El río corría rojo de sangre de todos aquellos que habían sido considerados culpables de rebelión. Incluso mujeres, ancianos y niños habían terminado ahogados en las aguas del Loira. Los habían atado entre ellos y arrojado al río con piedras sujetas al cuello.

Catalina apenas podía reprimir las lágrimas. El cardenal

de Lorena había convocado a todos los nobles y dignatarios desde Nantes a Orleans con el propósito de que presenciaran las ejecuciones que cada día tenían lugar en la plaza de Amboise. Se montaron gradas y tribunas de honor para facilitar la visión del horror.

No solamente era terrible; era también espeluznante, ya que los Guisa habían querido transformar la violencia en un auténtico espectáculo. Esperaban así reprimir las reacciones de los protestantes. Golpearían tan a fondo que erradicarían el mal, asesinando a todos los hugonotes del reino.

Uno a uno, sin piedad.

Extirpar la mala hierba. Aquella era su intención.

Y, al hacerlo, sembraban odio. Las nuevas legiones de hugonotes sellarían pactos de sangre en el silencio de las iglesias y de la campiña, e iban madurando un fanatismo contra los que se confesaban católicos que iba mucho más allá de la razón humana.

Ya fuera por terror o por auténtica locura, no solo la plaza estaba atestada, sino que incluso en las ventanas de todos los edificios de alrededor el pueblo se mostraba desbordado y enfervorecido. Hombres y mujeres parecían enjambres de moscas agitadas, listas para zumbar sobre la sangre de las víctimas.

Y también ese día Catalina estaba sentada en el palco de honor de la plaza de Amboise. Estaba obligada a presenciar ese desfile de muerte porque así lo querían el duque de Guisa y el cardenal. Francisco, su hijo, no tenía ya fuerzas para oponerse y ahora miraba la horca aterrorizado: los ojos fuera de las órbitas, las mejillas coloradas de vergüenza, la boca sellada por el miedo. La enfermedad lo estaba devorando, y Catalina sabía que no le quedaba mucho tiempo de vida.

María Estuardo había rogado que al menos ese día le ahorraran el suplicio de semejante espectáculo. Había dicho que no se sentía muy bien, pero el cardenal de Lorena no había querido atender a razones. Y también estaba allí, pálida como una muerta.

Catalina no podía detener aquella masacre. Temía que los Guisa tomaran represalias de alguna manera sobre lo que le resultaba más querido: sus propios hijos. Temía por el pequeño Carlos y por Margot. Y por Enrique. Incluso Carlos estaba allí ese día. Ese chiquillo abría los ojos de par en par frente a la sangre hasta casi excitarse. Y Catalina no comprendía por qué. Atisbó en ello un terrible augurio. Sus hijos eran todo lo que le quedaba.

No los pondría nunca en peligro, por nada en el mundo.

Y si su salvación pasaba por los súbditos del reino, entonces que mataran cientos de personas y otros tantos cientos. Ella tenía que proteger el reino, y a los Valois antes que nada. Era una Médici y había consagrado al Estado toda su persona. Desde su nacimiento.

La corona, los lirios, la descendencia real, eran fundamentos inexpugnables. Y Catalina comprendía que, por horrible que fuera, existía una razón más profunda que cualquier consideración para castigar a los súbditos que se habían alzado contra el soberano.

Odiaba a los Guisa y la manera en que se complacían con la violencia más aberrante. Pero odiaba todavía más a los Borbones, ya que era uno de ellos, el de Navarra, el que había sembrado la semilla envenenada que podía extinguir a los Valois. El poder había que defenderlo, pues, a cualquier precio. Aunque terrible, era eso lo que Catalina estaba aprendiendo, y aquellas formas despiadadas de autoconservación de la hegemonía eran las únicas que podían ahogar las almas de los enemigos en la negra tinta del miedo. En suma, constituían el elemento disuasorio necesario que les impediría levantar cabeza.

Mientras estaba absorta en tales sombríos pensamientos, los guardias hicieron desfilar por la plaza a cincuenta y dos cabecillas de la rebelión. Eran hombres exhaustos, con ropas andrajosas, y sus rostros y cuerpos mostraban las señales de tortura y las heridas producidas en el momento de su captura. Incluso los guardabosques habían recibido la orden de exterminar a los rebeldes que encontraran en el bosque. Y muchos habían muerto a hachazos.

Catalina los miró, tratando de mostrar una determinación altiva. El cielo de Amboise parecía de plomo. La plaza retumbaba. Los prisioneros se dirigían hacia la horca entre dos grupos multitudinarios entre los que se abrían paso. Los cubrieron de escupitajos.

Al llegar a la altura del palco en el que se hallaba el príncipe de Condé, se inclinaron frente a él. Todos contuvieron la respiración. A Catalina le pareció que el mundo entero se callaba, hundiendo en el silencio aquel hervidero infernal de hombres y mujeres que hasta pocos momentos antes habían elogiado la condena a muerte.

Condé no pestañeó, a pesar de que el cardenal de Lorena lo buscaba con la mirada, esperando captar su vacilación. Los prisioneros no hablaron, en un mudo homenaje al cabecilla de la revuelta. Ninguno de los presentes, sin embargo, podía probar su culpabilidad.

Cuando los condenados se pusieron de pie, el verdugo y sus ayudantes los empujaron a la horca. La multitud empezó a alborotar, en espera del momento supremo. Como si se quisiera liberar de toda la tensión impuesta por aquel silencio insoportable que les recordaba lo profundo que era el odio que partía Francia en dos.

FEBRERO DE 1563

49

Muerte del duque de Guisa

Era una calle sucia. Los cascos de los caballos levantaban salpicaduras de barro y nieve. Los corceles resoplaban nubes blancas de vapor humeante.

Los árboles parecían muertos. Desnudos de hojas y agujas. Negros como garras estiradas hacia un cielo que parecía una lámina de plata pulida.

Grandes copos caían silenciosamente.

El duque de Guisa confiaba en descansar. Orleans había caído y aquella maldita guerra religiosa quizá terminaría.

Sentía el cansancio por el largo viaje. Los años habían pasado y había llegado el momento de que le pasaran factura. Mientras avanzaba al galope le volvieron a la cabeza todos aquellos días transcurridos en combate, en los que él había intentado evitar la batalla, pero que al final había tenido que responder a la firme voluntad del príncipe de Condé.

Le había ofrecido una paz honrosa e inmediata, puesto que todo era concebible, excepto abrirle las puertas del reino de

Francia a Inglaterra, como por el contrario habían hecho los hugonotes. Estaba incluso dispuesto a reconocer el libre ejercicio del calvinismo, siempre que Condé y Coligny lucharan a su lado contra los odiados perros ingleses.

Pero estos finalmente se habían negado, cegados por el odio hacia los hermanos católicos.

Amboise había sido un error, pensaba el duque de Guisa. Es verdad que era fácil decirlo en retrospectiva, pero aquel terco propósito de ahogar en sangre la revuelta había hecho surgir, en realidad, todavía más seguidores de la herejía.

Él y su hermano se habían empleado con tanta dureza en reprimir a los reformistas que habían fomentado un fanatismo difícil de extirpar.

Pero en ese momento, la victoria estaba cerca. Entonces, quizá, no sería ya imposible soñar con un reino unido. La conquista de Ruán era un resultado de fundamental importancia para la facción católica, y ahora también Orleans había caído. D'Andelot no tenía tropas suficientes para mantener la ciudad, y Guisa había llevado a cabo una verdadera obra maestra atacándola desde el suburbio de Portereau, que estaba mal fortificado e indefenso, y luego extendiéndose a la ciudad.

Había sido una buena intuición.

Ahora, sin embargo, el duque soñaba con un momento de tregua.

Galopaba con un solo caballero a su lado. Se sentía victorioso y seguro, y esperaba poder llegar a sus aposentos lo antes posible.

Había alcanzado las proximidades de un bosque de matorrales. Los tocones de los árboles emergían como costras amarillas de la tierra cubierta de nieve blanca. Las ramas de color bronce brotaban en ocasiones como erupciones del terreno.

Fue entonces cuando resonaron las explosiones.

Tres disparos en rápida sucesión, uno tras otro. Las balas alcanzaron al duque en el hombro derecho, justo a la altura de la juntura de la coraza.

Guisa profirió un grito mientras la carne desgarrada por el plomo estallaba en una nube sanguinolenta.

Se llevó el brazo izquierdo al hombro. A lo lejos oyó a los asesinos, que se alejaban por la nieve antes incluso de que el caballero acompañante pudiera echar mano al arcabuz.

Pero habría servido de poco.

Francisco de Guisa se sintió desfallecer. La vista se le volvió borrosa; el mundo perdía sus contornos, desvaneciéndose en una niebla lechosa. Se dejó caer hacia delante y se abrazó al cuello de su caballo, agarrándose a las crines para no caer. Se quedó allí, mientras la sangre fluía copiosamente en una lluvia bermeja que rociaba de rojo el blanco de la nieve.

—Me acaban de matar, Fronsac —murmuró en dirección al caballero.

Después se calló.

El silencio del bosque y de la nieve acunó sus últimas palabras.

50

El adiós de Nostradamus

Catalina temblaba detrás de las pesadas cortinas del castillo de Fontainebleau. Adoraba sobremanera aquel magnífico palacio. Cada vez que podía buscaba abrigo en él. Pero ni siquiera ese refugio parecía ser suficiente en esos días. Le habían llegado informaciones que anunciaban la muerte del duque de Guisa. Y sus certezas quedaron hechas pedazos.

Había querido el poder, lo había anhelado mucho tiempo. Pero desde que lo había conseguido, se había dado cuenta de que había empezado a consumirla: como un fuego que incendia todo lo que encuentra a su paso.

Estaba desconsolada. Sus hijos morían. A Francisco se lo había llevado la enfermedad hacía solo dos años. El final había resultado para él una liberación. Catalina sabía que había dejado de sufrir y ese conocimiento era lo único que paliaba el dolor de su ausencia.

Pero no bastaba, nunca habría bastado. Carlos era poco más que un chiquillo y ya vivía como un fantasma: aterrorizado por las sombras y excitado por la visión de la sangre. Tenía unos grandes ojos que abría de par en par ante el horror y caía víctima de crisis incomprensibles.

María Estuardo había regresado a Escocia.

Y ahora, también Guisa había desaparecido.

¿Qué sería de ella y de los Valois? Los protegería, en nombre de la nobleza de la sangre. La que ella nunca había tenido a pesar de su matrimonio con Enrique, a pesar de vivir siempre y únicamente para la corona de Francia.

Fue entonces cuando oyó los pasos tambaleantes de su astrólogo de corte, que repiqueteaban como un lúgubre golpeteo en el suelo del salón de fiestas.

Levantó la vista. Iba vestido de negro, como de costumbre. La gran capa sobre los hombros, como un amuleto. La barba terminada en dos puntas afiladas, que ya blanqueaban con los años. El pie enorme, devorado por la gota, forzado en el zapato como si aquella masa de carne deforme se la hubiera aplastado un carnicero demente. Se apoyaba en un bastón mientras avanzaba implacable como ese invierno que se alimentaba de niebla y de vidas humanas.

Catalina ya había hecho preparar el sillón de terciopelo para que Michel de Nostredame se pudiera acomodar. Era su favorito cuando él la visitaba. Ocurría cada vez más raramente, y Catalina tenía un mal presentimiento.

Esperó que se sentara. Nostradamus no pudo contener un lamento de dolor. Aquel pie lo atormentaba. Sus profecías no habían logrado ponerlo a salvo de la enfermedad. Ni del sufrimiento.

—¿Cómo estáis, monsieur de Nostredame? —preguntó la reina con preocupación. Qué lejanos parecían aquellos tiempos en que él la recibía en la vieja casa en ruinas en medio del bosque.

—Como vos misma podéis ver, madame *la reine* —dijo con aquella voz suya aún profunda, pero ya débil, frágil como el reflejo de una sombra.

—¿Queréis agua? ¿O tal vez vino?

—No realmente, ya tengo todo lo que necesito.

Catalina aguardó un momento antes de preguntar:

—¿Qué nuevas me traéis, viejo amigo?

—Madame *la reine*, sé que lo que os voy a decir no os sorprenderá, por lo tanto lo haré sin más demora: pretendo abandonar la corte y retirarme a algún lugar en el que esperar la muerte. He venido por última vez, como me habéis pedido, para relataros lo que he visto en las estrellas. Nada de ritual, solo una conversación entre vos y yo a propósito de lo que he visto en el horizonte, siempre que estéis dispuesta a soportar el peso de mis palabras, puesto que, os advierto, el futuro trae consigo tristes acontecimientos. Si no queréis escucharme... pues bien: lo entenderé.

Aun oyéndolo pronunciar esas palabras, Catalina no vaciló.

—Monsieur de Nostredame, os he convocado para conocer lo que me aguarda. Estoy dolida por vuestra intención de dejarme después de tanto tiempo juntos. Pero no puedo, por descontado, impedir que os ocupéis de lo que os aqueja, que, como veo, es extremadamente grave. Sería una mujer ingrata y sin corazón, y a pesar de lo que se dice por ahí, no es así en absoluto.

Nostradamus encontró fuerzas para sonreír. Luego habló. Su voz era la nieve que caía del cielo, la respiración profunda del viento. Parecía tan inseparablemente unido a la naturaleza que Catalina no lograba resistírsele.

—Francia se va a sumir en el odio, madame *la reine*. Los hugonotes profanarán las iglesias, quemarán las sagradas imágenes, llevarán consigo espadas y puñales a las misas. Más que antes. Será el apocalipsis. Después de esta, vendrán otras guerras y serán más violentas que la que ya se ha librado. Igual que las gramíneas infestan los campos, así esta victoria en Orleans no será más que el germen a partir del cual se extenderán los próximos conflictos. Los mercenarios prenderán fuego a las granjas y vaciarán los graneros. Y vos, Vuestra Majestad, os encontraréis en medio de todo eso. Perderéis a vuestra hija Isabel, agotada de tantos partos y embarazos. Morirá en un mar de sangre después de haber dado a luz tantas vidas. Demasiadas. Recordad estas palabras mías...

Catalina sentía que las lágrimas le resbalaban por las mejillas, pero no podía hacer nada. Escuchaba a Nostradamus sin oponerse. La impotencia era ya el incienso con el que celebrar su propio dolor, el que había experimentado todos esos años y el que le quedaba por sentir. Tenía la impresión de que había estado concebida en el tormento. Su cuerpo se alimentaba de él, como si fuera el único nutriente posible.

Pensaba que no había conocido otra cosa en toda su vida: las humillaciones a las que había sido expuesta por su amado Enrique, el abominable triángulo buscado por Diana, los embarazos que habían transformado su cuerpo en un horno de carne y hueso, y luego la conquista del poder con el que había repartido muerte y ejecuciones, puesto que la corona de Francia estaba maldita y nunca se le consintió lucirla sin pagar por ello un precio negro de muerte y rojo de sangre.

—Continuad, monsieur de Nostredame.

—¿Estáis segura?

Catalina asintió. No había alegría en su mirada. Tampoco tristeza. Solamente resignación. Se había rendido a la maldición que la perseguía desde que la habían prometido como esposa al príncipe de un reino en el que siempre sería una extranjera a pesar de todo el amor que había prodigado: un amor sin cuartel y sin tregua, pero rechazado como se rechaza un sentimiento invasivo e indeseado. Y Catalina no hallaba paz. Nunca lo aceptaría.

—En una noche, solamente una noche, os ahogaréis en sangre, vos y vuestros hijos. Cuando suceda, la reconoceréis. Y no podréis hacer nada contra el daño que os hará a vos y a vuestra descendencia. Será la casa de Navarra la que se imponga a la de Valois. Cuidado con vuestros enemigos, madame *la reine*, ya que será de alguien a quien hace un tiempo considerabais amigo de quien vais a recibir el dolor más grande.

Llegado a ese punto, Nostradamus se quedó en silencio. Miró fuera del salón.

—Todavía nieva —dijo—, y nevará para siempre en vuestro corazón. Vos, que habéis amado tanto, no seréis capaz de abrirlo a aquel que os ha amado más que a su propia vida. —Luego sacudió la cabeza, como si aquel discurso fuera una verdad ineluctable, un destino que no podía cambiar en modo alguno—. Habría querido tener mejores noticias en esta última conversación nuestra, madame *la reine*. Pero habría sido mucho más cruel mentiros. Nunca lo he hecho en todos estos años...

—Y por ello os he apreciado, Michel. En un mundo de embustes y engaños habéis sido siempre el único, junto con Raymond de Polignac, que jamás me ha dicho una mentira. Tenéis mucho en común, vos y el comandante.

—Es un hombre bueno que os podría hacer realmente feliz si tan solo renunciarais al reino.

—¡Pero eso no lo haré nunca! Y no por ambición o prestigio personal. De una manera que vos no percibís, amo a monsieur de Polignac, y precisamente por eso me quedo en mi lugar.

Michel de Nostredame la miró estupefacto, quizá por primera vez en su vida, como si no esperara una confesión semejante.

—Monsieur de Polignac ama Francia, Michel, más que cualquier otra cosa. Más que a mí, incluso. Lo ha demostrado ampliamente: descubrió al asesino del delfín Francisco y lo hizo ajusticiar, ha protegido mi persona y la de mi esposo muchísimas veces, ha aceptado ser expulsado del ejército y ha acogido con idéntica fidelidad las disposiciones con las que lo he vuelto a colocar como comandante general de los piqueros del rey, a las órdenes de Francisco de Guisa, aunque lo odiara en lo más hondo de su alma. Lo ha hecho por la reina de Francia. Por ello, ya veis, no puedo abandonar la corona.

—¿Tampoco si ello significa perderos a vos misma?

—Tampoco en ese caso, si esa es la única forma de mantenerme leal a mi reino.

Nostradamus suspiró.

—Tenéis una enorme valentía, Vuestra Majestad.

—No sé si es valentía. Diría más bien amor por aquello en lo que creo: el reino y los hijos.

—Os maldecirán por ello, ¿lo sabéis? —preguntó Nostradamus. Su voz sugirió una sensación de fatalidad resignada.

—Lo sé, Michel. La maldición ha comenzado hace mucho tiempo.

AGOSTO DE 1572

51

La emboscada a Coligny

Catalina lo odiaba con toda su alma. Fue él quien la había traicionado de la manera más vil. Después de haberle aconsejado promulgar un edicto que consintiera la libertad religiosa, había ordenado matar al duque de Guisa. La había privado de uno de los grandes defensores de la corona. Guisa lo había dado todo de sí para proteger al rey, eso no admitía discusión. Y Coligny lo había matado como a un perro.

En Orleans.

Él, que siempre se había declarado fiel a la corona, había conspirado en la sombra y se había convertido en líder de los hugonotes. El cabecilla de una plaga de langostas que estaba royendo Francia. En ese agosto infernal, en el que el calor abrasaba, los campos y los bosques resultaban incendiados por el fuego purificador de la locura protestante.

Francia no era más que una extensión de cenizas. Llevaba diez largos años languideciendo en aquel apocalipsis de odio y tormento, y ella no sabía cómo salvarla. Había crecido un nuevo Guisa. Con cicatrices en la cara y en el alma. Hijo de Francisco, Enrique era el heredero, y alentado por la venganza y por la ira, había llegado a ser más sanguinario que su padre. Y ahora luchaba por ella.

Catalina se había encerrado en sus aposentos en el Louvre. A su lado estaba Enrique de Anjou, su hijo predilecto. Ese muchachito crecido en el vicio, que a los dieciséis años se había convertido en el capitán del ejército francés y había triunfado en Jarnac y Moncontour. Violador de niños, sádico afecto a los placeres más sórdidos, amante incestuoso de su hermana Margot, lascivo y obsceno, Enrique la miraba con la más absoluta veneración. Los largos cabellos de color castaño oscuro que le caían suavemente hacia delante en tirabuzones perfumados como una marea nocturna, los ojos negros, las manos enjoyadas, los anillos llenos de piedras preciosas, las mangas abullonadas y el cuello de encaje. Parecía un espantapájaros diabólico.

Catalina lo quería por encima de todo.

Se había convertido en su confidente. Su amado urdidor de conspiraciones. Compadecía a Carlos, ahora en el trono. Era un débil, un cobarde, un pobre muchacho incapaz de decidir.

—Enrique —dijo la reina—, la herejía protestante debe ser extirpada y, con ella, su semilla. ¿El hombre ha sido advertido? ¿Y se halla en su puesto? ¿Estamos seguros de que no nos va a decepcionar? —Las preguntas le brotaban de los labios como plegarias.

Anjou sonrió. Era, la suya, una sonrisa escalofriante, que brillaba aún más inquietante entre sus labios pintados de rojo. Él, la parodia de un hombre y la nueva encarnación del diablo, le respondió con su voz cálida y sensual, destilada con lujuria y engaño.

—Madre mía, así es. Nuestro hombre está esperando el paso de Coligny. Aguardará hasta que esté a tiro de arcabuz. No errará.

—¿Estáis seguro?

—Estoy seguro, como estoy seguro de celebraros como si fuerais una diosa.

Catalina sonrió por primera vez en mucho tiempo. Amaba a ese hijo suyo tan hermoso, alto, fuerte, imposible. Enrique era su premio, la recompensa por haber creído tanto tiempo en el poder y en los Valois.

—De acuerdo, entonces —dijo ella con condescendencia—. Si eliminamos a Coligny, los hugonotes se quedarán como una serpiente sin cabeza. Por no contar que no sabrán quién los ha burlado, y las sospechas recaerán sobre los Guisa. Así nos desharemos de unos y otros, liberando a tu hermano de la perniciosa influencia de ambos.

—Pronto festejaremos, madre mía. La idea del matrimonio entre Margot y Enrique de Navarra para convocar en París a los cabecillas protestantes ha sido tu obra maestra. Y además, usar a mi hermana como cebo ha demostrado ser una genialidad.

—Venga, Enrique, cállate. Cada palabra de más es un error, métetelo en la cabeza. Y ahora esperemos hasta que sepamos qué es lo que ha ocurrido. Déjame sola. Quisiera rezarle al buen Dios por concederme la gracia de este pequeño deseo mío.

—Como prefiráis. Vuestra voluntad es ley.

Y sin añadir nada más, Anjou salió de los aposentos de la reina madre.

Catalina hizo llamar a Raymond de Polignac para que la escoltase en la carroza hacia Saint-Sauveur. Pretendía rezar en una iglesia, como solía hacer cuando necesitaba silencio e inspiración. Estaba muy vinculada a la de Saint-Sauveur, que no estaba muy lejos del palacio del Louvre.

Por eso le pareció una buena solución.

Margot reía. Estaba conversando con Sophie de Tourvel, condesa de La Motte, la única amiga que tenía en aquella corte atestada de víboras y traidores. Y para poder sobrevivir sentía que se había convertido en una de ellos. Pero ya casi no le importaba. Sabía que su madre la había utilizado para una trama más compleja. No conocía los detalles, pero temía algo funesto.

Las nupcias con Enrique de Navarra no eran más que una puesta en escena, de eso al menos estaba segura. No faltaba el boato, y tampoco las fiestas y los entretenimientos. Y, sin embargo, percibía netamente que el clima de tensión iba creciendo de manera insoportable. A la luz del sol, ese era el pacto sellado entre la facción católica y la de los hugonotes para llegar a la paz. No obstante, en los pasillos y las estancias del Louvre ya se murmuraba que algo terrible estaba a punto de suceder.

Margot lo sentía a flor de piel, como si el miedo fuera una lluvia sutil que se insinuaba en los huesos, poco a poco, gota a gota.

Es verdad que no quería a su esposo, un zafio surgido de la Navarra profunda. Un montaraz áspero y carente de encanto. Un hombre serio, pese a todo. E incluso honrado tal vez, lo que era mucho decir en un lugar como aquel. No lo odiaba. Era una víctima también de aquellos desposorios. Aunque se burlaba de él por sus modales, albergaba por él un sentimiento de misericordia y quizá de amistad.

Pero aquella tórrida tarde de agosto, la conversación versaba sobre bromas y asuntos mucho más ligeros, al menos a sus ojos. Como aquel del robo de un anillo en los aposentos de la reina. El culpable o, mejor dicho, la culpable, había sido localizada de inmediato y apartada de la corte.

Para siempre.

—Y así —le dijo madame de Tourvel—, han atrapado finalmente a esa ladrona. ¡Qué vergüenza para madame Gondi! Y quién sabe qué más habrá hecho en todos estos años. Debe de haber sido un duro golpe para la reina madre.

—Es verdad que no se esperaba nada semejante... No después de haberle concedido tanta confianza a su conciudadana. Ciertamente no es una buena imagen ni para Italia ni para la misma reina. Le había confiado los asuntos más secretos de su vida.

—De hecho, tengo que admitir que la cosa me ha sorprendido bastante. ¿No es algo extraño, quiero decir? ¿Qué impresión tenéis vos?

—Os confieso que siempre he sospechado de ella, si bien, como podéis imaginar, no tenía prueba alguna. Pero Anjou la ha pillado *in fraganti*. Ha sido un espectáculo bochornoso, creedme.

—Increíble. Realmente increíble —dijo Sophie. Luego miró al cielo azul—. ¡Qué magnífica es la naturaleza! —añadió, dirigiendo su mirada hacia la maravilla verde del jardín de las Tullerías; ante ella se sucedían, hasta donde alcanzaba la vista, huertos y viñedos y espléndidos macizos de flores, además de deliciosos quincunces, grupos de cinco árboles dispuestos en una secuencia que procuraban una sensación de paz y serenidad absolutas.

—Sí —pareció secundarla Margot—. Sería hermoso que los humanos también fueran así.

El cañón del arcabuz le quemaba entre las manos. Charles no estaba seguro de acertar el tiro. Aquel hombre tenía demasiada gente a su alrededor. Avanzaba lentamente, es verdad, pero el ángulo de visión no era el mejor. Sudaba copiosamente. Las gotas le caían en los ojos. Aquel maldito agosto lo iba a volver loco.

Había procedido de la mejor manera. Se había repetido mentalmente los movimientos: la pólvora fina en la cazoleta y la gruesa en el cañón junto a la bala de plomo, que había prensado bien con el atacador. Al final del proceso, había vuelto a cerrar la cazoleta.

Como habitualmente.

Y, habitualmente, no fallaba.

El corazón le latía como un tambor. Parecía que le iba a saltar fuera del pecho de un momento a otro. Apuntó con cuidado. Si erraba el primer disparo, no habría un segundo. En cuanto oyeran la detonación, los hugonotes le pisarían los talones.

Y él tenía realmente poco tiempo para desaparecer.

Temblaba como una hoja. *Sacrebleu!* Tenía que dejarse de tonterías y mantener la calma. Se mordió los labios hasta hacerlos sangrar, en un desesperado intento de mantenerse lúcido.

El dolor le recordó lo que tenía que hacer.

Cogió aire largamente. Le pareció que por fin tenía una buena visual.

Volvió a abrir la cazoleta. Apretó el gatillo. La serpentina prendió la mecha. Percibió el olor a quemado. La mecha encendió la pólvora hasta que se inflamó, haciendo propagar el fuego hasta la pólvora gruesa de la culata.

Charles escuchó la explosión.

La bala salió disparada.

Confiaba en haber alcanzado a Coligny, pero no tuvo tiempo de verificarlo.

Huyó a velocidad vertiginosa.

El almirante Gaspard de Coligny se había encaminado con un séquito de unos quince hombres hacia sus aposentos en el Hotel de Rochefort, exactamente en la esquina entre la calle del Arbre-Sec y la calle de Béthisy. Uno de los suyos estaba mostrándole un documento. Parecía una petición. Pero antes de empezar a leer, se inclinó hacia delante. Había algo que le molestaba en el zapato.

No tuvo tiempo de descubrir de qué se trataba. Escuchó una explosión. Vio su propio dedo índice derecho saltar por los aires en un torrente de sangre, luego sintió una quemazón indescriptible en el codo izquierdo, un incendio que le consumía la carne.

Gritó y cayó hacia atrás.

Sus hombres se mantuvieron a su lado.

Alguien bramó: «¡De la ventana de aquel edificio!»

Mientras se desplomaba en el suelo, Coligny oía sonidos de arrastre en el pavimento. Alguno de sus leales se dirigía a la carrera hacia el edificio de enfrente. Escuchó a otro hombre chillar: «¡Llamad a Ambroise Paré, el cirujano personal de Su Majestad!»

Después rodó por el suelo y ya no escuchó nada más.

Solo vio oscuridad.

52

La defensa de Polignac

Raymond de Polignac se había quitado el sombrero. Odiaba tener que quedarse sentado en la carroza, pero no le quedaba otra alternativa. Comprendía que algo no iba bien cuando escuchó unas piedras contra el carruaje. Se preguntó de qué se trataba. Apartó las cortinas de muselina y se asomó por la ventanilla. Vio a unos hombres de negro que bramaban como enloquecidos.

—¡Han intentado matar a Coligny! ¡Muerte a la reina! —los oía gritar. Los grupos de protestantes echaron a correr. Luego se escucharon algunos disparos.

La reina palideció.

—¡Pascot! —gritó Polignac en dirección al cochero—. ¡Pascot, larguémonos de aquí! ¡Azuza a esos malditos caballos! —Pero, al contrario de lo que esperaba, la carroza no se movía.

El comandante de los piqueros del rey no perdió el tiempo. Abrió la portezuela y bajó del estribo. Vio a los dos guardias a caballo que habían escoltado la carroza desplomados en el suelo en medio de un gran charco rojo.

Polignac se encaramó al asiento del cochero. Y allí se encontró a Pascot con una bala de plomo en la cabeza, la sangre manaba a borbotones.

—*Sacrebleu!* —gritó Polignac—. ¡Majestad! —gritó en dirección a la reina—. Manteneos encerrada dentro y bien colocada contra los asientos. —Sin añadir más atizó a los animales, que dieron un empellón hacia delante. La carroza empezó a moverse y a ganar velocidad. Pero los desgraciados que atestaban la calle se habían lanzado contra el carruaje. Lanzaban piedras y blasfemias.

Por el lado derecho llegaron dos disparos.

Polignac emitió un aullido de dolor. Una bala le había alcanzado en el costado, hiriéndolo. Sujetó las bridas con la izquierda, sacó del cinto una pistola y abrió fuego. Un relámpago iluminó el aire. El proyectil fue a dar en el pecho de uno de los agresores, que levantó las manos y se estrelló contra el suelo.

Nuevos disparos. Nuevas imprecaciones. Pero la carroza ya iba a buen ritmo. Los caballos devoraban la calle. Tras haber salido de Saint-Sauveur, Polignac había llevado la carroza a la calle Comte d'Artois. Esperaba conseguir recorrerla entera a velocidad vertiginosa para poder llegar lo antes posible a la calle de Orleans. Azuzaba a los caballos sin tregua.

Sentía un dolor espantoso en el costado. No había tenido tiempo de echar un vistazo a la herida, pero a juzgar por la sangre que le empapaba el jubón, debía de tratarse de algo grave. Encomendó el alma a Dios con la esperanza de llegar vivo a las puertas del Louvre. Había sido una tremenda imprudencia acercarse hasta Saint-Sauveur, pero no había querido discutir las órdenes de la reina. Nunca lo había hecho, en toda su vida. Y ciertamente no tenía intención de empezar en ese momento.

La carroza avanzaba desbocada, a velocidad demencial. Catalina tuvo miedo. Sabía, sin embargo, que Polignac la protegería al precio de su propia vida. Había cometido una temeridad queriendo ir a Saint-Sauveur, esto era verdad, tanto más ante la evidencia de los disparos que había oído. Se había apretado contra los asientos. Un par de piedras habían ido a golpear las portezuelas, pero Polignac había sido lo suficientemente hábil como para sustraerse a aquella emboscada con gran agilidad.

Mientras permanecía escondida como una ladrona entre los cojines de terciopelo, Catalina volvió a pensar en lo que había escuchado. La chusma a lo largo del camino había clamado contra ella... Y después, ¿qué? Recordaba aquella frase: «¡Han intentado matar a Coligny!» ¿Charles de Louviers, entonces, había fallado? La mera idea la hacía temblar hasta el tuétano. Si fuera así, desde luego estaba perdida.

Todo su plan giraba entorno a las nupcias de Margot y Enrique, el vástago de la casa de Navarra, héroe de los hugonotes. El matrimonio se había urdido con la sola idea de inducir a Coligny a creer que había llegado la reconciliación, pero su intención, la de su hijo Enrique de Anjou y de los Guisa era eliminarlo, para así despojar a los rebeldes de su cabeza pensante.

Con un solo movimiento Catalina había querido quitar de en medio al protector de Enrique de Navarra, el hombre que amenazaba a los Valois y su corona, vengar la muerte de Francisco de Guisa, y luego condenar a los propios Guisa a ser sospechosos de un eventual asesinato, de tal modo que podrían librarse de ellos para siempre.

Había tramado ese plan durante años. Había querido esperar hasta que todo fuera perfecto. Consideraba que se trataba de la mejor manera de reconducir Francia bajo su control. Con una maquinación bien diseñada, lograría terminar con esa guerra que destruía el reino. Además, de esa forma habría pocas víctimas, y solo de entre aquellos que habían querido y fomentado aquella guerra. ¿Quién era el más culpable de ellos?

Eran franceses que odiaban Francia. Y ella, en cambio, una Médici, una mujer que se había mesurado con el uso del poder con todo el pragmatismo y el realismo de una italiana, tenía la solución a su alcance. Estaba cansada de ser utilizada, herida en sus afectos, humillada. Una vida que le era ajena. Y ahora, en cambio, con un solo movimiento había estado a punto de echarlo todo a perder.

Pensaba que había tenido éxito en su empresa.

Pero quizá todas esas tentativas suyas estaban destinadas a no prosperar, ya que cada vez que imaginaba una solución, las cosas luego transcurrían por la senda equivocada.

Cuando vislumbró el Louvre, Polignac hacía ya bastante rato que había conseguido reducir a los insurgentes que los habían atacado. Habían intentado perseguirlos a pie, pero puesto que avanzaban tan velozmente, los fueron dejando atrás.

El viejo soldado estaba cansado. Le ardía el costado como si alguien lo torturara con un hierro candente.

Al llegar a las puertas del Louvre ya no aguantaba más. A duras penas logró detener los caballos. Los guardias lo vieron y fueron a su encuentro.

Se dejó caer contra el respaldo. El látigo se le escurrió de las manos. También las bridas.

A pesar del calor insoportable, tenía frío como si fuera

pleno invierno. Le estaba subiendo la fiebre. Se recostó de lado. Luego sintió que alguien tiraba de él hacia arriba.

Oyó la voz de Su Majestad la reina.

Pensaba que también en esa ocasión había sido capaz de cumplir con su deber y que se merecía un poco de descanso.

Cerró los ojos.

Y se dejó mecer por esa sensación de ausencia. Quería desembarazarse de todo: del mundo, de la disciplina, de las órdenes, del sentido del honor... Habría querido flotar en el aire y observar por una vez a los demás, sin tener que preocuparse de lo que hubiera podido suceder.

53

Las lágrimas de la reina

Catalina de Médici estaba deshecha en llanto.

Una vez fuera de la carroza había pedido que llevaran a Polignac a sus aposentos. Había pedido que acudiera Ambroise Paré, el cirujano del rey, pero le respondieron que se había ido al Hotel de Rochefort para operar al almirante Gaspard de Coligny, víctima de una emboscada.

Catalina había gritado de desesperación. Madame Antinori había ordenado de inmediato llamar a otro cirujano.

Cuando este llegó se encontró a la reina junto a la cabecera de Polignac. Las blanquísimas sábanas se habían teñido de escarlata a causa de la sangre que había perdido.

En cuanto vio la herida, el cirujano había negado con la cabeza. Polignac estaba en condiciones extremas. Era un milagro que aún viviera. Le había limpiado todo con agua fría y le aplicó un vendaje.

—No puedo hacer más, Vuestra Majestad —había dicho—. La única suerte es que la bala de plomo haya salido. Pero este hombre ha perdido realmente mucha sangre. Ahora está en manos de Dios. —Catalina había asentido, apretando los dientes de rabia apenas contenida.

Pálida, vestida de negro, sin oro ni joyas. Era el retrato del dolor. Y el dolor era mucho en ese momento, por la conciencia de no haber hecho lo suficiente. Porque se daba cuenta de que estaba perdiendo al único hombre que la había amado y que ella estaba dejando morir tras haberlo expuesto a una agresión de la gente solo por su capricho.

Y por un asesinato fallido y que ella ordenó.

¿Cómo podría salvar a Polignac?

Habría dado su propia sangre por un alma grande y bondadosa como la suya.

—Monsieur de Polignac, vos me tenéis que perdonar. He sido una ingrata todo este tiempo. Os he ignorado, cuando habría debido mirar vuestro rostro hermoso y entender que era a vos a quien debía querer, y no a esta maldita corona manchada de sangre de inocentes. Monsieur... —tartamudeó Catalina, porque la emoción le oprimía la garganta y le impedía hablar.

Y luego ya no fue capaz de proseguir y rompió a llorar en silencio.

Raymond se dio cuenta. Algo en la sinceridad de aquellas palabras lo había conmovido. Volvió a abrir los ojos. Un velo frágil ofuscaba la luz habitual de aquella mirada. Ya no había en ella el orgullo, el sentido del deber o el sacrificio que lo habían alentado todo aquel tiempo.

Pero estaba aún ahí. Polignac se aferraba a la vida con la determinación del viejo soldado que no quiere entregarse a la muerte.

—Vuestra Majestad... —murmuró. Tenía la voz vacilante y ronca por la fatiga y el dolor—. Os doy las gracias... por estas palabras. No... no tenéis nada... que reprocharos. Pero escucharos decir todo esto es... —No fue capaz de continuar. Esputó una bocanada de sangre.

—Raymond —dijo la reina llorando—. Raymond, quedaos aquí conmigo. —Al decir aquellas palabras le levantó la cabeza y empezó a acariciarle la hermosa frente. Sentía que se iba. El remordimiento y el arrepentimiento le rompían el corazón en pedazos, porque ambos lo habían perdido todo: lo que había podido ser y no fue.

Raymond de Polignac, el hombre que se había presentado ante ella como un héroe y que durante todos aquellos años la había protegido aun a costa de su propia vida, estaba muriendo. Y estaba muriendo por haberla defendido. Una vez más. Cuando todos la habían abandonado, cuando estaba a punto de que la mataran, él estaba allí: estaba allí por ella, para dar todo lo que tenía en el alma para salvarla.

Le volvieron a la mente sus muchas misiones. Cuando había llevado a la corte a Michel de Nostredame, porque ella se lo había pedido. Cuando le había traído de vuelta a Enrique sano y salvo, a pesar de la situación extrema. Cuando, a la muerte de su marido, la había llevado de manera segura al Palacio de Tournelles. Cuando había velado su sueño o la vigilaba mientras ella estaba absorta en sus oraciones.

También ese día estaba a su lado, para protegerla.

Volvió a llorar, incapaz de contener las lágrimas frente a una injusticia tan grande y a un amor tan inmenso.

Y ella se daba cuenta solo en ese momento, cuando ya era demasiado tarde.

Había negado sus sentimientos tantos años... Su corazón se había vuelto de hielo. Pero él la siguió amando de todas formas, con una devoción y un espíritu de sacrificio que habían sido, si acaso era posible, aún más grandes.

Y no por Francia y la corona, como ella había creído. Él la había amado a ella, la mujer a la que nadie había amado.

Ese pensamiento la aniquilaba.

El dolor era un río desbordado y no había forma de oponérsele. Se dejó arrullar en ese mar de sufrimiento. Naufragó con dulzura, ante la evidencia de todo lo que no había comprendido y que estaba a punto de perder.

Para siempre.

Pensaba en lo cruel que había sido la vida, y lo ciega y sorda que había estado ella para no querer escuchar ese canto de amor. A pesar de que Michel se lo había dicho, a pesar de que el propio Raymond se lo había dado a entender de mil maneras.

Y en cambio, ella estaba concentrada únicamente en aquella maldita guerra. Se había dejado absorber por esa orgía de violencia, preocupada por Francia, y los hijos, y el reino.

Lo besó en los labios. Estaban fríos.

—Raymond —susurró con la voz de una niña—. Raymond —repitió, esperando que él respondiera.

Pero no sucedió.

Raymond de Polignac, comandante de los piqueros del rey, había muerto.

Y la había dejado sola.

Para siempre.

Ambroise Paré no había logrado curar la herida como esperaba. Las tijeras no cortaban y tuvo que intentarlo cuatro veces antes de lograr amputar todo el índice de la mano derecha. En cuanto al codo, no había gran cosa que hacer: estaba completamente destrozado.

Coligny descansaba cuando el rey Carlos IX y la reina madre aparecieron en el Hotel de Rochefort y pidieron verlo.

Paré no sabía si era una buena idea, pero ciertamente no podía negarle al soberano el acceso a la habitación de uno de sus mejores soldados.

Los señores que estaban con Coligny, todos correligionarios suyos, llevaron a Su Majestad y a la reina madre a la estancia del cabecilla de los hugonotes.

—Gaspard, mi buen amigo... ¿qué os pasa? —preguntó el rey, y sus grandes ojos sinceros manifestaban, sin duda, toda la consternación que sentía.

Coligny estaba lívido. La mano envuelta en un vendaje, el rostro hundido, los ojos azulados a la búsqueda del culpable.

—Vuestra Majestad, hoy han intentado matarme —dijo secamente. La voz como un latigazo. Cansada pero cortante. Luego, se volvió hacia la reina—. Quizá vuestra madre sabe algo. ¿O por casualidad me equivoco?

Catalina sintió como si desapareciera el suelo bajo sus pies. Pero fingió estupor.

—Monsieur de Coligny, no entiendo el sentido de vuestras alusiones. Sin embargo, me alivia encontraros en mejores condiciones de las que me temía.

—Sí —exclamó él con mordaz ironía—. Me lo puedo imaginar. De cualquier forma, si no habéis sido vos la que hizo el encargo al sicario, entonces a buen seguro estará Guisa detrás de todo esto.

—Coligny, mi buen Coligny —dijo el rey con indulgencia—. ¿Y por qué habríamos de atentar contra la vida de uno de nuestros mejores hombres? Deliráis, amigo mío. Y lo entiendo. Pero jamás me privaría de un soldado como vos. ¡Venga! —prosiguió el rey—. Dejadme que os abrace. Prometo ir con cuidado. —Carlos IX se acercó a su almirante y lo estrechó en un abrazo tan torpe como honesto y sincero, que dejó satisfechos a todos los presentes.

Hasta Coligny lo creyó.

—Ordenaré una investigación, Gaspard. Podéis estar bien seguro.

Las caras de los correligionarios de Coligny parecieron distenderse, al menos por un instante.

Carlos IX continuó su monólogo.

—No tenéis nada que temer, Gaspard. Yo me ocuparé de ello personalmente. Ahora pensad solo en vuestro reposo y en recuperar las fuerzas. Os quiero en forma para nuestras campañas juntos. ¿No tendréis la intención de privarme de vuestro valioso apoyo? ¿Qué haría yo sin vos?

—Vuestra Majestad —respondió Coligny—. Os agradezco vuestra visita. Haré lo que me decís.

—Muy bien. Ahora os dejamos. Hasta pronto, entonces...

—Vuestra Majestad. Madame *la reine*... —añadió con una seña de la cabeza. Estaba agotado.

—Almirante —respondió Catalina—, tenéis mis mejores deseos de una rápida y pronta recuperación.

Después, la reina madre salió porque no soportaba más ver a aquel hombre. Temía traicionarse más de lo que probablemente ya había hecho.

—Maestro Paré —dijo, dirigiéndose al cirujano—. El almirante Gaspard de Coligny ha sido afortunado al teneros como cirujano. Francisco de Guisa no corrió la misma suerte cuando lo asesinaron y murió de una infección.

Ambroise Paré no se hizo demasiadas preguntas y aceptó de buen grado el cumplido.

—Os doy las gracias, Vuestra Majestad.

Mientras se encaminaba a la carroza, Catalina recordó que el propio Paré no había conseguido salvar a su marido.

Pensaba que Coligny debía morir. O le tocaría a ella.

54

La maquinación

—¡Te digo que sospecha! ¡No hay dudas al respecto! Coligny lo sabe y ahora medita cómo matarnos. Y no solo eso: ¡ese idiota de tu hermano ha decidido abrir una investigación para descubrir al culpable! Tenemos que matar a Coligny, ¡tenemos que matarlos a todos! —Catalina miraba la tormenta de verano que se desencadenaba al otro lado de las ventanas. A la luz de las velas, la cara de Enrique resultaba todavía más siniestra. El jubón de color rojo sangre, los pendientes parpadeando en el claroscuro de las luces.

Su hermana Margot, arrodillada delante de él, apoyaba su hermosa cabeza en sus piernas. Anjou le acariciaba los largos cabellos negros, brillantes como la seda.

—Madre mía, lo que ha pasado ha sido un accidente. En todo caso, Charles ha logrado ponerse a salvo y no dejar huellas. Ha disparado desde un palacio propiedad del duque de Guisa, por tanto, no hay ningún indicio que nos señale a mí o a vos.

—Ha dejado en el lugar ese maldito arcabuz —tronó Catalina—. No creo que a los hombres de Coligny les lleve mucho tiempo vincularlo a uno de los tuyos.

—¿De verdad? —preguntó Anjou. No creía lo que estaba oyendo—. ¿Ha sido tan descuidado? —La cólera empezó a crecer en su voz.

—Es exactamente así.

—¡Maldita sea! ¡Qué imbécil!

—Tenemos que matarlos, te digo.

Anjou acarició una vez más los hermosos cabellos de su hermana. Jugueteó con un pequeño peine de plata. Y entonces, de repente, le pegó un tirón. Margot chilló.

Se alejó de él.

Sacó un estilete del corsé.

—¿Cómo te atreves? —Sus ojos relampaguearon.

Enrique se rio groseramente. Se puso en pie y la cogió por la muñeca. Se la retorció con violencia. El estilete cayó al suelo. Tintineó contra el frío mármol.

—¡Déjame, Enrique, me haces daño! —susurró ella con lágrimas en los ojos.

—¡Basta! —bramó Catalina—. ¡Parad ya! Margot, retírate a tu habitación. Asegúrate que tu marido no pueda hacer peligrar nuestra causa. Tenemos que reaccionar esta noche. Pero para hacerlo necesitamos el apoyo del rey.

Margot la miró en estado de *shock*.

—¿Qué pretendéis hacer?

—Quiero eliminar las pruebas de nuestra culpabilidad.

—¿Y después? —le instó Anjou.

—Convenceremos a tu hermano de que dé la orden.

—¡Monstruo! ¡Sois un monstruo! —gritó Margot—. Primero me emparejáis con ese hugonote y luego queréis matarlos a todos. ¿En qué os habéis convertido?

Catalina se puso en pie, se acercó a su hija y le propinó un bofetón en plena cara.

—Harás lo que te digo, como que soy la reina de Francia. Enrique, tú asegúrate de que todo vaya como he ordenado.

Anjou la miró con adoración, como si ese gesto hubiera despertado en él un lado salvaje y sanguinario que había permanecido inactivo hasta entonces.

—Por supuesto, madre. Haré todo lo que queráis. —Luego, dirigiéndose a Margot—: ¿Lo has escuchado, hermanita? —Y también le soltó un bofetón. Y después otro. Y otro más.

—Es suficiente. Lo ha entendido... ¿No es verdad, hija mía? En mis aposentos yace un hombre cuya lealtad ha sido absoluta, inquebrantable. ¿Es posible que no se me obedezca ni siquiera una vez? Ánimo, vete a hacer lo que te hemos pedido.

Margot se secó la sangre que le teñía de rojo los labios.

Asintió en silencio.

Después desapareció.

Enrique de Guisa miraba a Alberto Gondi, barón de Retz. Frente a ellos, sentado en un trono tan rico en arabescos como ridículo, Carlos IX parecía perdido.

Se hallaban en el Pabellón del Rey, en el Louvre.

Inspiró largamente antes de hablar. Luego, entre dientes, pronunció frases como piedras. No era capaz de callarse.

—Ese hombre ha sido un completo inepto, tenía que haberlo entendido. Nunca tenía que haberme fiado de alguien elegido por Enrique de Anjou. Y ahora seremos objeto de su venganza, no cabe duda.

Retz hizo un gesto a Guisa ordenándole que se calmara. El rey parecía ausente, pero eso no lo autorizaba a desvariar.

Le ocurría a menudo en esas ocasiones en que la situación se volvía particularmente tensa. Y a decir verdad, teniendo en cuenta lo que había acontecido en los últimos años, la situación era siempre tensa.

Estaban conversando de esa forma cuando apareció Catalina. Se obstinaba aún en tambalearse sobre esos zapatos de tacón alto a los que no había logrado renunciar desde el día de su matrimonio. O, al menos, eso es lo que decía. Parecían unas plataformas que la hacían aparecer mucho más alta de lo que era, dándole un aspecto, si no imponente, sí al menos regio. El resto del atuendo, completamente negro, daba un toque de austeridad a su persona, que parecía casi intocable.

—Coligny sospecha de nosotros —siseó con voz sibilante—. El sicario ha fallado. Y ahora te amenaza a ti, hijo mío —dijo al rey—, a pesar de que tú te obstinas en tratarlo como amigo.

—¡No es verdad! —negó Carlos con vehemencia—. Sois vosotros los que lo estáis poniendo en mi contra.

Catalina miró a Guisa y luego a Retz. Eran sus hombres, aunque de hecho no podía decir que los pudiera manejar a su antojo. Del primero, en concreto, temía su ira ciega y sanguinaria, heredada de su padre. Del segundo, en cambio, la capacidad de previsión, que le llevaba a sacar partido de cualquier situación, incluso de la más comprometida. Pero era tan italiano como ella. Y la veneración que sentía por los Médici era solo superada por la que sentía por su esposa, que al casarse le había concedido el marquesado de Belle Île y, precisamente, la baronía de Retz.

Guisa captó de inmediato la intención que subyacía en esas palabras. Por ello se apresuró rápidamente a apoyar la posición de la reina.

—Ese hombre ya hizo matar a mi padre, Vuestra Majestad. Como a un perro. Después de que él hubiera defendido vuestro reino y el de vuestro hermano Francisco. Tenemos que pararle los pies. Si es necesario, de la única manera posible.

—Dejadme en paz, Guisa, no tengo intención de ceder a vuestros propósitos homicidas —soltó el rey en tono desesperado.

—¿Entonces debo entender que Enrique es el único que tiene el valor de tomar decisiones en este reino? —Catalina jugó a la carta de los celos. Sabía que Carlos odiaba a su hermano porque ella lo consideraba especial. Confiaba que ese hecho sirviera para caldear los ánimos del rey.

La voz de Carlos sonó como un gemido.

—Bien. Lo habéis dicho. Habéis pronunciado su nombre como si solamente él fuera vuestro hijo. Estoy cansado de vos. Estoy cansado de que me tratéis como a un niño miedoso.

—Me sentiría feliz de no tener que hacerlo —subrayó Catalina—. Pero eso es lo que veo.

Retz palideció al ver el rostro terrible de la reina chantajeando a su hijo. Lo hacía de manera fría y feroz, como si nada de él le importara. Lo humillaba con una precisa determinación, exponiendo sus miedos más secretos. Aquella mujer le producía escalofríos. Era como si el poder hubiera hallado en Catalina su encarnación más pura. Como si lo hubiera destilado a lo largo de los años y ella lo hubiera absorbido en su propia sangre, y ahora el fluido vital que le corría por las venas fuera en verdad una particular mezcla de rencor y sed de venganza.

—Pero lo hacéis, y delante de mis súbditos. No tenéis reparos. Actuáis sin piedad, madre. —Carlos IX se puso en pie y empezó a mirar con desesperación los grandes ventanales que daban al patio, como si pudiera alzar el vuelo y marcharse. Le habría gustado poder hacerlo.

Pero la reina no soltaba prenda.

—Carlos, no te pedimos demasiado, después de todo. Solo hacer el bien a Francia. Piensa: si los eliminamos a todos no habrá más guerras religiosas, ningún conflicto. Matando unos pocos hugonotes esta noche, evitaremos masacres el día de mañana. Elige, pues, el mal menor, Carlos. No vaciles en hacerlo.

—Vuestra madre tiene razón, Majestad. —Había sido Retz el que habló.

El rey parecía sacudido por esa última afirmación.

Enroscó los cabellos en los dedos, luego los retorció con rabia, y empezó a gritar llevándose las manos a las orejas.

—¡*Mort-Dieu*, madre mía! ¡Vos me vais a volver loco! ¡Y ahora hasta Retz os da la razón!

Catalina no se inmutó; es más: puso toda su atención en el intento de aprovechar aquella fugaz ventaja.

—Vamos, Carlos. La grandeza de un soberano se distingue en la capacidad de saber tomar decisiones difíciles. Y esta lo es, sin duda, pero no lo bastante como para representar un obstáculo para ti. Se trata tan solo de tener la voluntad suficiente para alcanzar el objetivo más grande. Y ese resultado, créeme, está a tiro de piedra. Solo tenemos que eliminar a aquellos que significan un cáncer negro para este reino. Son unos pocos miles de hombres, de individuos podridos que, con el tiempo, han elegido destruir en lugar de construir, de odiar antes que amar, de luchar y no perdonar.

Guisa se acercó al rey sin decir nada. Pretendía únicamente hacerle sentir su presencia.

A la luz de las velas y de las llamas, Carlos distinguió más roja aún la cicatriz que le atravesaba la mejilla. Sin poder explicar por qué, tenía miedo. Empezó a mirarla con morbo, no lograba apartar los ojos. Le pareció que de repente estaba palpitante de vida. Los bordes hinchados, llenos, listos para romperse de nuevo y soltar sangre y fluidos.

Guisa traicionó una sonrisa. El labio dejó entrever unos dientes blancos. Parecían los de un depredador.

—¡Ánimo, Vuestra Majestad! Escuchad con atención las palabras de vuestra madre. Están llenas de sabiduría, no os vais a arrepentir.

—Basta un gesto tuyo, Carlos —le instó ella, y al decirlo, se acercó a su vez. Parecía como si Catalina, Guisa y Retz quisieran empujar físicamente al rey a un rincón.

Carlos cayó de rodillas, con el rostro fijo en el mármol. Parecía un niño desesperado.

—¡Dejadme en paz! ¡Me volveréis loco! ¡Loco, os lo digo ya! Pero ¿os dais cuenta de lo que me estáis pidiendo?

Catalina miró primero a Retz, luego a Guisa. Carlos les daba la espalda en ese momento.

—De acuerdo —dijo la reina madre—. Dada tu ineptitud, volveré a Enrique y le hablaré de tu pusilanimidad, de cómo tampoco en esta ocasión has tenido el valor de asumir tus responsabilidades. De cuánta cobardía anida en tu débil corazón... Y pensar que eres hijo de Enrique II...

Y sin añadir nada más, Catalina se giró para volver sobre sus pasos. No tuvo tiempo siquiera de llegar a la puerta cuando Carlos habló.

Se había levantado. Sin embargo, continuaba doblado, como si hiciera de sus espaldas un escudo para protegerse del daño que le habían hecho y del que él a su vez iba a infligir. La voz, cuando surgió, parecía un grito ahogado: el de un animal herido que para sobrevivir está dispuesto a luchar hasta el final. Pero no había en ello ni la dignidad ni tampoco el honor que habría requerido un combate semejante.

Al contrario, más bien se oían tonos de miedo, que le incidían en la voz y que la volvían más dura y vil.

—¡Matadlos! —dijo el rey—. ¡Matadlos a todos! ¡Ninguno debe sobrevivir! O todos los esfuerzos no habrán servido de nada.

Hubo un momento de silencio. Retz abrió los ojos de par en par, a causa de la incredulidad. Guisa no hizo nada por disimular la sonrisa de satisfacción que empezaba a dibujarse en su rostro.

Y Catalina le respondió a su hijo:

—Ahora te reconozco, Carlos. No temas. Cumpliremos ese deseo tuyo, como siempre.

55

¡Matadlos a todos!

Carlos IX no conseguía pegar ojo. Habría querido dormir para siempre, pero sabía que acababa de condenar a muerte a miles de personas. Daba vueltas en la cama. Estaba empapado en sudor. Escuchaba las campanas que repicaban amenazantes en la oscuridad de la noche de San Bartolomé.

Se sentó.

Inspiró aire largamente, con la esperanza de ahuyentar los malos pensamientos. Las luces estaban encendidas, ya que estaba seguro de que en la oscuridad completa no habría logrado conciliar el sueño.

Al final se incorporó y mandó llamar al duque de Guisa. Cuando apareció, el rey estaba perfectamente despierto.

—Duque —dijo al Acuchillado—, indicad al prefecto de los mercaderes y al mariscal de Francia, monsieur de Tavannes, que informen de mis órdenes. Cerrad las puertas de la ciudad y dad muerte a todos los hugonotes de París.

—¿A todos? —preguntó Guisa.

—Dispensad únicamente a Enrique de Navarra, al que quiero como a un hermano, y al cirujano Ambroise Paré, puesto que no hay cirujano mejor que él en toda Francia.

—Cumpliré vuestros deseos, Vuestra Majestad.

Carlos IX se despidió de él.

El duque de Guisa hizo una reverencia y salió, y sin dilación dio orden de convocar al prefecto de los mercaderes, Fabrice de Santoro, y a Cossein, coronel de la guardia real.

En cuanto tuvo al prefecto delante le puso al corriente del mandato del rey:

—Monsieur de Santoro, tengo órdenes muy precisas que daros. Los hugonotes conspiran contra el rey y contra el Estado. Si se les deja hacer, perturbarán la paz de los súbditos de Francia. El rey recomienda, por tanto, que se cierren las puertas de la ciudad y que no se permita entrar ni salir a nadie. Asimismo, ordena el amarre de todas las embarcaciones y que se disponga la artillería frente al Hotel de Ville y en la plaza de Grève. La milicia tendrá que colocarse en puntos estratégicos de París. Ahora id a difundir las órdenes entre los regidores; que las sigan al pie de la letra.

Sin más palabras, Guisa se despidió del prefecto, que al salir del Louvre y reunir a los regidores dispuso que se enviaran despachos con las órdenes del rey a los milicianos. También informó a monsieur de Tavannes, mariscal de Francia.

Se redactaron los despachos y rápidamente se distribuyeron con el propósito de que la voluntad del rey pudiera ejecutarse plenamente al amanecer.

La gran campana de Saint-Germain-l'Auxerrois repicó dos veces. Aquella era la señal que los soldados esperaban. Al mando del duque Enrique de Guisa se deslizaron en las sombras como auténticos criminales. Llegaron hasta las habitaciones de los hugonotes, que descansaban en sus lechos. Abrieron las puertas y los empalaron con sus picas, los expulsaron de sus sueños y los destriparon tal y como se encontraban. Los persiguieron hasta los pasillos del Louvre. La sangre inundó los salones y salpicó las paredes. Pero Enrique el Acuchillado tenía un único objetivo en ese momento: Gaspard de Coligny.

Guisa se iba abriendo paso con los suyos. Vio a un hombre que reptaba por el suelo. Con esfuerzo se puso en pie, pero resbaló en la sangre que bañaba la sala y cayó en medio de los cadáveres. Guisa se abalanzó sobre él en un abrir y cerrar de ojos. Lo cogió del pelo y lo arrastró hasta el centro del salón. El hombre pataleaba aterrorizado. Lo arrojó sobre otro cadáver y luego lo sujetó con firmeza con la suela de la bota sobre la nuca, aplastándolo contra el suelo como se haría con un gusano. Pidió a uno de sus hombres que le diera una pica. La levantó y a continuación la hundió en la espalda del desgraciado, clavándolo al cuerpo que tenía debajo. La hoja penetró en la carne con un sonido pegajoso; la sangre empezó a fluir copiosamente. Guisa se apoyó en la empuñadura de la pica con todo su peso. Sus hombres, a su alrededor, hacían relumbrar sus espadas a la luz de las velas y de las antorchas, cortando y rebanando todo lo que se movía a su paso.

Otros hugonotes caían al suelo, ya sin vida.

Guisa alcanzó la escalera principal del fondo, que daba al patio del Louvre. A los pies de aquella se hallaban algunos guardias suizos. Karl von Schulemburg, el comandante, había dado orden de obedecer las disposiciones de Guisa. Las puntas de las alabardas ya estaban rojas de sangre. La orden del Acuchillado se había extendido como la lepra. Los hombres yacían en pozos oscuros. Al bajar la escalera, Guisa hundió su espada y atravesó el pecho de una mujer moribunda. Otra, que huía por el patio, fue alcanzada por detrás. Un arco rojizo se extendió por su ropa y se desplomó en el suelo.

Guisa no se detuvo.

—Al Hotel de Rochefort —murmuró con voz sorda, cegado por la violencia y por la ira.

El coronel de la guardia real, Cossein, había recibido órdenes precisas hacía ya un rato. Montaba guardia a la puerta del Hotel de Rochefort. En cuanto repicó la campana de Saint-Germain-l'Auxerrois por segunda vez, llamó a sus arcabuceros.

—Fouquet —dijo a su segundo al mando—, asegurémonos de que a la guardia del rey de Navarra, los que están ante la estancia de Coligny, se les rebane el cuello. Enseguida.

Sin más dilación entró con los suyos en el patio.

Fouquet dirigía el escuadrón. Se introdujo en el palacio. Se acercó al primero de los soldados que estaba al pie de la escalera y le hizo una seña con la cabeza. Este se alejó del puesto de guardia y se acercó a él. Fouquet lo agarró por un brazo.

—Mi querido Jalabert —dijo—, puedo imaginarme vuestro cansancio... —Y según pronunciaba esas palabras, lo apuñaló con la daga. La sangre salió a borbotones, salpicando el pavimento. Jalabert no tuvo siquiera tiempo de proferir un grito. Entretanto, Cossein subía las escaleras con sus hombres. Fue él quien se acercó al guardia que estaba en mitad de la rampa. Extrayendo rápidamente un estilete de una funda interior del jubón lo hizo destellar en la oscuridad. La hoja relampagueó a la luz de las antorchas y fue a clavarse en la garganta del soldado, cercenándole la yugular. El hombre intentó en vano llevarse las manos al cuello en un desesperado intento de detener aquel desastre. Cayó de rodillas y, al final, se desplomó en el suelo con un ruido sordo.

Los hombres de Cossein no perdieron el tiempo y dieron idéntico tratamiento al resto de los guardias.

Fue entonces cuando por la escalera llegaron los matones del Acuchillado. A la cabeza de todos ellos iba Besme, un soldado alemán del duque de Guisa, y justo tras él venía el caballero de Attin, un sirviente de Enrique de Anjou, seguido por la guardia suiza.

Aquellos, con el camino despejado gracias a la misión que Cossein y sus hombres acababan de cumplir, abrieron la puerta de la habitación y se encontraron frente al adalid de los protestantes.

Gaspard de Coligny estaba en camisola de noche, sentado en la cama. No había tenido ni la fuerza ni el tiempo para armarse.

En cuanto vio a Besme con la espada desenvainada intentó coger la suya, pero Attin tuvo más reflejos y se la alejó de una patada.

—¿Sois vos el almirante Gaspard de Coligny? —preguntó Besme.

—Monsieur —respondió este—. Yo soy. Pero confieso que deberíais mostrarme un poco más de respeto. Si no por la misión que me toca cumplir, al menos por mis canas y las heridas que me obligan a guardar cama.

Besme sonrió.

—¡Valor! —insistió Coligny—. ¿No hay nadie entre vosotros lo suficientemente hombre como para hacerme morir con una pizca de honor? ¿Solo os queda esa escoria?

Por toda respuesta Besme lo perforó con el filo de su espada. Después, Attin hizo otro tanto. Los dos malhechores y la guardia suiza se abalanzaron sobre Gaspard de Coligny.

Cuando terminaron, lo miraron con los ojos inyectados de sangre: finalmente habían matado al cabecilla de la facción rebelde, esos hugonotes que querían incendiar y someter París. Ahora usarían su cadáver como advertencia para todos aquellos que osaran oponerse a la purga de esa noche.

Sabían que, abajo, Enrique de Guisa aguardaba el cuerpo de Coligny.

—No lo hagamos esperar —dijo simplemente Besme.

Y todos sabían a qué se refería. Abrieron una de las grandes ventanas que daban a la calle.

Desde la calle Béthisy llegó la voz del duque.

—¿Habéis terminado, Besme?

El alemán se asomó al ventanal.

—Podéis jurarlo.

Guisa estaba con sus secuaces. Cada uno de ellos llevaba una cinta blanca en el brazo izquierdo y una cruz de idéntico color en el sombrero.

La calle estaba casi a oscuras. Guisa hizo que la guardia suiza tomara algunas antorchas para iluminar un poco el camino. Alrededor se oían las voces de los moribundos y el clamor metálico de las espadas. El barrio entero del Louvre era una sucesión permanente de escaramuzas, disparos, relámpagos rojizos y cuerpos caídos. Las calles de las cercanías se hacían eco de los estertores de los hugonotes masacrados; la calle de las Lavandières, la calle Tirechape, la calle de los Bourdonnais... constituían un único laberinto de dolor y muerte.

Guisa esperó. Se alisó el bigote a la luz de la antorchas. Había aguardado mucho tiempo aquel momento.

Cuando arrojaron por la ventana el cuerpo del almirante Gaspard de Coligny, los soldados vieron una masa oscura proyectarse en el aire.

Finalmente, con un ruido sordo, el cadáver se estrelló contra el adoquinado.

El duque de Guisa, sosteniendo una antorcha, se acercó a la silueta oscura bajo los rojos rayos de las linternas. Cuando lo tuvo delante, se acercó y miró el rostro destrozado que tenía delante. Con un pañuelo blanco de tela de Cambrí le limpió la sangre que lo hacía irreconocible.

—Es él —dijo—. Ese perro hugonote de Coligny. —Luego, en voz más alta se dirigió a sus soldados—: Ánimo, hombres. Hemos comenzado de la mejor de las maneras. Ahora matémoslos a todos. Así lo quiere nuestro rey.

56

Amanecer de sangre

Margot no creía lo que estaba viendo.

Había oído golpear con furia la puerta y se había levantado de la cama. Había encendido una candela, y luego se había puesto una bata encima del camisón y había corrido a abrir.

Enrique de Navarra, su marido, el hombre con el que se había casado hacía apenas unos días, le rogaba que lo dejara entrar.

Margot, al verlo, se había quedado boquiabierta. Tenía la cara sucia, la ropa hecha jirones. Así que no lo dudó y permitió a Enrique que se refugiara en la habitación.

Cuando bajó la vista, Margot vio la sangre que llenaba el corredor. Los cadáveres por el suelo en medio de charcos rojos. Algunos se debatían en los últimos espasmos antes de la muerte.

Había visto a su hermano Enrique. Junto a él, algunos matones que vagaban como mensajeros de la muerte y que cortaban cuellos a todos los que se encontraban. Margot había gritado. Se encerró en la habitación.

Enrique estaba sin habla. Tenía los ojos desorbitados, casi no lograba ni respirar.

—Nos están matando a todos —murmuró con un hilo de voz.

—¿Cómo? —preguntó Margot.

—El matrimonio... —continuó. Luego vaciló. Parecía por un instante considerar si las palabras no serían un lujo que acaso no podría permitirse en ese momento.

»¿Me traicionaríais? —preguntó—. Margot, sé que no me amáis. Pero, os ruego, ¡no me entreguéis a esos matarifes!

Margot estaba empezando a comprender. O sea, que lo estaban haciendo de veras.

—¿De qué estáis hablando? —preguntó, a pesar de tenerlo bastante claro.

—Vuestro hermano, el rey Carlos IX, ha dado órdenes de que se extermine a todos los hugonotes en esta noche maldita.

—No es posible.

—Pues sí lo es, os digo. ¿Acaso no lo veis? Es muy obvio. El matrimonio, la emboscada a Coligny: todo estaba organizado para eliminarnos. Desde el comienzo. Y vuestra madre ha sido muy inteligente, debo admitirlo. Con un solo movimiento pretendía liberarse de los adalides de las dos facciones que han causado las guerras religiosas que están aniquilando Francia. Si hubieran descubierto que el asesino de Coligny no era más que un hombre de Guisa hubiera cortado la cabeza a los dos líderes, al de los católicos y al de los protestantes. Pero algo fue mal. El almirante salió vivo y los hugonotes, incluido yo, han sospechado de ella. Por lo tanto queda muy claro el motivo que la ha empujado a cometer esta masacre: quiere borrar las pruebas de su culpabilidad y liberar al reino de la amenaza protestante.

Margot no lograba entender lo que estaba escuchando. Pero luego le volvieron a la mente las palabras que Enrique y su madre se habían dicho la noche anterior, a modo de confirmación de todo lo que su marido había explicado.

—Quieren que abjure.

—No os sucederá nada, os lo prometo —lo tranquilizó ella. No era una santa; tenía muchas culpas encima, y no era la menor de ellas ser una mujer poco leal y amorosa. Pero se prometió a sí misma que honraría el sagrado vínculo del matrimonio de la mejor manera posible.

Escuchaba los gritos de los heridos y de los que agonizaban al otro lado de la puerta. El silbido de puñales y el traqueteo de las espadas. Los ruidos sordos de los que se derrumbaban en el suelo en el abrazo de la muerte.

Tuvo sudores fríos.

Catalina estaba aterrorizada. Había escuchado los gritos desesperados de los protestantes a los que estaban matando en las estancias del Louvre. Había visto los fuegos de los incendios parpadear en las calles cercanas. Los disparos de los arcabuces le habían herido los oídos. Las luces de las casas que se encendían para señalar los edificios en los que se alojaban los hugonotes parecían ojos infernales en una ciudad ansiosa por devorar a sus propios hijos.

Apoyada en el cristal de la ventana, miró la luna y deseó hundirse en el círculo de ópalo del cielo nocturno. Pero no lo consiguió. El miedo era una fiebre. Le pareció que alguien susurraba su nombre entre las calles de la masacre y los pasillos de aquel lugar de muerte en que se había convertido el palacio del Louvre. Había tomado una decisión terrible y había obligado a su hijo a ratificarla. Pero a sus ojos, en ese momento, aquella voluntad ya se estaba transformando en la letanía de mentiras que se repetía a sí misma para justificarse: no había tenido otra elección, los hugonotes la habrían matado si ella no se les anticipaba... En cierto sentido, habían sido ellos precisamente la principal causa de su propio final.

Y, además, la corona, sobre todo.

Había sido una solución cruenta, pero la única posible para el bien de Francia. No había tenido más alternativa.

El poder reclamaba sus particulares tributos de sangre. Ese mismo poder que ella había perseguido una vida entera y que ahora le devolvía todo el color de la perdición, porque estaba claro que la maldecirían por lo que había hecho.

Sin embargo, le había pedido a Margot que salvara a Enrique, que lo protegiera. ¿No había sido eso un acto de misericordia? Y si bien era verdad que al hacer las cosas así no moriría la casa de Navarra, también era verdad que sin sus secuaces Enrique resultaría inofensivo.

Carlos le pediría una conversión. Repudiar la fe de los hugonotes para abrazar la católica.

Enrique abjuraría aquella misma mañana. No tendría otra posibilidad: o eso o la muerte. Y junto con él, Condé.

A todos los demás cabecillas rebeldes los matarían. ¿Pero no era eso, después de todo, un precio modesto para salvar a un reino entero? ¿No habían liquidado los Médici a los Pazzi, responsables de la muerte de Giuliano, asesinado durante una misa de Pascua en Santa Maria del Fiore? Y Cosimo el Viejo, ¿había acaso vacilado cuando Milán había tomado las armas en la llanura de Anghiari?

¿Y qué habría podido hacer ella frente a los reformistas que amenazaban con arruinar el reino con una guerra perenne y cuyo cabecilla se disponía a arrebatarles la corona de Francia a sus hijos?

Los hugonotes habían intentado matar a su hijo Francisco en la conjura de Amboise. Habían profanado iglesias y crucifijos, habían diseminado el odio y un falso credo. Habían rechazado la paz que propuso el duque de Guisa y lo habían matado como a un perro por la calle, en Orleans. Y también habían matado al hombre que la había amado sin reservas y que ahora yacía en un ataúd de fragante madera.

Polignac. Enrique. Francisco. Los había perdido a todos, uno detrás de otro. Era una superviviente. Y ni siquiera lo merecía. Pero si había ocurrido, si pese a todo todavía seguía allí, entonces es que tenía que existir una razón. Era una madre. Había sacrificado su vida entera por sus hijos. Los habían usado, instrumentalizado, mujeres carentes de escrúpulos y piedad, como Diana, u hombres ambiciosos, como los Guisa, que habían ejercido y aún ejercían una gran influencia sobre ellos.

Ella, en cambio, solo había amado: al comienzo, cuando no estaban ahí, o más tarde, cuando ya habían nacido y crecido. Los había protegido y les había aconsejado. En cualquier caso había impuesto decisiones. Les había enseñado a convertirse en reyes y reinas.

Había algo profundamente trágico en el poder. Era un bien que todos querían, y, sin embargo, detentarlo desencadenaba envidias y resentimientos. Catalina no había podido nunca ser realmente ella misma. La habían retratado como una comerciante, hereje, adoradora del diablo, corruptora, asesina.

Pero ninguna de esas definiciones, pensaba, daba cuenta de aquello que siempre había sido y jamás hubiera querido ser: una mujer sola.

Y en ese momento, aquella sensación de soledad era más fuerte que nunca.

57

El final de una época

El alba se elevaba sobre la ciudad de París. El cielo se desvanecía en un blanco opaco. Torbellinos de cenizas se suspendían en el aire ardiente del bochorno de agosto.

Los perros lamían la sangre derramada durante aquella noche maldita.

La ciudad quedó reducida a un matadero. La sangre corrió desde las calles hasta las aguas del Sena, que se habían vuelto rojas. Lo serían durante mucho tiempo.

En la plaza de Grève, la guardia suiza ajusticiaba a grupos de desesperados, culpables de leer la Biblia en francés en vez de en latín.

Desde las ventanas colgaban los cuerpos de los ahorcados: frutos muertos de ese verano diabólico. Los ladrones aprovechaban el ambiente de anarquía que reinaba en la ciudad, las pandillas de alborotadores y cantamañanas alimentaban el odio que iba creciendo. Los milicianos católicos, alentados y amparados por un fanatismo cruel, no dejaban de infligir los peores suplicios no solo a los que se confesaban hugonotes, sino a todos aquellos que no podían demostrar su fe católica más allá de cualquier duda razonable.

Hasta las puertas de Notre-Dame, la milicia ciudadana, ataviada con sus cruces blancas y los crespones del mismo color en el brazo, la emprendía a arcabuzazos contra los protestantes, exterminando familias enteras sin consideración alguna hacia ancianos, mujeres y niños.

Era como si todas las envidias y los sentimientos más mezquinos hallaran de repente justificación en aquella venganza católica que, en nombre de la religión, volaba por los aires la dignidad y la misericordia.

Margot miraba a su esposo, Enrique de Navarra. Se hallaba frente al rey, su hermano.

Vestida de negro, Catalina dominaba la escena. El rostro pálido daba cuenta de una noche insomne. Pero aquel era, después de todo, el más ligero de los fardos, a la luz de cuanto había sucedido y aún habría de suceder en París.

El príncipe de Condé estaba al lado de Enrique.

—Abjurad, hermano mío, que siempre os he considerado tal —dijo Carlos—. Hazlo en nombre de la fe verdadera y salvaréis la vida. Convertíos, Enrique, os lo ruego. Mientras os hablo, el duque de Guisa está probablemente aplacando los últimos focos rebeldes. No me obliguéis a dar una orden que no quiero dar, salvo que no me quede más remedio. ¡Ánimo, Enrique!

El joven rey de Navarra tenía los ojos hundidos, cercados de negro. Parecía que había envejecido cinco años en una noche. El jubón oscuro salpicado de sangre, el pelo hirsuto, el rostro delgado, los pómulos afilados.

Margot permaneció en silencio. También su vestido blanco estaba manchado con la sangre de inocentes.

Enrique la miró a los ojos. Eran grandes y esquivos, espejos deformantes de una realidad perversa. Pero ella le había salvado la vida y él había hecho una promesa. Y en consecuencia, en ese momento, no podía actuar de otro modo.

—¡Adelante, Alteza! —El cardenal de Lorena estaba tan feliz que resultaba indecoroso. Pero decencia y honor eran términos que aquella noche se habían perdido.

—Misa o muerte, Enrique —concluyó el rey. Tenía los ojos alucinados de espanto, ya que todo lo acontecido iba más allá de su voluntad y de todo lo que su mente hubiera podido jamás concebir.

Catalina sabía que la noche de San Bartolomé la perseguiría para siempre. Unos escalofríos heladores le sacudían la espalda. Se sentía febril, a pesar de estar segura de su perfecto estado de salud. Pero las almas de los muertos no le darían tregua, y ella viviría el resto de sus días intentando sobrevivir a sus fantasmas.

Estaban allí, encerrados en la habitación del rey, como los instigadores de una matanza. Eso es lo que eran, y nada más: Catalina, el cardenal de Lorena y su hijo Carlos. Margot, Enrique de Navarra y Condé, las víctimas. Anjou y Guisa, los verdugos.

—¡De acuerdo! —exclamó el rey de Navarra—. Renegaré de la fe de los hugonotes, si ello complace a Vuestra Majestad.

—Yo haré lo mismo —le secundó Condé.

El rostro del rey se distendió por fin.

—Hermano mío, sabía que no me ibais a defraudar.

Y Carlos corrió a abrazar a Enrique con sincero arrebato. El rey de Navarra pensaba que el rey tenía que estar completamente loco. Luego, al ver a la reina madre que asentía satisfecha y al cardenal de Lorena tan aliviado como para sonreírle, pensaba que todos lo estaban.

Parecía que el baño de sangre de la noche que apenas había terminado y el matadero en que se había transformado París no eran más que un sueño, un recuerdo vago, producto de una mente confusa.

Pero no era así en absoluto. Y muy pronto lo descubrirían.

58

El último adiós

Catalina había ordenado llevar el cuerpo de Raymond de Polignac a la iglesia de Saint-Germain-l'Auxerrois para prepararlo para el funeral.

Lo observaba con toda la ternura que era capaz de hallar dentro de su alma: hermoso, ataviado con atuendos marciales, los párpados cerrados al mundo, una expresión finalmente serena, de paz. Pensaba que con su muerte le iba a faltar la parte dulce de la vida. Desde que lo habían matado, la noche más negra había caído sobre su espíritu.

¿Cómo lo había formulado Nostradamus? «La nieve sigue cayendo y seguirá cayendo para siempre en vuestro corazón. Vos, que habéis amado tanto, no sois capaz de abriros al único que os ha amado más que a su propia vida.»

Y tenía razón.

Le habría gustado dejar de ser reina de Francia. Pero no habría podido jamás. Sería de cobardes, habría significado deshonrar a la familia a la que pertenecía. Y eso no lo haría nunca.

Volvió a mirar a Raymond de Polignac. ¿Habría llegado a estar orgulloso de ella? Catalina no lo creía, así como tampoco estaba segura de que lo hubiera entendido. ¿Cómo habría podido hacerlo? Sentía que desde que ese hombre había caído, ella se había deslizado hacia el abismo.

Quizá Polignac no hubiera podido cambiar el curso de su vida, pero con certeza su presencia representaba una defensa, un baluarte, una guía capaz de mostrarle el mejor camino entre todos los posibles.

Puso los labios en su frente. Estaba fría. También las manos. Y a pesar del bochorno que cortaba el aliento y el sudor que le cubría el rostro de un tenue velo, percibía un mordisco de hielo en el corazón.

Comprendió que después de esa noche ya nada volvería a ser como antes. Las mentiras, las palabras, las conspiraciones... nunca se terminarían. Había llegado demasiado lejos.

—Polignac... Raymond... ¿Dónde estáis, amigo mío? ¿Os acordáis de cuando yo me burlaba por aquel modo romántico vuestro de hablarme? No era verdad... Me gustaba muchísimo... Nadie ha prodigado tantas atenciones a alguien como yo... —Y una vez más, la voz se le ahogaba en la garganta, perdiéndose como el aire impalpable entre las naves de la iglesia. Las lágrimas le rodaban por las mejillas. Trató de contener el llanto, pero no lo consiguió.

Se abandonó al dolor, se hundió en los implacables recuerdos de la ausencia.

Sintió agudizada la pérdida, el vacío que él había dejado y que no se podía llenar. Gritó su nombre en la catedral vacía.

Una vez. Luego otra más. Y otra más.

Pero no había nada que hacer.

Raymond de Polignac no volvería.

Nunca más.

ENERO DE 1589

59

Muerte de la reina madre

Tenía mucha fiebre. Catalina lograba a duras penas percibir el intenso olor a alcanfor. ¿Sería ese el olor que ella arrastraba consigo?

Sentía que las fuerzas la estaban abandonando. Se había confesado y había recibido la extremaunción. El médico de la corte ya la había visitado, y a pesar de sus palabras de consuelo, había expresado un veredicto inapelable, incompleto porque estaba deshecha en llanto.

Le disgustaba morir en Blois en lugar de su amado castillo de Chenonceau.

Pero, a fin de cuentas, en poco tiempo eso tampoco tendría mayor importancia.

Tenía frío por culpa de la fiebre que le devoraba el alma y el cuerpo.

El dolor era tan intenso que le impedía hablar.

Vio a Margot y a su querido Enrique, que solo el día antes le había confesado que había matado a Guisa.

Había entrado en su habitación y con palabras duras y frías había liberado su conciencia, que debía de pesarle como una losa.

Catalina sabía que si su hijo no hubiera reaccionado en primer lugar, Guisa no habría titubeado en matarlo como a un perro.

Y, sin embargo, estaba cansada. Tampoco en el momento de su muerte le estaba concedido poderse olvidar de la sangre y la conspiración.

Volvió la vista hacia la ventana. Vio cómo caían grandes copos de nieve blanca. El corazón le latía cada vez más despacio.

Pronto se detendría.

Pensó de nuevo en los palacios que había hecho construir, en los jardines diseñados según su voluntad, en los castillos de Francia, en los poetas y artistas que había protegido. Y después en Enrique, el gran amor de su vida.

Y en Michel de Nostredame, cuando lo había visto la primera vez.

Y en Raymond de Polignac, que se había presentado ante ella por voluntad de Su Majestad Francisco I y que desde ese día ya nunca la había dejado hasta su muerte.

Y mientras las fuerzas la abandonaban volvió a pensar en Florencia.

Entonces cerró los ojos.

Vio de nuevo la catedral de Santa Maria del Fiore, alzándose sobre la ciudad.

Parecía desafiar al cielo. Vio una niña que avanzaba a saltitos hacia aquella maravilla. Era ella. Observó a su tía mirarla preocupada, puesto que temía que pudiera estar asustada por lo imponente de aquella construcción. Pero ella no lo estaba en absoluto.

Alzó los grandes ojos hacia la cúpula roja, como si quisiera determinar la altura.

Señaló la obra maestra de Filippo Brunelleschi.

—¿Cuánto mide, tía? —preguntó, embelesada ante tanto esplendor.

Nota del autor

Confieso que Catalina de Médici ha sido tal vez el personaje histórico más complejo de abordar en esta imponente trilogía dedicada a la dinastía medicea. Más que Cosimo, más que Lorenzo. Me gustan las figuras femeninas, y albergaba deseos de medirme con una protagonista tan rica en facetas, contradicciones, vicios y virtudes.

Una especie de leyenda negra se cierne sobre Catalina, una fama siniestra que la ha llevado a ser definida en el pasado como una reina maldita, reina negra, envenenadora... Emblema, en cierto sentido, de un mal oscuro que la haría prisionera y que habría tomado forma definitiva en las matanzas de los hugonotes.

Catalina fue una mujer de gran paciencia, de fuerte pragmatismo, pero al final siempre fue una reina en tierra ajena; nadie le perdonó nunca que fuera italiana, y, además, florentina, y, además, una Médici. Y, sin embargo, fue gracias a ese patrimonio cultural, o quizá deberíamos decir genético, gracias a lo cual logró sobrevivir y reinar en uno de los periodos más turbios y terribles de la historia.

Por lo tanto he partido de ese punto para afrontar el extraordinario relato de su personalidad, o sea, esa manera de ser, en muchos aspectos, una figura contradictoria y ambigua, casi indefinible.

La vemos paciente con Diana, dispuesta a sufrir cualquier humillación y no obstante preparada para devolver el daño recibido. Enamorada perdidamente de su marido Enrique, Catalina pagó la imperdonable culpa de no ser hermosa, pero consiguió suplir esa carencia con inteligencia, ingenio, presencia de ánimo, erudición, cultura y buen gusto. Fue, precisamente por todo ello, una mujer y una reina extraordinariamente fascinante.

Habilísima política, paciente como el invierno, dispuesta a sufrir en silencio los embates más atroces, consciente de que con su juventud podría, con el paso de los años, imponerse a sus adversarios, fue una mujer increíble: madre de diez hijos, gobernó Francia durante casi treinta años, en un periodo dominado por las guerras de religión.

Para abordar un personaje como Catalina, la documentación y los estudios han sido, por decir lo menos, fundamentales. He entrevisto su personalidad a través de algunas grandes biografías. Entre ellas, la de Honoré de Balzac, *Studi filosofici: Caterina de' Medici*, Milán, 1929; Jean Orieux, *Caterina de' Medici, un'italiana sul trono di Francia*, Milán, 1994; Orsola Nemi y Henry Furst, *Caterina de' Medici*, Milán, 1994; Ivan Cloulas, *Caterina de' Medici*, Florencia, 1980; Mark Strage, *Women of Power: The Life and Time of Catherine de' Medici*, Nueva York y Londres, 1976; Marcello Vannucci, *Caterina e Maria de' Medici. Regine di Francia*, Roma, 1989.

Otro personaje muy importante en esta novela es Michel de Nostredame. Me sentía fascinado por la figura de un hombre como él, al que un extraordinario novelista italiano, Valerio Evangelisti, había dedicado una asombrosa trilogía bajo el título de *Magus. Il romanzo di Nostradamus*.

Aquí he procedido, efectivamente, a una primera desviación de la historia, porque es cierto que Nostradamus fue astrólogo en la corte de Catalina de Médici, pero es asimismo innegable que fue tal vez Cosimo Ruggieri la figura más importante en ese sentido. Y, por otro lado, la fascinación que ejercía el personaje de Nostradamus era de tal intensidad que sucumbí a la ficción y lo he convertido en el único astrólogo en mi novela.

Es verdad que las secuencias relacionadas con las profecías o conversaciones con Catalina son invenciones, pese a todo, relativas, ya que casi todos los encuentros tuvieron lugar realmente, aunque en un par de casos introduje alguna modificación por exigencias dramatúrgicas.

Tampoco para la figura de Nostradamus han faltado algunos textos de referencia; entre ellos, cito: Giuseppe I. Lantos, *Nostradamus. Vita e misteri dell'ultimo profeta*, Milán, 2014; David Ovason, *I segreti di Nostradamus. Una rivoluzionaria lettura delle profezie*, Milán, 1998; Lee McCann, *Nostradamus. Vita e profezie dell'uomo che svelò il futuro*, Milán, 1988; Renuccio Boscolo, *Centurie e presagi di Nostradamus*, Padua, 1972.

En términos de modalidades narrativas he mantenido la opción de adoptar un relato en escenas, con el fin de no perder continuidad. Esta medida se ha revelado particularmente útil para la vida de Catalina de Médici y para su largo periodo de regencia en el trono de Francia. También en ese caso el lector podrá apreciar la novela como una historia en sí misma, o bien, si lo prefiere, tras haber concluido los dos primeros volúmenes, y de ese modo tendrá, me parece a mí, una imagen más exacta de la dinastía de los Médici y del Renacimiento.

Tampoco en esta ocasión han faltado los viajes. He dedicado especial atención a los castillos del Loira y, naturalmente, a la ciudad de París. Por las muchas informaciones sobre la capital francesa he de dar las gracias a mi buen amigo Giambattista Negrin, que a lo largo de los años se ha revelado como un guía formidable y apasionado.

Una reina al poder es tal vez el libro que más ha estado influido por las obras maestras de Alejandro Dumas, con especial referencia al *Ciclo de los Valois*.

La novela por entregas, por lo tanto, sigue siendo el modelo absoluto de mi trabajo, que se ha alimentado de las lecturas de Théophile Gautier y de Victor Hugo, sin desdeñar las influencias de cierta literatura alemana, en particular de *Michael Kohlhaas*, de Heinrich von Kleist y de *Los bandidos* de Friedrich Schiller.

Para comprender las causas y las consecuencias de las guerras de religión que desgarraron Europa en el siglo XVI he leído con atención las eficaces páginas de Corrado Vivanti, *Le guerre di religione nel Cinquecento*, Bari, 2007, y de Prosper Mérimée, *La noche de San Bartolomé*, Milán, 1975.

Las secuencias de duelos y batallas deben mucho a los manuales de esgrima histórica, y por tanto vuelvo a citar aquí a mis imprescindibles: Giacomo di Grassi (*Ragione di adoprar sicuramente l'Arme sì da offesa, come da difesa; con un Trattato dell'inganno, et con un modo di esercitarsi da se stesso, per acquistare forsa, giudizio, et prestezza*, Venecia, 1570) y Francisco di Sandro Altoni (*Monomachia - Trattato dell'arte di scherma*, editado por Alessandro Battistini, Marco Rubboli e Iacopo Venni, San Marino, 2007).

Agradecimientos

Y hemos llegado al final. Más de mil cien páginas dedicadas a la dinastía de los Médici. Aunque solo sea por haber depositado una confianza tan grande en mí, doy las gracias a Newton Compton.

Nunca como en este caso mis agradecimientos más profundos y sinceros son para Vittorio Avanzini, que me ha sugerido, de manera personal, algunos episodios particularmente significativos. Es ocioso indicar que han encontrado su lugar en esta tercera novela, dedicada a Catalina. Su conocimiento detallado de las figuras femeninas de la casa Médici ha marcado la diferencia. Gracias, por lo tanto, una vez más.

Siempre agradeceré a Raffaello Avanzini por su enorme valor y por la inagotable energía invertida en este proyecto, y además por sus intuiciones geniales, siempre eficaces y puntuales. Más en general, gracias, mi capitán, por haber desarrollado una visión del mundo tan fascinante e innovadora.

Junto con los otros editores, doy las gracias a mis agentes: Monica Malatesta y Simone Marchi, que, como siempre, han sabido encontrar soluciones en el momento exacto en que había que hacerlo. Creo que este es el sueño de cualquier novelista profesional. ¡Sin palabras!

Alessandra Penna, mi editora, se ha superado. Si pienso en cuando empezamos... Bien. Ha sido una aventura increíble, vivida codo con codo. No podía ni imaginar tener a mi lado una profesional mejor que ella. ¡Fantástica!

Gracias a Martina Donati por haber estado siempre presente y por algunas de las observaciones más inteligentes y atentas que jamás haya escuchado a propósito de escribir novelas.

Gracias a Antonella Sarandrea por haber impulsado mi trilogía de manera «furiosa», como dice mi amigo Simone Piva. Y por ser una responsable de gabinete de prensa como de los que ya no se ven desde hace tiempo. ¡Guerrera!

Gracias a Carmen Prestia y a Raffaello Avanzini porque el número de países al que llegará la trilogía continúa aumentando.

Gracias a Gabriele Anniballi por la precisión y la puntualidad, virtudes tanto más raras en el mundo actual y por ello mismo todavía más valiosas.

Doy las gracias finalmente a todo el equipo de Newton Compton Editori por su extraordinaria profesionalidad.

Gracias a Bryan Adams, gracias por sus magníficas canciones que me ayudan a dar con el alma de los personajes, incluso cuando habría parecido imposible.

Gracias a Alanis Morrissette por el mismo motivo.

Gracias a Giambattista Negrin, amigo mío de la infancia y la persona que más me ha hecho querer a París y a Francia.

Gracias a Patrizia Debicke Van der Noot: ella sabe por qué.

Querría agradecer a dos grandes autores contemporáneos que han representado modelos a los que volver la vista con admiración en la redacción de esta novela: Tim Willocks y Arturo Pérez-Reverte.

Gracias a Nicolai Lilin, porque es un amigo insustituible y una persona con embrujo: podría escuchar y leer sus historias años enteros.

Doy gracias, naturalmente, a Sugarpulp, que nunca han dejado de animarme: Giacomo Brunoro, Valeria Finozzi, Andrea Andreetta, Isa Bagnasco, Massimo Zammataro, Chiara Testa, Matteo Bernardi, Piero Maggioni.

Gracias a Lucia y a Giorgio Strukul, que me han enseñado a ser un hombre.

Gracias a Leonardo, Chiara, Alice y Greta Strukul: ¡Viena en el corazón!

Gracias a los Gorgi: Anna y Odino, Lorenzo, Marta, Alessandro y Federico.

Gracias a Marisa, Margherita y Andrea «el Bull» Camporese.

Gracias a Caterina y a Luciano porque son desde siempre y por siempre un modelo de vida.

Gracias a Oddone y Teresa, y a Silvia y a Angelica.

Gracias a Jacopo Masini & i Dusty Eye por todas esas fotos que saben reflejar mi lado más rockero.

Gracias a Marilù Oliva, Marcello Simoni, Francesca Bertuzzi, Francesco Ferracin, Gian Paolo Serino, Simone Sarasso, Giuliano Pasini, Roberto Genovesi, Alessio Romano, Romano de Marco, Mirko Zilahi de' Gyurgyokai: porque vuestra amistad es un privilegio y un regalo aún más raro en estos tiempos.

Para concluir: gracias infinitas a Edoardo Rialti, Marisa y Antonio Negrato, Alex Connor, Victor Gischler, Tim Willocks, Sarah Pinborough, Jason Starr, Allan Guthrie, Gabriele Macchietto, Elisabetta Zaramella, Lyda Patitucci, Mary Laino, Andrea Kais Alibardi, Rossella Scarso, Federica Bellon, Gianluca Marinelli, Alessandro Zangrando, Francesca Visentin, Anna Sandri, Leandro Barsotti, Sergio Frigo, Massimo Zilio,

Chiara Ermolli, Giulio Nicolazzi, Giuliano Ramazzina, Giampietro Spigolon, Erika Vanuzzo, Thomas Javier Buratti, Marco Accordi Rickards, Daniele Cutali, Stefania Baracco, Piero Ferrante, Tatjana Giorcelli, Giulia Ghirardello, Gabriella Ziraldo, Marco Piva alias el Gran Balivo, Paolo Donorà, Alessia Padula, Enrico Barison, Federica Fanzago, Nausica Scarparo, Luca Finzi Contini, Anna Mantovani, Laura Ester Ruffino, Renato Umberto Ruffino, Livia Frigiotti, Claudia Julia Catalano, Piero Melati, Cecilia Serafini, Tiziana Virgili, Diego Loreggian, Andrea Fabris, Sara Boero, Laura Campion Zagato, Elena Rama, Gianluca Morozzi, Alessandra Costa, Và Twin, Eleonora Forno, Maria Grazia Padovan, Davide De Felicis, Simone Martinello, Attilio Bruno, Chicca Rosa Casalini, Fabio Migneco, Stefano Zattera, Marianna Bonelli, Andrea Giuseppe Castriotta, Patrizia Seghezzi, Eleonora Aracri, Mauro Falciani, Federica Belleri, Monica Conserotti, Roberta Camerlengo, Agnese Meneghel, Marco Tavanti, Pasquale Ruju, Marisa Negrato, Serena Baccarin, Martina De Rossi, Silvana Battaglioli, Fabio Chiesa, Andrea Tralli, Susy Valpreda Micelli, Tiziana Battaiuoli, Erika Gardin, Valentina Bertuzzi, Walter Ocule, Lucia Garaio, Chiara Calò, Marcello Bernardi, Paola Ranzato, Davide Gianella, Anna Piva, Enrico «Ozzy» Rossi, Cristina Cecchini, Iaia Bruni, Marco «Killer Mantovano» Piva, Buddy Giovinazzo, Gesine Giovinazzo Todt, Carlo Scarabello, Elena Crescentini, Simone Piva & i Viola Velluto, Anna Cavaliere, Ann-Cleire Pi, Franci Karou Cat, Paola Rambaldi, Alessandro Berselli, Danilo Villani, Marco Busatta, Irene Lodi, Matteo Bianchi, Patrizia Oliva, Margherita Corradin, Alberto Botton, Alberto Amorelli, Carlo Vanin, Valentina Gambarini, Alexandra Fischer, Thomas Tono, Ilaria de Togni, Massimo Candotti, Martina Sartor, Giorgio Picarone, Cormac Cor, Laura Mura, Giovanni Cagnoni, Gilberto Moretti, Beatrice

Biondi, Fabio Niciarelli, Jakub Walczak, Lorenzo Scano, Diana Severati, Marta Ricci, Anna Lorefice, Carla VMar, Davide Avanzo, Sachi Alexandra Osti, Emanuela Maria Quinto Ferro, Vèramones Cooper, Alberto Vedovato, Diana Albertin, Elisabetta Convento, Mauro Ratti, Mauro Biasi, Nicola Giraldi, Alessia Menin, Michele di Marco, Sara Tagliente, Vy Lydia Andersen, Elena Bigoni, Corrado Artale, Marco Guglielmi, Martina Mezzadri.

Seguro que me he olvidado alguno... Como ya digo desde hace tiempo... será en el próximo libro. ¡Lo prometo!

Un abrazo y mi agradecimiento infinito a todas las lectoras y lectores, librerías, libreros, promotores y promotoras que han depositado y depositarán su confianza en esta trilogía histórica tan llena de amores, intrigas y traiciones.

Dedico esta novela y la trilogía al completo a mi mujer Silvia: porque cada mirada suya me revela secretos de un mundo asombroso que no conocía aún y que no creía posible.

Índice

JUNIO DE 1525

AGOSTO DE 1536

OCTUBRE DE 1536

ENERO DE 1538

DICIEMBRE DE 1542

ABRIL DE 1543

ENERO DE 1544

MARZO DE 1547

DICIEMBRE DE 1550

SEPTIEMBRE DE 1552

ABRIL DE 1558

JUNIO-JULIO DE 1559

ENERO DE 1560

FEBRERO DE 1560

MARZO DE 1560

FEBRERO DE 1563

AGOSTO DE 1572

ENERO DE 1589

Los Médici. Una reina al poder de Matteo Strukul
se terminó de imprimir en febrero de 2024
en los talleres de
Impresora Tauro, S.A. de C.V.
Av. Año de Juárez 343, col. Granjas San Antonio,
Ciudad de México